REEVALUATE MORALITY RETHINK VALUES
REVISE IDE... REVALUE HUMANITY

Scary Bird

* * *

DEEP WEB 3.0
FILE #生存奇談

點子出版
IDEA PUBLICATION

PREFACE
序

我想……

　　還記得策劃第三本書時，編輯問筆者書名叫甚麼奇談好。當初我們有想過「迷離奇談」，但最後還是採用筆者提議的「生存奇談」。因為第一本書「網絡奇談」主題是由表到暗整個網絡世界，第二本「人性奇談」則著重人性光怪陸離的一面，至於今次，筆者想寫一本討論生存問題的書。

我們生存的意義是甚麼呢？

　　筆者和父親自小關係疏離，基本上他佔筆者廿五年人生中不超過五年時間，但他確實教導過筆者些許道理，對筆者長大後都影響深遠。還記得小時候，父親曾經對筆者說過：「人生存在的意義在於追尋真理。」（另一句是「永遠不要讓人摸清你的手牌，直到你出牌那一刻」，想一想如此教導一個五歲小孩還有夠腹黑。）

　　年幼的筆者當時未明瞭父親的話語，「真理」、「存在」等字眼仍然是很模糊的概念。但隨著年齡漸漸增長，每晚失眠望著天花板時，筆者漸漸體會到父親當年的意思。

為甚麼我要寫作？我生存的目的是甚麼？

有時候筆者覺得「生存意義」是條很奢侈的問題。當世界上每天都有人在為生存拼命掙扎，特別是那些飽受戰爭饑荒折磨的人們，我們這些閒來無事幹的城市人為這些問題煩惱好像有點兒那個。但每當我們停下腳步，細想一下時，又真的難以抗拒質疑下去，忍不住仰天大叫：「我究竟在做甚麼？」

雖然世界萬千宗教都有關於死後世界的論述，但始終沒有一個宗教能百分百肯定死後會怎樣，而且很大機會就像那些科學家攤開手掌說：「甚麼也沒有。」所有感情和成就也只是過眼雲煙。那麼我們碰巧在基因撞合下擁有的自我意識，在這短短數十年的人生是為了甚麼？只是為了享受短暫的歡愉和痛苦便回歸虛無？

我很想知道答案。

於是筆者開始看書，甚麼類型的書都很愛看，只要有助我了解世界的運作都可以。政治歷史科學宗教是筆者的最愛，因為它們最能描繪到人性。筆者也不介意同時吸收互相衝突的知識，例如魔法和基督教。因為筆者認為只要「資料庫」夠大，就能摸索

到生存的答案。

隨著時間流逝，筆者漸漸意識到尋找最終答案的道路不能孤身一人完成。我想把自己的想法及所見所聞和其他人分享，或者我能在交流過程中獲得更多的資訊，了解到世界更多不同的面貌？在筆者寫完前兩本關於暗網的書後，亦證明了你們和我分享自己的經歷確實令筆者更體會到世界的變幻莫測，明白自己所知的還未足夠。

所以筆者寫下這本「生存奇談」，除了一如以往的暗網事件外，還有「母體錯亂」、「都市傳說怪物」和「夢境」三大貼身主題，希望能給予大家更多角度去思索人生的意義。既然它們幾乎每天都發生在我們身邊，在最終答案裡又怎會少了它們呢？

最後，筆者希望這本書能帶給你們對生存意義的頭緒。

Author of Deep Web Series

恐懼鳥

CONTENTS
目錄

DATE : ....   AUTHOR : ....

* * *

暗網

宛如希臘 神話的潘多拉盒子般

由打開那一刻

便已經 無法回頭

暗網

是真實存在

而且它的威脅 愈逼愈近

DEEP WEB 3.0
FILE#生存奇談

Category: DOC A

Title: 亦正亦邪的花海

*********************** REMARKS ***********************

INTRODUCTION
無法阻擋的犯罪潮流

2016 年 5 月 3 日《南華早報》刊登了一篇題目為「Hong Kong Government 'Powerless' against 'Deep Web' Threat（香港政府無力對抗暗網威脅）」的報導。該報導訪問了數位香港資訊科技的權威，表達他們對香港政府應付暗網能力的看法。

資訊科技界立法會議員莫乃光認為，鑑於多數暗網活動設置在海外，執法者沒有可能制定法律規管暗網。另外，他也說香港政府在保障市民免於暗網侵襲方面很被動。在同一篇文章，記者也訪問了香港應用科技研究院信息安全與數據科學主任 Duncan Wong，他同樣認同香港執法者監管蓬勃發展的暗網活動的能力不太樂觀。

自從寫了兩本書後，有很多讀者向筆者提問了各式各樣有關暗網的問題，筆者對此都表示歡迎。當中有一條問題其實筆者很在意：「暗網是否真實存在？」

筆者寫過的書《Deep Web File # 網絡奇談》、《Deep Web 2.0 File # 人性奇談》，當然也包括此書《Deep Web 3.0 File # 生存奇談》，都是用傳說角度去描寫暗網，所以不能保證所有事件

都百分百真實，但暗網的存在是無容置疑。

例如在第一冊中駭人聽聞的「摧毀迪詩 Daisy Destruction」已經被各大主流媒體（如 BBC、NYC）爭相報導。除了在第二冊提及拍攝這虐兒片的主腦 Peter Scully 已經被捕，片中戴白色面具的女人 Liezyl Margallo 也於 2017 年落入法網。但可惜警方同時在 Peter Scully 家的地底下找到另外十多具兒童屍體，暗示受害兒童不止 Daisy 一人。另外，販賣毒品和軍火的暗網黑市，例如 Silkroad 和 DreamMarket，也已經是當代國際犯罪問題，絕對假不了。

這就是問題所在。

人們常問筆者當初以暗網為寫作題材的原因，主要原因是筆者覺得暗網傳說是一個十分好的素材，可以用作展示人性善惡的模糊，同時也滿足了筆者自己對寫都市傳說的慾望。但除了這兩個原因外，還有個比較實際的目的：**筆者希望能借傳說去警惕大家未來犯罪潮流，避免成為洪流下的溺死鬼。**

在 2016 年 6 月，香港四間大型銀行客戶的證券戶口遭到來自暗網的亞洲駭客集團入侵。雖然據熟悉暗網駭客的人向報章透露，那次只不過是拿香港「小試牛刀」，真正的「大茶飯」是以國家級的銀行和跨國銀行為目標。縱使如此，已經有 22 個香港

銀行證券戶口遭到攻擊，當中涉及款項高達 4,590 萬港元，完全展示了無論香港政府或私人集團都是毫無還擊之力。

同年 11 月，中國政府和美國國土安全部，以及其他國家執法單位合作，成功搗破一個國際性兒童色情集團。該兒童色情集團涉及發佈超過 30 名未成年女孩的色情影片，點擊次數多達 2 萬次。最讓人震驚的一點是，該集團的首領竟然是一名 19 歲的中國男生，絕大部分受害者都是他身邊的女孩。

這種利用匿名網絡犯罪的趨勢只會愈來愈嚴重。

當各大國家、各大城市的販毒、走私軍火、兒童色情等罪行中，超過 40% 是利用匿名網絡犯罪，你認為香港有甚麼條件能倖免於難呢？我們政府特別有長遠目光？還是我們警隊對資訊犯罪特別警覺？所以筆者認為香港的傳統犯罪產業遷移到匿名網絡只是遲早的問題，但我們下至市民，上至執法者都未能察覺。

這是筆者第三個以暗網為寫作題材的原因。

在這一章，筆者仍然會跟大家深入暗網，窺探各種暗網的奇人怪事，當中包括企圖刺殺政治人物的網民、沉醉在人魚性愛的戀獸癖者、暗網懺悔室、暗網深藏的神秘密碼、具宗教色彩的人

口拐帶、人皮傢具網店、黑市買賣最糟糕的情況等等⋯⋯但希望大家沉醉在都市傳說的同時切記一點⋯⋯

暗網是真實存在，而且它的威脅愈逼愈近。

NO.: #1/8

CASE: 暗網的邪教傳說——藍可兒事件

SUBJECT:

　　兩日前，我在暗網百無聊賴閒逛時，無意中點進了一個古怪論壇。論壇裡頭的帖子全都在討論殺人越貨的勾當。更加恐怖的是，他們所幹的壞事均帶有濃厚的撒旦教氣息，像是活人生祭。但有趣的地方是，每則帖子最後的留言一定是「Ignorance is Bliss（無知是福）」。

　　我膽粗粗註冊論壇帳號，然後在新人區開帖自我介紹，就像平常那些論壇般。大約數小時後，我的新人帖仍然只有一則留言：「鎖好你的門，泰勒，無知是福！」我驚訝他們竟然知道我的名字，但轉頭又想，只要稍有電腦技巧便能找到，覺得沒甚麼大不了，於是上床睡覺。

　　第二天沒發生甚麼奇怪事，直到第三晚……

　　那天晚上，因為稍早時沒吃晚餐，於是從夢中餓醒過來。我望出窗外，驚見一個戴著面具的陌生男人站在前庭，手握一塊木牌，木牌寫著：「無知是福」。我嚇得由床上跌下來，無命似的跑到大廳，把家中所有門窗緊緊鎖上，再拿出藏在衣櫃的步槍，然後就這樣抱著步槍躲在睡房一整晚。

那個男人大約晚上 10 時便走了，但直到現在我也不敢步出房子。

—— 「Roberts go on deep web」事件

甚麼是「邪教 Cult」？德國薩克森邦政府文化廳，又或美國精神健康專家 Steve Hassan 曾經對邪教定下廣泛定義。雖然兩個標準有些許差別，但綜合起來大致準則如下。

#1 邪教會對信徒的起居飲食及人際關係有嚴格控制，或要求他們和社會完全隔絕；

#2 邪教的教主才是唯一的真理，而且這真理只能由邪教的「大師」得知，社會上的科學和批評都被視為惡魔的詭計；

#3 邪教會限制信徒的資訊接收渠道，甚至不惜說謊和歪曲事實；

#4 邪教善於利用罪惡感控制信徒情緒，鼓勵他們互相告發，又會威脅或惡劣對待離教者。

不知道大家對上述準則有甚麼看法，但筆者覺得每個大小宗教、政治團體，甚至朋友圈或多或少都帶有這些「邪教準則」，因為這些準則背後其實就是「有效控制一個團體成員的忠誠」的心理手段，所以很難單憑上述準則就叫他們做「邪教」。

除此之外，我們又不能因為一夥人過著和我們不同的生活而稱他們做邪教徒，例如美國的阿米希人（Amish），他們現在還因為宗教信仰，過著拒絕所有電力機器、與世隔絕的中世紀生活。

但據筆者所知他們出名和善,所以沒有人會用「邪教」來形容他們。所以究竟是「選擇另類生活模式」還是「參與邪教團體」?其實界線很模糊。

縱使我們不能憑心理技巧和生活方式辨別邪教,但相信有一點大家都會認同,當一個宗教以信仰名義企圖傷害他人,甚至做出殺人一事,那麼無可置疑,它一定就是邪教。

就像暗網裡頭那些。

在這一章,我們會分兩大部分探討暗網的邪教,當中包括「流傳在暗網的邪教謠言」和「駐守在暗網的邪教」,讓大家明白邪教是以甚麼方式活躍於暗網。

藍可兒和暗網邪教

藍可兒(Elisa Lam,又名林可兒)是一名加拿大籍華人,雙親為香港移民,在溫哥華開餐館為生。藍可兒卒時 23 歲,就讀於英屬哥倫比亞大學,喜歡時裝設計和寫博客,和大多數女孩子別無二致。2013 年 1 月,藍可兒在個人博客宣佈開展她的「西岸之旅」,獨自揹上背包,計劃乘坐巴士遊走聖地牙哥、舊金山和洛杉磯等著名美國城市。

　　藍可兒是個乖女孩，每天晚上都會致電家人報平安，而且她的博客也會定期打卡。再加上她遊覽的路線在加拿大大學生間很普遍，幾乎每個大學生都曾經和三五知己走過，像藍可兒這樣的一人背包客也不少，所以她的父母也很放心讓女兒獨自遠行。畢竟那裡是美國大城市，可以發生甚麼恐怖事來？

　　但可惜在 1 月 31 日，就在藍可兒入住惡名昭彰的塞西爾酒店（Cecil Hotel）三天後，她無緣故地和家人失去聯絡。憂心忡忡的家人隨即向警方求助，警方在兩天後也派大批警員連同警犬進行搜索，但由於法律所限，他們只能進行有限度搜索，而且一無所獲。

　　整件事的高潮發生在 2 月 14 日，那天洛杉磯警方終於承認自己能力有限，於是把拍到藍可兒最後一面的閉路電視片段公開給傳媒。接下來的事大家都知道，由於那段影像過於詭異，所以馬上引起軒然大波。

　　影帶拍攝到身穿紅衣和拖鞋的藍可兒走進電梯後，輕鬆自若（但無緣無故地）按下多層按鈕，然而電梯沒有如常地立即關上。等待甚久的藍可兒覺得有異，於是探頭出電梯外，並多次在電梯門間「彈出彈入」，甚至瑟縮在電梯角落，仿佛在被某人追趕。

　　藍可兒在電梯外呆站一會兒後，舉高雙手抱著頭再次回到電梯內，一副很迷茫慌張的樣子，並重複按下多個電梯按鈕。從鏡

頭看來，藍可兒好像訝異為甚麼電梯這麼久還未關門（而這點的確很不尋常），她伸出兩手在電梯門間遊走，同時還做出指手劃腳和掰指頭等令人難以理解的動作。究竟她在自言自語，抑或和鏡頭以外的人交談？直到現在仍然無人知曉。

做出一連串古怪動作後，藍可兒沒有再回到電梯，而是走向走廊左方，自此從閉路電視消失。在藍可兒離開後一段時間，電梯門終於關上，如常運作到其他樓層。最讓人費解的是，電梯門在其他樓層打開後很快便關上，並沒有像藍可兒那次般久等半分鐘有多。影片到這裡也結束了。

從結果看來，警方公開錄影帶這舉動除了撼動公眾外，對尋找藍可兒毫無幫助。而藍可兒的屍體亦在 2 月 19 日於酒店樓頂的水箱內被發現。據報導指藍可兒的屍體沉沒在水箱底部，而且全身赤裸，頭朝向下，四肢以不尋常的角度扭曲。

藍可兒的驗屍報告在事件發生的 6 個月後出爐，但只說明了

屍體沒有表面傷痕，也沒有中毒跡象，並沒有任何突破性線索。警方在這段期間也找不出任何疑犯，調查亦都在時間洪流中不了了之，自此藍可兒事件便成為一代懸案。

究竟藍可兒按下多層電梯按鈕有何意義，是一時貪玩，還是逃走策略？究竟電梯在藍可兒使用時遲遲未關門，是機器故障，還是另有他人操控呢？究竟藍可兒是因為被人下藥而做出奇怪動作，還是正在跟電梯外的人對話呢？究竟藍可兒如何通過上鎖的樓頂安全門，而沒有觸發警鐘？究竟藍可兒是自殺，還是他殺呢？如果是他殺，兇手又會是誰呢？

對於種種疑點，很多人把藍可兒的死亡扯到她入住的塞西爾酒店那源遠流長的謀殺歷史上。雖然在藍可兒事件後，馬上有大批百無聊賴的市民預約塞西爾酒店，幾乎把所有房間訂滿，只為一睹案件現場。但其實在此之前，塞西爾酒店已經是著名「犯罪觀光點」。

塞西爾酒店始建於上世紀20年代，雖然建於治安不佳的地區，卻標榜自己為高尚商業酒店。在這一百年間，塞西爾酒店幾乎和洛杉磯大小兇案都扯上關係，當中包括著名的「黑色大理花懸案 The Black Dahlia」，女死者 Elizabeth Short 兩邊嘴角被人用

利刀向上割開，形成一個極其怪異的小丑笑臉。身軀被活生生從腰部斬成兩截，全身血液被抽乾，內臟也被挖空，大字型地躺在草地上，就像一朵黑色大理花。而 Elizabeth Short 死前一日入住的酒店便是塞西爾酒店。

「潘興廣場鴿子夫人案 Pigeon Lady of Pershing Square」的受害人 Goldie Osgood 也是在塞西爾酒店客房內被姦殺。另外，著名連環殺人犯 Jack Unterweger 和「夜行者 Night Stalker」Richard Ramirez 作案時，也是定居在塞西爾酒店。除了上述兇案，還有數之不盡的自殺、暴力殺人案在這間「高級酒店」內發生，以致它享有「沒有房間沒死過人」的「美譽」。

— Richard Ramirez

迷信的人認為數目繁多的兇殺案暗示了塞西爾酒店「風水不好」，更有人表示所有兇殺案也是互有關聯，背後由一個黑魔法邪教操控。那些黑巫師在酒店設立了結界以方便他們施行法術和召喚惡魔。當中部分自殺案和殺人案的確為他們所殺，或者僱用外人來殺，但有的則是遇上被結界吸引過來的邪靈所殺，但究竟

這個邪教是否真有其事？則沒人能確定。

或者我們可以在暗網找到答案。

　　暗網的匿名性驅使不少掌握秘密的人前往那裡爆料。以藍可兒事件為例，在暗網人氣論壇「IntelExchange」內，就有網民自稱是殺害藍可兒的巫術邪教信徒。

　　那網民描述的內容正正是剛才提及的黑魔法結界。他說藍可兒跌入了他們的結界，眼裡看到的幻象不是我們能想像，所以她才在鏡頭前做出如此奇怪的動作。另外，淹死在水箱中也是刻意安排，和他們所做的儀式有關。

　　類似的「自稱邪教徒」在暗網還有很多，但很多都是「無圖無真相」，證明不到甚麼東西。然而，在眾多暗網謠言中，有一則邪教謠言勾起了筆者興趣。雖然這則謠言都是無從考究，卻為

藍可兒事件提供了一個很嶄新的角度，所以想和大家分享。

　　某天一名西班牙網友上暗網論壇 TorChan 時，看到一則討論藍可兒事件的帖子。其實大多數回覆也沒甚麼特別，都是重複表網絡說過的話，例如 MKUltra 計劃、神秘殺手……但那位網民看到一則頗為有趣的留言寫道：「你們可能不會相信我，但我真的知道那天在酒店發生的事。因為我認識其中一名發現屍體的維修工人，他向我透露藍可兒事件驚為天人的秘密。」他最後補充如果想要更多資訊，請私訊他並留下 Skype 帳戶。

　　於是那位西班牙網友膽粗粗私訊那個泄密者，果然數天後便有回覆，並相約好時間用 Skype 通訊。同一天晚上，兩人便用 Skype 開始對話。由於西班牙網友曾經在英國留學，所以勉強能用英語和那名泄密者交流。然而，由於 Skype 另一端的聲音經變聲軟件處理，變成一把粗糙的電子聲，所以泄密者的真實身份是男是女，是老是幼也是個未解之謎。

　　泄密者聲稱自己曾經是一名精神科醫生，在美國西岸一間精神病院工作十多年，而且是很高級那種。但現在那名精神科醫生已經轉到別的地方工作一年有多，但他補充轉職一事和接下來說的秘密無關。重點是，當他在上一間精神病院工作時，他其中一個病人便是當年發現藍可兒屍體的維修工人。

　　我們先補充一下，當年藍可兒的屍體並不是警察主動找到，

而是有住客抱怨水壓過低，於是酒店派了數名維修工人檢查樓頂水箱，才發現藍可兒的屍體壓在水箱底部的去水位，而住客也無意中飲了好幾天「屍水」。但發現屍體在水箱的過程是否如傳媒報導般輕描淡寫？由那名精神科醫生口中我們聽到另一個故事。

精神科醫生說那名病人是在 2013 年 6 月中送到精神病院，亦即是藍可兒事件後 4 個月。當那名病人送到病院時，他已經被五花大綁，身穿磁石緊身衣。從初步診斷看來，病人患上精神分裂，出現嚴重的妄想和幻聽，常常陷入驚恐狀態。這種情況其實在精神病院很常見，要麼遺傳引致，要麼濫藥過量，所以精神科醫生也不以為然。

直到某天對病人進行催眠治療，精神科醫生才察覺到事情有點不妥。雖然真實的催眠治療沒有像電影描述般那麼誇張，但仍然能讓病人打開心房，回憶起平常不願意提起的事。而在催眠狀態下，那名病人就吐露出一個令他難以相信的恐怖故事。

病人說自己之前在一間酒店擔任雜工，由於他學過水電，所以酒店大小雜務如冷氣水喉都是先由他和他的下屬負責，搞不好才找外邊公司。那一天，酒店經理走到他們的休息處，說接到很多投訴說客房的水壓很弱，想他們檢查一下樓頂水箱。

水箱的門出奇地鎖得很緊，遠比正常水箱的門還緊，需要他和另一名雜工一起才能勉強扯開少許狹縫，下方還有兩名酒店經

理和一名雜工看著他們，準備隨時支援。當兩人用盡九牛二虎之力終於打開鐵門時，由於氣壓關係，<u>一股惡臭像強力子彈般立即飛撲到他們的鼻子。</u>

那名病人說他在酒店工作多年，偶爾會見到屍體，但那種惡臭卻是前所未有，像從一千座墳墓發出來般難聞。他立即摀住嘴巴，但那股腐爛腥味已經一腦灌進喉嚨，整串腸胃立即縮成一團。

那名病人說他當時伏在水箱頂上才不至於跌下去，但他的夥計則沒有那麼幸運。當惡臭迎面襲來時，那夥計立即雙腿一軟昏了過去，頭朝向下跌在水泥地板上，<u>後來證實當場死亡</u>。下方的酒店經理和雜工也跪倒在地上，摀住肚子瘋狂嘔吐。**這點非常不尋常，即使是最惡頂的腐屍，也不應讓人如此難受。**

一名經理知道不對頭，已經馬上衝到樓下報警，其他人也紛紛逃走，只剩下那名病人在水箱頂上。惡臭隨著時間逐漸減弱，至少減到能讓人透過氣來的程度。那名病人在好奇心驅使下<u>探頭進水箱內</u>，看看究竟甚麼鬼東西如此惡臭難聞。

根據傳媒所說，維修人員只是發現一具屍體沉在水箱底部，但這並不是全部內容。那名病人說當他探頭進水箱時，打開手電筒一照，<u>驚見一具類人型的生物在水箱內游動</u>。他形容那隻生物有女性的外表，雙目卻沒有黑白，只有像深淵般的漆黑。浮腫的身軀長滿水泡，但仍然能隱約看到皮膚被人用刀割出一個個符文，遠看像一個巫毒娃娃般。

最恐怖的地方是，雖然水箱中的女人充滿死亡氣息，卻沒有真的死過去。她（或者它）以奇怪的姿勢在水缸中游來游去，**像隻抽筋的青蛙般**。當電筒光照到它身上，它的頭部以一種快得不尋常的速度轉過來，用那雙散發邪光的眼睛盯著那名修理工人，眼神充滿狡猾。<u>這也是那名病人發瘋的原因</u>。

那名病人嚇得邊叫邊爬下水塔，中途不小心跌在地上，倒在他那個死掉的夥計旁邊，但慶幸他還有意識走出天台。病人接下來數天都躲在家中，他不知道後來警察趕到現場發生甚麼事，也不知道為甚麼媒體沒有報導死在天台的工人。不久，酒店便解僱了他，但臨走前給了他一大筆保密費，警察也派人前來要求他保密。縱使如此，但那名病人始終<u>承受不了那怪物每晚出現在腦海，最終精神崩潰</u>。

精神科醫生說雖然不時有住院病人胡言亂語說自己是殺死甘迺迪的兇手，又或被政府抓去做秘密實驗…但當他翻查該名病人的記錄時，<u>發現他的確曾經在事發酒店工作過，有一定可信性</u>。精神科醫生向西班牙網民坦言他沒有能力和勇氣進一步追查下

去，但前陣子醫生診斷他患上了肝癌，他不想把這秘密帶入墳墓，希望有人能代他查出究竟那名可憐的女孩遭遇了甚麼恐怖事⋯⋯

說藍可兒因被詛咒而魔鬼上身好像有點誇張，所以大家都是半信半疑好了，但宏觀來看，「藍可兒邪教陰謀論」還真的有一點基礎。話說藍可兒出事的酒店位於加州洛杉磯，而加州就是以異教聞名。

據說由於加州位於美國國土最西邊，遠離東岸的政權核心，所以舊時所有美國異端和地下活動一旦被政府壓迫，都會飄泊到西岸，久而久之成為現在的異教核心。根據統計，加州高峰期一共出現了 300 至 400 個異端邪教。

如果我們把塞西爾酒店該區治安、邪教殺人歷史（連環殺手「夜行者」就是一名撒旦教徒）等等因素加上去，便會發現藍可兒遇上邪教幾乎是唯一可能的解釋。至於那些邪教殺手是純粹下藥再淹死藍可兒，還是真的涉及邪術？我們就不知道了。

但暗網有關於邪教的謠言不止藍可兒，較多人談論應該還有傳統宗教暗藏戀童癖圈子的謠言，例如羅馬梵蒂岡。少數宗教也有涉及類似的謠言，例如國際奎師那知覺協會（International Society for Krishna Consciousness，又名 Hare Krishna），一個以印度教作原型的宗教團體，創辦人為帕布帕德，以推廣靈性修行、素食和瑜珈為名，但有傳言指他們會綁架和性虐兒童，

而且數目多達 2000 宗。

另一方面，暗網亦有性質相反的謠言指「戀童癖圈子只是政府用來打壓宗教的手段」，例如説 Hare Krishna 在上世紀 70 年代初傳到美國後，碰巧迎上當地的新興宗教熱潮，信徒人數急速上升。美國政府對外國宗教心有存疑，於是派出大量臥底混入搞事，例如奪權分裂、暗中叫人離教，又或造謠生事。而戀童癖圈子則是各地政府用來抹黑、減低宗教影響力的手段之一。甚至有傳言説某國家派出特工用汞毒暗殺他們的創辦人。

然而，無論是正方反方，藍可兒或戀童宗教，這些在暗網流傳的言論都是以「謠言」性質存在，究竟是匿名洩密，抑或是造謠抹黑，我們不能純粹因為它在暗網流傳便認為一定是真。

從犯罪側寫看藍可兒

讓筆者寫一下從犯罪側寫角度會是如何看待藍可兒事件。犯罪側寫指利用環境證據，推理出兇手的背景和犯案過程，從而收窄警方的查案範圍。所以究竟甚麼類型的人會犯下藍可兒謀殺案？

首先，藍可兒和兇手是相識的，這點不難推敲出來。在錄影帶裡，藍可兒穿著拖鞋、紅色外套和一條短褲。事發時為 1 月尾，美國天氣還頗寒冷，所以藍可兒的裝扮説明了她離開房

間時,是沒有打算離開酒店範圍。我們還可以進一步猜想她可能因為某些原因,才匆忙離開房間。

所以房間發生甚麼事,驅使藍可兒離開房間?既然用上犯罪側寫,那當然要撇除所有怪力亂神因素,而且一定涉及人的互動。而就案情來看,人的互動應該在房內發生。

傳媒常常聚焦在藍可兒電梯內的詭異行為,但從筆者的角度來看,過度解讀她的行為對案情是毫無用處。藍可兒的行為明顯受到藥物或酒精影響,而神智模糊的人動作當然滑稽。重點應該是她被誰人下藥。而按照之前的推斷,下藥的人應該在藍可兒居住的房間。

究竟甚麼人會出現在藍可兒的房間?筆者有兩個猜想:酒店人員或旅途上認識的人。但無論是酒店人員或旅伴,他都一定是個富有魅力的人。因為下藥無論是注射或口服,都一定要和受害者有很多接觸機會,才能選擇下手時機。藍可兒讓那個人進入她房間,又讓他逗留到適合下藥的時機,他們的關係一定很好,至少可以吸引到藍可兒。

筆者明白有部分人可能會驚訝一個女孩為何會讓陌生人入房。但作為一個常常旅遊的人來說,筆者可以擔保這平常得很。

獨自旅遊的人都會樂於交朋友，碰上有吸引力的甚至不介意在酒店「玩樂一番」，只是藍可兒碰上的是殺人兇手罷了。

　　但為甚麼最後旅遊故事會淪為殺人案？或者我們應該再退後一步來看，為甚麼被下藥的藍可兒會跑到走廊？為甚麼兇手會把藍可兒棄屍於水箱？

　　以上謎團其實都有一個方法可以解釋到：兇手根本沒有計劃殺人。

　　我們在偵探小說裡常常都會看到裡頭的兇手聰明能幹，心思細密，每一步都想得清清楚楚。但來到現實，其實大多數兇手都是慌張的傢伙，他們容易犯錯，總是迷茫，而且很多根本沒有所謂的「計劃」在腦海。

　　筆者會認為「藍可兒走出房間，來到升降機」是場意外。可能被下藥的藍可兒還有半點清醒，才勉強走出房間，又或她純粹太忘我所以跑出房外，但無論如何，離開房間這件事不在兇手的計劃內。

　　但幸好兇手熟悉酒店環境，懂得在遠處按下開門掣，讓升

降機遲遲不關門。另一方面，他又清楚酒店的閉路電視位置，所以一直沒有入鏡，只在遠處慢慢誘導藍可兒回房，而他最後成功補救了。

另一方面，筆者認為兇手原本沒有殺人計劃是因為「他選擇棄屍在水箱」。棄屍在水箱可以反映到兇手兩個特點：第一，他熟悉酒店架構，清楚酒店樓頂沒有鎖好；第二，他是錯手殺人。

我假設兇手是個連環殺手犯，為甚麼不讓藍可兒棄屍在房間，佈置成黑色大理花的樣子？藍可兒的屍體為何不見受到虐待的傷痕？因為他當初根本沒有想過要棄屍，所以他只想用最快的方法藏匿屍體。水箱雖然始終有被人發現的一天，但拖延到的時間一定比屍放在房間長，足夠讓他逃走。

你說酒店人員對傳媒說酒店屋頂長期上鎖？筆者認為這只是官方說法，他總沒可能說「對啊，我們的樓頂保安其實很差，所以兇手很容易便上到去。」但筆者有個壞習慣，有段時間常常和朋友爬到各大廈的天台。據經驗所知，其實大多數酒店樓頂沒有大家想像中嚴密，稍有技巧便可以打開，甚至很多根本長期都中門大開。所以筆者想這兇手要麼很大膽，要麼精於酒店結構。

我們回到最初，如果兇手沒有打算殺人，那為甚麼要下藥呢？迷姦。這是最簡單和常見的理由。他可能當初只是想迷姦藍可兒，但事情沒有他預想中順利，藍可兒不單只成功逃走一次，中途可能還發現些事誤殺了藍可兒，最後不得不想辦法埋掉藍可兒。

簡單整合一下，筆者認為兇手是個富有魅力的男人，他有機會是酒店職員或曾經在酒店工作過，熟悉酒店環境。他可能在酒店利用工作機會認識藍可兒，又或在酒店外認識。他說服到藍可兒讓他入房，並在閒談間向藍可兒下迷藥，企圖迷姦藍可兒，但可惜因為某些原因，藍可兒逃走到升降機。由於他熟悉閉路電視的位置，所以一直只站在遠處，用說話誘導迷糊的藍可兒回房。

回到房後，那人可能萌生了殺意，又或藍可兒因為藥物過量而死。他知道自己如果就這樣棄屍在房間，很容易被人追查到他的存在，所以他需要找一個方法去模糊案發時間和藏匿屍體數天。他想起酒店樓頂的水箱，於是趁夜把屍體棄在水箱。

如果筆者是警方，筆者會建議翻查酒店的人事記錄，看看在藍可兒失蹤前後有否職員驟然離職，又或請假數天。

駐守在暗網的邪教

　　Abldr 是一名高中生。因為體弱多病的關係曾經休學半年，當他回校時，所有熟悉的同學都已經畢業，班內全是陌生的臉孔。因為孤獨無朋友，Abldr 常常逃課，躲在家中打電子遊戲機或上網。亦都自那時開始，<u>Abldr 沾染了上暗網的壞習慣</u>。

　　就像所以剛上暗網的網民，Abldr 宛如誤入糖果屋的小孩般，被暗網琳琅滿目的網站吸引住，不能自拔。駭客網站、黑市網站、變態網站⋯⋯一個接一個瀏覽下去。雖然見過不少嘔心恐怖的事，但總體來說，Abldr 沒有遇上甚麼麻煩。

　　直到高中學期完結，還有三個月便上大學時，Abldr 收到一名相識已久的暗網網民訊息。那位網友說他找到一個闖後門的方法，可以<u>根據註冊地區尋找暗網網址</u>。Abldr 在好奇心驅使下利用他朋友開發的程式，搜尋了那些開設在他所住的州份的暗網網站。Abldr 說大多數都是些無聊網站，毒品、毒品和毒品⋯直到**他發現一個新開的奇怪網站**。

　　根據 Abldr 推理，那網站在他使用朋友的搜尋程式後兩小時才開設，新鮮熱辣得很。可能由於網站新落成，所以設計很簡單，甚至可以用醜陋來形容。網站背景黑色一片，只是重複寫著「#1 Devotee（第一奉獻者）」，但仔細看便會留意到很多顏色和背景一樣漆黑的超連結。

Abldr 按進去超連結，發現自己來到一個即時聊天室。聊天室很熱鬧，幾乎每秒鐘也有新留言。由用戶名字看來，幾乎清一色是男網民，例如 Brad、Tim。他們不斷在談論一個叫「完美無瑕 Perfection」的神秘人，讚美祂有多完美多偉大，他們有多喜愛那個叫完美無瑕的人。

Abldr 以為這只是甚麼瘋狂粉絲網站，於是放下戒心，隨意點擊那些粉絲放上來的超連結。大多數連結都是個音頻，通常只有三十秒長，由毫無關聯的聲音砌合成，例如停車聲、沖廁聲、清嗓子聲、嬰兒叫聲…Abldr 想那些人還有夠瘋狂，只是把日常生活的聲音錄下來，然後像如獲至寶般帶回聊天室分享。另外有一個超連結是文件夾，Abldr 下載後發現是一本超過 500 頁的小說，內容講述作者如何和完美無瑕一起長大，和對祂種種近乎病態的幻想。由於內容實在太長太垃圾，所以 Abldr 沒有認真觀看便刪掉。

Abldr 再打開一個連結，發現裡頭是一張房子的藍圖，貼著每間房子的用途，例如「我們的工作室」或「用來存藏隔離食物的後備廚房」。因為 Abldr 本身是個乳糜瀉患者，不能進食含有穀蛋白的食物，所以 Abldr 很清楚隔離食物的意思，而藍圖的畫者明顯患有相同的敏感疾病。最後還有張清單寫著完美無瑕用過的物品，例如吃剩的水果皮、用過的即棄杯子、衣服掉下來的纖維、取自化糞池 20 磅糞便、使用過的安全套…雖然不清楚那個男人是誰，但只看那些瘋狂粉絲的嘔心行為，已經令人覺得受不了。

當 Abldr 回到聊天室時，驚訝地發現整整 5 分鐘內都沒有新對話，數百萬個想法飛快地在 Abldr 腦海中掠過：他們察覺到我存在嗎？他們覺得不滿嗎？於是 Abldr 匆忙留下訊息：「嘿！我只是閒逛，不要介意。」之後按下對話記錄中最後一條超連結。

最後一個連結是個相簿，相簿開頭是一個女人抱住新生嬰兒剛離開醫院的照片。女人坐在輪椅上，向下看著懷中的嬰兒，後面有護士把她推向路邊。照片的質素很差，很難找到更多線索。下一張照片顯示同一個女人和孩子在他們的客廳裡玩，嬰兒坐在母親的背上，伸手想抓住一個垂懸在天花板的玩具。奇怪的是，拍攝角度是由屋外窗戶拍進屋內。

之後數十張照片都是那個女人和嬰兒，但 Abldr 注意到隨著相簿愈來愈後，照片中的嬰兒開始慢慢長大，那個女人也一幅相比一幅相老。還有值得注意的一點，某些相片不是拍攝嬰兒和女人，而是嬰兒的隨身物，例如玩具、鞋子和便盆。那張拍攝用過的便盆照片特別讓 Abldr 感到不安，因為他認得那是他兒時用過的便盆。

Abldr 返回聊天室，公眾討論欄仍然沒有新回覆，但多了個私人聊天室。來信者名稱是 Steve，訊息寫道：「你為這個世界感到自豪嗎？」Abldr 直接關掉對話框，但對話框隨即彈回來。

Abldr 吐槽那人看來不會輕易罷休，於是回覆：「甚麼？」

「你一定覺得很自豪，對嗎？」

Abldr 對 Steve 說的話完全一頭霧水，但還未想到怎樣回覆，Steve 已經傳來下一條訊息。

「慢慢來，不要害羞。我家就是你家。看看周圍！」
「這很嚴重。你們真的非常迷戀那傢伙。」

沒有回應。

「他究竟是甚麼人？」Abldr 追問。

這時候有第二個人突然加入聊天，他的名字叫 Bob。

「祂是完美無瑕。祂是上帝。我的生命只為服侍祂而存在。我每天都在期待有天能獲得祂的讚許。這個世界實在太侮辱祂了，我要努力創造一個專屬祂的烏托邦。」

這夥人真的有夠瘋狂，Abldr 心想，明顯我誤闖了一個狂熱信徒社區，這點真的有夠惱人。

「你們怎知道那傢伙喜歡你們的舉動？因為你們所做的其實還頗侵犯別人私隱。」

再有狂迷加入聊天室，叫 Terry。

「我們是真心相愛。任何阻礙我們的人都會被摧毀。」

Abldr 狙擊下去道：「他甚至不知道你們這夥白痴的存在。你們那些自我陶醉的鬧劇真是歷史上數一數二。做人踏實點好嗎？」

Steve 回覆：「我做了甚麼令你傷心的事？」

「沒有，純粹我見到你們二十四小時跟蹤某人，再偷取他用過的物品拍照，就覺得很嘔心。」

就在 Abldr 能繼續說下去前，對話框突然同時彈出多個那些狂迷的回覆。

「這聊天室可以設定做只有我倆。」
「你為我感到自豪嗎？」
「這房子滿足你需要嗎？完美無瑕。」

Abldr 感到肚內的腸子攪成一團，有些事情不對頭。

對，那個便盆的確是 Abldr 兒時使用的便盆。

Abldr 馬上返回那個奇怪相簿。那張醫院門口的女人的照片雖然不清晰，但輪廓仍然隱約浮現。**為甚麼我當初會認不到？畢竟都相處了廿多年，**Abldr 心想，腦袋仿佛有個警鈴不停瘋狂鳴響。然後他滾動到相簿最底部，看到多張新照片。縱使一百個不情願，他仍然打開來看。

那是他睡房門的照片，而且發佈時間只有一小時前。

照片拍著陰暗走廊上的一道閉門，門底狹縫滲透出微光，剛好映照出走廊牆壁上的蝙蝠俠海報，Abldr 認出那是他一年前在漫畫店買的，還有那個他裝修時塗錯顏色的門把。

此時，對話框再有訊息彈出。

「我愛你的程度絕對超過你能想像。你就是我的完美無瑕。」

Abldr 僵硬在電腦前，像亡國君主般眼睜睜地看著愈來愈人加入聊天室，回覆排山倒海地湧過來。

「我愛你。」

「我愛你。」

「你是神。」

「我永遠不會離開你。」

「完美無瑕。」

「完美無瑕。」

「愛你。」

「我的救主。」

Abldr 害怕得由椅子跌下來，連忙把電源線從牆上扯下來、跑遍房屋把每一扇窗簾、每一扇門鎖上、翻開每一個衣櫃每一件傢具…直到百分百確定房子只有自己一人後，他才敢回到睡房，把自己塞進衣櫃最深最黑暗的角落，之後一整晚都不願意踏出衣櫃半步。第二天早上，Abldr 把電腦拆成兩截，之後再埋在後山。自此之後，Abldr 不敢再入暗網查證，而在表網絡也找不出那些「第一奉獻者」的真正身份，他亦因今次事件患上驚恐症。

直到現在，只要房子有東西不見，Abldr 便會陷入極度恐慌。

究竟網民 Abldr 的經歷只是給他搜尋器的朋友的惡作劇，還是真的有個瘋狂邪教，隨機找人來崇拜呢？

前者在技術上絕對有可能做到。在前文沒有提到，給 Abldr 搜索程式的其實是他的舊同學（但同時也會上暗網），所以要搜集他的私人物品來愚弄他絕對不難，而且 Abldr 一用那個搜尋器便見到那個完美無瑕的網站這點的確很可疑。但後者瘋狂邪教論在暗網又是否完全沒有可能？又不盡然。

暗網是有邪教存在，這點無容置疑，而且絕對不是我們在文

章開頭提到「只是生活方式不同」的邪教，因為那種少數宗教的行為雖然怪異，但通常都在法律容許的框架內，沒有躲到暗網的需要。所以<u>出現在暗網的邪教，要麼宣揚他們違法的理念，要麼放下他們犯罪的證據</u>。

以招募信徒為例，比較為人熟悉的邪教<u>「天堂之門 Heaven's Gate」</u>仍然在暗網招募信徒。天堂之門是一個<u>崇拜多次元世界的邪教</u>。天堂之門的成員相信人類的靈魂其實是來自外星，甚至更高次元的宇宙，而肉體只是一個靈魂容器，又稱為「房子」。在肉身死後，靈魂會脫離軀幹，轉移到另一個軀體。

可惜的是，地球這個行星將被消滅，為了保留外星靈魂，他們必需抓住前往下一個次元的外星飛船，而抓住的方式就是<u>集體自殺</u>。所以在 1997 年 3 月 26 日，39 名天堂之門成員在聖地牙哥一間公寓內<u>集體服毒自殺</u>。

但最荒唐的地方是，天堂之門沒有因為<u>集體自殺而終結</u>（順帶一提，他們的教主也乘了外星飛船走了），那些沒有自殺的信徒由於被政府打壓，轉移到暗網繼續宣揚多次元世界的理念，所以直到現在你仍然能在暗網找到他們的主網頁。

另一方面，暗網也流傳了很多邪教的犯罪證據，就像我們在《Deep Web File # 網絡奇談》提到的撒旦教的照片。除了那組照片外，近來網民亦找到另一組流傳在暗網的撒旦教照片。照片是用偷拍的角度拍攝，開頭是數十個穿西裝的男人站在一棟廢棄的建築物外。由建築師外圍的標誌看來，地點應該是俄羅斯或者烏克蘭等東歐國家。

順帶一提，男人們的外表都被上傳者刻意模糊掉。之後數十張照片是那些西裝男和穿白袍的科學家進行一些宗教儀式，有吟唱有跳舞，最後更有用兒童活祭的照片。

之所以對兒童活祭的部分輕描淡寫，是因為兒童活祭不是照片最恐怖的地方。

在那數十張照片後，下一張照片看似隔了好一段時間才拍攝，因為那些男人已經脫下衣服，坐在地上，地上滿是用兒童鮮血畫成的咒術圖案。但最奇怪的地方是，在照片中間有一個很大的模糊形狀，比一個成年人還大。那個奇怪形狀一直出現在接下來的照片。據說網民繼續按下去，會看到那隻模糊物體在微微移動，但始終離不開地上那些血圖案形成的圈子。

直到最後一張，才可以辨認到那個所謂的模糊物體根本不可能是人類，亦不會是野獸。它用兩腳站立，卻比人類更高大，身上長出文字無法描述的畸形肢體。更加恐怖的是，在最後一張照

片，那隻怪物用閃耀邪光的眼睛凝視鏡頭。雖然觀看照片的網民之後沒甚麼事，但究竟當初偷拍的人下場如何？實在不敢想像。

NO.: #2 / 8

CASE: 暗網的娛樂室——家庭販賣

SUBJECT:

⋯⋯我曾經上過一個奇怪論壇，專門討論一種叫「**死亡雕塑 Dead-Sculpting**」的興趣。起初以為是類似黑金屬的東西，多看兩眼才知道是一種極度病態的「興趣」。那些所謂的藝術家在表網絡以 Partner Jim 的身份招聘人才，起清應徵者的底線後，再殺了他們。偶爾他們也會在街上隨機尋找獵物。但重點是，他們會用大鐵釘和鐵棍刺穿受害人的手腳，讓他們擺出不同英文字母拍照，再集合成一組「藝術照」⋯⋯

⋯⋯在暗網隨機找色情片看看，找到一段無名影片。影片開始時，一個穿著高跟鞋的女人圍繞著一個坐在地上的中年男人打圈。中年男人雙手被綁，兩腿張開，全身赤裸，露出昂然勃起的陰莖。沒有甚麼奇怪地方，普通 BDSM 片情節。

突然，女人舉高高跟鞋，瞄著陰莖中段較脆弱的位置猛力狂踩，鋼做的鞋跟應聲刺穿陰莖，鞋跟在陰莖的另一面突出，源源不絕的鮮血由陰莖裂口噴出，男人張口發出慘絕人寰的慘叫聲。女人仍然沒有放手的意思，不斷踢腳拉扯血淋淋的海綿組織，把陰莖當垃圾般在地上拖行⋯⋯

以上兩則是網民在暗網親身遇上的恐佈經歷。或者大家開始熟悉暗網，覺得遇到這些重口味東西正常不過。雖然我們不能説這種想法錯誤，但也不能稱得上「全面」。就正如有研究連環殺手的專家發現，如果把連環殺手的生活周期攤開來看，你會發現超過 98% 的時間，他們的生活都和正常人無異，不像荷里活描述般變態誇張（他們只是殺人時才表現得變態）。

同樣道理，暗網的確有極端重口味的變態網站，但其實佔大多數都是相對「輕口味」（但仍然犯法）的網站。有見及此，筆者今天想帶大家看一下暗網的「娛樂室」。

這間娛樂室沒有像「紅色房間 Red Room」般血腥，也不見得像「絲綢之路」般毒氣瀰漫，這裡只有色情和賭博。縱使如此，危險仍然潛伏在房間四周，並以一種你想像不到的方式展露出來⋯⋯

「色慾堂」

還記得 2008 年香港發生藝人裸照事件，多名女影星的性生活照片被駭客公開放在網上，在社會引起軒然大波。可能是華人社會的關係，當時輿論矛頭普遍指向被洩露照片的女影星，不單只星途受阻，還要走出來公開道歉。那時候筆者還年輕，現在回想起才驚訝發現社會幾乎沒人同情她們，然而她們才是事件的受害者。她們只是享受正常而且合法的性生活，為甚麼要被公眾責備？

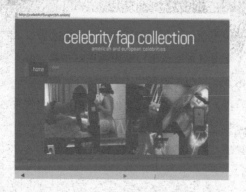

可能西方人對性比較開放，所以當藝人裸照案發生在西方社會時，大眾目光還是給予受害人較多同情而非責備。縱使如此，這仍然改不了一點，藝人裸照案在西方發生得比較頻密且猖狂。例如在 2014 年 9 月，便有過百名荷里活級女星的裸照或性愛照被駭客放在暗網上，當中包括出演《飢餓遊戲》女主角的珍妮佛‧勞倫斯（Jennifer Lawrence）及著名歌手亞莉安娜‧格蘭德（Ariana Grande）。

根據策劃事件的駭客組織聲稱，他們整團人花了半年時間，耗資無盡人力，成功駭進了過百名女星的雲端系統（如：Apple Cloud、Dropbox），盜取了裡頭的裸照。他們曾經向女星所屬公司勒索大筆金錢，但都被一一拒絕。於是他們把近萬張照片放在暗網，以公開籌款的方式謀取資金，事件也因此曝光。

雖然隨著時間過去，這批藝人裸照已在公眾心目中淡化，但這並不表示事件已經完全消失。即使事隔數年，藝人裸照在暗網黑市仍舊是活躍商品之一，在較大的市場（如 Dream Market、Alphabay）總找到它們的身影。

　　而且除了 2014 年那批裸照外，幾乎每年每月也有新的藝人裸照在暗網流出，例如網站「美眉洋蔥彙總 The Beauty Onion Compilations」便多了一批沒在 14 年事件出現的藝人裸照，當中包括很多香港人熟悉的艾薇兒·拉維尼（Avril Lavigne）。

　　這樣看來，要說暗網暴露了當代女性缺乏網絡安全意識也不為過。因為除了藝人私照被盜外，暗網另一項有關色情的犯罪行業也帶點勒索性質，只是對象由藝人轉向普通市民。「黑暗醜聞 Dark Scandal」是暗網一個頗有名的網站，專門播放女性被勒索的色情影片。

　　不法之徒在網上勒索女性的途徑有兩種：

#1 駭進受害人的電腦／電話的鏡頭，偷拍她們的更衣照和性愛照。
#2 透過網上交友，誘使受害人進行網絡性愛（Cybersex），並把性愛過程拍下來。

　　拿到裸照後，駭客威脅她們拿出金錢，或做出更猥瑣的舉動，否則把她們的裸照寄給公司、朋友、學校、家人…這種威脅有多少女性能抗拒呢？

　　在網站中，你可以看到過百名由十歲到二十多歲不等少女，在駭客威脅下被逼做出各種虐人的性愛動作，例如自慰或公眾裸

露，情況幾乎和強姦無異。那些網站的支持者享受的不是女性的肉體，而是她們無助和恐慌的表情。不少受害人在鏡頭前哭了出來，但她們的眼淚只會給予施虐者更大的快感，繼而提出更折磨的命令。而且很多時候即使女性服從他們的意願，到他們玩膩時，仍然會把受害人的裸照放上網站，造成雙重傷害。

更可怕的情況是，暗網還有不少以「強姦女性」作主題的論壇。眾多強姦犯聚集一堂，彼此分享強姦技巧，分享在哪裡可以買到最新的迷姦水的情報。當中最常討論的手法是，邀請受害女性來到家中，把迷姦水加進冰塊中。所以你大可以放膽飲用她們的杯，以獲取她們的信任，讓她們不知不覺間吞下大量迷姦水。

但網站也提及另一種情況，你可能「魯蛇」得根本不會有女性願意到你家飲酒，這時候他們會建議你到夜店狩獵。利用昏暗和擁擠的環境，偷偷把迷姦水注射到受害人身上。另外，外表傻呼呼又或開放的女性也是他們的推薦目標，前者容易被欺騙，後者（強姦犯認為）她們對自己身體毫不在意，一兩次強姦也沒有甚麼所謂。

但最恐怖的地方，正如暗網其他以虐殺或戀童為題的論壇，這些強姦論壇會要求你在犯案後，把強姦過程的影片和照片放在論壇，公開讓其他強姦犯享用，以延續會籍或獲取更高級的資源。而事實上，的確有過百段女性被強姦的影片放在論壇裡，數千人在影片下留言互相讚好，證明論壇的人不是吹牛。

當中最讓人心痛的兩種情況是，有女性在迷姦過程中清醒過來，於是強姦犯用武力繼續過程；又或部分女性根本不知道自己被強姦過，強姦影片一直在網上流傳也懵然不知。另一方面，根據論壇的影片，年輕女性不是唯一受害人，男孩和男人也很常見，偶爾甚至看到老人家、傷殘人士，甚至聲啞人士被強暴的影片。

但除了上述這些讓人心寒的犯罪網站外，筆者覺得有必要補充一下，其實暗網也有普通的色情網站。暗網有數個個人網誌，專擺放各種類型的（強調是正常的）色情影片，就像大家熟悉的 PornHub 般。你可能會問為甚麼看普通色情片要大費周章來到暗網？那只是因為我們身處在香港罷了，世界各地還有部分國家（特別是中東）是完全禁止色情片，又或同性戀色情片。在他們的國度，看色情片是犯法的事，所以便到暗網偷看。

「豪賭廳」

一直以來，我們談到很多人們上暗網的原因，有販毒、洗錢、走私軍火、殺人⋯但這些原因要麼犯法，要麼很重口味，聽起來正常人不會有原因上暗網。然而，筆者近來發現身邊有不少朋友也有上暗網的習慣，但不是從事非法活動，也不是看變態影片，他們的目的只有一個：賭博。

　　這裡沒有耀眼的吊燈，沒有免費紅酒，也沒有華麗的輪盤，只有一張密密麻麻的數字表，顯示不同的賭注，再配上數張低俗不耐的賭場女郎照。縱使這裡簡陋無比，但它標示出近代賭博歷史最瘋狂的新一頁。

　　筆者沒有賭博的習慣（連打麻雀也堅持衛生），所以直到現在也不明白人們為甚麼要在暗網賭博，既缺乏保障又難定輸贏。但恐怕這樣想的只有筆者自己，因為根據統計，有 10％至 25％比特幣持有者曾經在暗網進行賭博活動，加起來即是大約有數十萬暗網賭徒，絕不是小數目。

　　那些暗網賭徒聲稱在暗網賭博除了能保持匿名外，因為所有暗網賭場只收比特幣，而比特幣的手續費遠比信用卡收得低，很適合用作大額賭博。另外，比特幣瘋狂的升值能力也是其中一個考慮因素。網民 Nakowa 曾經用 2000 比特幣在暗網賭博，數天後贏得 11000 比特幣，當時價值 130 萬美元。等待數個月後，金額已經升值到 470 萬美元，幾乎是前者的四倍。

　　暗網賭場提供多種經典賭博遊戲，例如撲克和廿一點。當中

最高人氣的莫過於擲骰子賭大小，因為遊戲簡單，可以短時間內贏取（或輸掉）大量金錢。但近年這些尋常的賭博已經不能滿足暗網網民的口味，於是開發商又推出嶄新的賭博方法：<u>以社會時事作賭局</u>。

　　例如希拉蕊可否贏出 2016 年美國總統大選？誰人是下一屆微軟 CEO？著名電玩遊戲「戰慄時空 3 Half Life 3」何時推出？

　　以美國總統大選為例，這個叫「PolitiBet：Bitcoin Betting on the 2016 Election」的網站就列出美國兩黨總共 29 位候選人。每位候選人也附上詳細的勝負分析，包括他們的背景、功績、人際網絡。最後當然有<u>勝負賠率</u>，例如希拉里的賠率為 3：1，證明當時外界相當看好她。如果你想下注的話，只要記錄候選人下方的比特幣錢包網址，把投注金額連同你的錢包網址寄到對方網址就好了。

　　如果你喜歡賭博，但不喜歡輸的感覺的話，暗網也幫到你。「既定比賽結果買入 Fixed Match Buy-In」是暗網一個頗有

名的網站，它所販賣的服務在名字已經講得一清二楚，就是固定的賽果。無論是籃球或足球、大比賽或是小比賽、暗星隊或是明星隊，網站也會不定時列出比賽結果，即使賽事根本未開打。

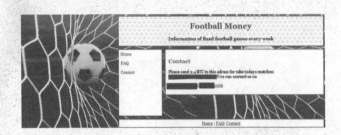

他們會首先列出掌握了那些球賽的結果。如果你有興趣的話，就給予他們一筆按金（2萬美元左右），他們便會給你預定賽果（例如2：1）。你拿著結果去投注站下注，把贏得的獎金一半給予網站，他們便會退回2萬美元按金，達成雙贏局面。

有記者曾經問網站的主人為何能預先知曉賽果？網站的主人只是說他們有途徑，背後有人撐腰，亦了解運動界的運作，但這些真相是任何球迷都絕對不會想知道⋯⋯

「地下家庭」

老一輩的人經常說賭博和色慾只會讓人感到空虛，和家人相處才是最好的娛樂。那些紙醉金迷的暗網娛樂雖然讓人驚歎不已，但始終及不上和家人一個快樂的下午，那種親密無間的感情

才是最動人。但這裡有個問題，如果一個人沒有家人或家人關係不好時，那麼怎麼辦？

買一個家人回來。

網民 inubasket 雖然是一名女大學生，但她也是一名暗網瀏覽者，常常在暗網流連。後來，她無意中碰到一個論壇叫「地下家庭 Underground Families」，親眼看到家庭觀在暗網深處如何被扭曲成恐怖至極的東西……

甚麼叫地下家庭？是否像恐怖片中那些近親相姦的食人家庭？又或像人民聖殿那種大型邪教村莊？全都不是。據聞那些論壇用戶看起來都是很正常的家庭，只不過是隱居在地下室或貨倉內，以五、六人的規模，過著足不出戶、自給自足的古怪生活。

他們依靠著這個論壇聯繫彼此，過程中沒有談起任何虐待或綁架等恐怖事宜，就像那些師奶們很喜歡上的家庭論壇般。他們聲稱只是討厭社會生活，還有那些被政府監測的表網絡。雖然聽起來古怪，但又不是真的從未聽聞，你想想日本那些隱青也是差不多吧。

我起初只是瀏覽帖子，沒有加入討論的意圖。但後來，我留意到一個「論壇紅人」，總是發很多帖子，而且帖子也很多人回覆。在好奇心驅使下，我便傳私訊給那名論壇紅人：「你好啊，我是新來的，還未太了解這個論壇，而且正好想寫一篇文章關於

你們的想法……」

　　意料之內，那名論壇紅人並沒有回覆我的私訊。更甚的是，當我數天後回到暗網時，發現整個論壇無緣無故關閉掉。我訝異是否自己的訊息驚動了他們，怕外人的報導會影響他們的隱居生活？如果是真的，還頗不好意思，但後來隨日子推移，我也漸漸忘記了那古怪論壇。畢竟，它只是暗網千奇百怪的論壇之一。

　　於是我又回到在暗網閒逛的日子。途中見到一個直播自殺的網站「自殺偷窺狂 Suicide Voyeurs」。自殺者在網上舉行直播，說自己為甚麼想自殺，然後讓參加者投票選擇自殺方式（例如自焚、吊頸、服毒等），最後按票數最高的方式自盡。但這些都算是暗網「尋常」網站，沒有甚麼大不了。

　　直到一天，我腦海突然閃過一念頭：即使舊論壇被關掉，但地下家庭們始終也要找個方式互相聯繫（這是他們唯一的方式），總要在別的地方開個新的。於是我在暗網嘗試尋找地下家庭的資料。

　　經過一番探索，我找到一個類似地下家庭們的網站，但只是個人網頁，不是論壇。網站首頁展示了一組地下家庭的相片。那家人住在一間地下室，地下室鋪上水泥，只有數盞燈泡，極之昏暗，傢具勉強齊全。縱使如此，照片中的家庭看起來相處愉快，大人和小孩有說有笑，樂也融融。

奇怪的是，無論從拍攝角度或表情看來，他們好像不知道自己正在被人拍攝。

我開始在網站閒逛，驚訝地發現這個網站嚴格來說算不上個人網頁，反倒像徵友網站：你可以找一個「家庭」加入。網站列出數十組家庭，列出每組家庭的人數，每間房子的大小，每位家庭成員的外貌、興趣、宗教、喜歡哪類型的人，還有他們在尋找哪一種角色的家庭成員⋯⋯

他們的要求千其百怪，例如「你必須要有凸出的頰骨，因為我們頰骨也很凸」、「你一定要有 5 呎 10 吋高」，甚至畸形到「你要有深沉且令人舒緩的聲線，善於說故事和罵人」你要知道他們是認真，內文列明如果不符合要求，便不要浪費大家時間。

我一直在這個畸形的論壇左看右看，細閱那些古怪的「徵親人廣告」，享受那種微微的不安感。就在這時候，我發現到在廣告間有個隱藏的按鈕。

為甚麼有個按鈕在那裡呢？我心想。

在好奇心驅使下，我按了進去。

又一個論壇。

這個論壇絕不是上一次那個，完全兩碼子回事。這個論壇沒有歡樂、沒有笑話、沒有歡笑，只有生硬的語調和黑暗的話題。

如果說前一頁網站是供成人尋找「大家庭」加入，那麼這論壇便是成人尋找小孩加入他們的「大家庭」……

論壇只有兩個子版，一個是家庭尋找小孩加入，另一個則是家庭在推銷他們的小孩。

例如其中一則帖子標題是「三個行不通」。發帖人是個單身女人，她寫道：「我原本已經有兩個小孩，前陣子因為太貪心『入了』第三個，但發現很費心力，因為第三個小孩，一個烏黑頭髮的 4 歲小男孩，實在太吵鬧，常常在呱呱大哭，弄得全家人心煩意亂……」

大部分回覆都是表達同情，如「多養兩個小孩真的很困難」，但沒有人願意接受她的小孩。其實除了「常哭」，「大腳」、「小口」及「瘦削」都是這個論壇中普遍不受歡迎的「壞特徵」，擁有這些壞特徵的小孩一般很難「再有一個家」。

為甚麼他們對家庭成員要求那麼嚴格？如果只是為想法興趣而聚居的話？為甚麼特別關心家庭成員間外表是否相似？

說不定背後隱藏著更令人心寒的原因。

　　我翻到帖子較底部，亦即是較近期的回覆，發現那名病態女子愈來愈不耐煩，始終沒有別的家庭接受她多出來的小孩。最後，她設下一條死線。

　　「如果 8 月 3 日前沒人接收，我便會把他廢掉。」

　　那一天是 8 月 1 日。

　　有數名會員留言表達同情，但那些同情不是給那名小孩，而是「媽媽」。他們都說一些類似「哦，你真的太可憐了，但你始終要做必須要做的事」的風涼話。

　　我實在接受不了，於是毅然下了一個決定。

　　我私訊那名病態女子說要那名男孩。

　　我起初擔心會再次打草驚蛇，像上一次般論壇突然關掉。但出乎意料地，我十五分鐘後便收到回信。

　　「感謝主！『廢掉』是很麻煩的事，而且我其餘兩個小孩還未曾目睹過，怕嚇壞他們。對啦，你可以說一下你的家庭嗎？」

　　我呆坐在電腦枱前，絞盡腦汁回想著之前在論壇看過的所有帖子和回應，嘗試模仿他們的話語和用詞，創作出一個合理的故

事，並暗暗祈禱這名女子不會懷疑。

「我是一名已婚媽媽，有一個六歲的女孩。而這名男孩剛好和我們那個極像，所以我和老公想把他們湊合成一對雙胞胎。我們也願意嘗試『綏靖』他愛哭的壞習慣。」

「綏靖（Appease）」是他們在論壇常用的詞語，我希望這樣可以騙過她。但老實説，我也不知道「綏靖」的實際意思，搞不好有一些變態的含義。

那個女人很快就回了我一個匿名電郵地址。我們用匿名電郵討論了很多事情，最後我答應會交出一筆錢，而她則會把孩子放在某一交收地點。

來到這一步，我發現自己陷入一個兩難處，究竟我應否報警，讓警察接手事件？拯救一個男孩當然是義舉，更勝造七級浮屠，但同時也會暴露了我的身份。如此駭人的案件一定上新聞頭條，甚至國際媒體也會爭相報導，那些被我揭破的集團要找我出來發晦氣一點也不難。

除了安全問題外，身為一名女子（如果你們還記得的話）被身邊的人發現上暗網，終日在毒品殺人網站流連，也不是甚麼好事⋯還是應該放手不管，刪掉所有紀錄便走人，反正非洲每天也有孩子死去⋯⋯

想了那麼多，最後我還是決定報警，不能讓良心難受。

但可惜始終改變不了那男生的命運。

我用公眾電話亭向警方報案。警方接到我的電話後決定接納案件，並在我的指示下，在比約定時間早一小時趕到交收地點，進行埋伏，可惜直到深夜也不見我口中的婦人和小孩的蹤影。

但到了第二天，當警方再次到達現場，準備處理結案手續時，卻在附近垃圾站找到一名 4 歲男孩的屍體。男孩身上沒有任何明顯傷痕或長期遭受虐打的痕跡，應該是被注射毒藥而死。經過身份鑑定後，發現男孩是三年前在一間託兒所被拐走，之後一直音訊全無，警方相信事件涉及全國性人口販賣集團。

由於缺乏證據，傳媒只以普通棄屍案報導，並沒有我想像中那麼轟動，甚至沒有怎樣被提及。反倒是因為我匿名報案，讓警方懷疑是殺孩兒手，弄得終日提心吊膽。

至於你們關心的那些病態地下家庭，他們仍然潛伏在暗網某角落，等待著你或你的小孩加入⋯⋯

究竟 inubasket 的經歷是真是假？我們不妨看看事件中兩個重要元素「人口販賣」和「隱居社群」。首先是「人口販賣」，

相信熟悉暗網的人都知道<u>人口販賣遠比我們認知中普遍和嚴重</u>。
即使在發達國家，每年被拐走的小孩仍然以數十萬來計算。再加
上中東近年爆發難民潮，這使得在網上買到小孩的難度又再下
降。換句話說，事件中提到的小孩販賣是絕對有可能發生。

另一方而，縱使在我們眼中那些隱居在地底或貨倉的地下家
庭很不可思議，但事實上這種奇特的生活方式在外國並不稀有，
例如阿米希人（Amish）。阿米希人是一群居住在美國的奇特基
督教徒。他們拒絕所有科技產品，即使連最基本的電燈也拒絕使
用，在偏僻村落過著自給自足的生活。另外在美國東岸有數之不
盡的偏門宗教組織，他們很多也會選擇居住在地下室／山谷／船
上等奇怪地方過活。

所以你問暗網是否真的有群病態得很的「地下家庭」存在？
其實一點也不稀奇。

說不定某天你也會加入他們的大家庭。

NO.: #3/8

CASE: 再談暗網黑市買賣——賣家的故事

SUBJECT:

　　如果問有哪個罪犯讓筆者感到敬佩，筆者腦海會即時浮起兩個人。第一個是創立香港首個線上色情服務仲介平台「sex141.com」的科大生；另一個則是有「恐怖海盜羅伯茲（Dread Pirate Roberts，DPR）」之稱，曾經掌管暗網龐大的犯罪帝國「絲綢之路 SilkRoad」的 29 歲理工科畢業生羅斯·烏布利希（Ross Ulbricht）。

— Ross Ulbricht

　　願主賜福，他們真的強勁到爆。

　　要展述他們的強勁之處，可以用 Ross Ulbricht 在 LinkedIn 上的自我介紹做例子：「運用經濟理論，廢除組織和政府廣泛而系統性地對人類施加的暴力。」換句話說，犯罪的最高境界是撼動社會，要他們圍著你來轉。

不少連環殺人犯，除了殺人滿足快感外，還會刻意把屍體放在當眼處、寄信或打電話到警署。因為他們想向社會報復，摑那些所謂當權者的耳光，嘲笑他們的無能。但老實說，宏觀來看，死幾個人對社會影響不了甚麼，最多影響警察的升職機會和成為市民茶餘飯後的話題。

真正狠狠地掌摑政府的是利用經濟理論去搞亂整個社會的運作，改變原有市場結構，而 Ross Ulbrich 就做到這點。最令人敬佩的地方是，Ross Ulbrich 並不是名門出身，也沒有社團在背後撐腰，他只是一個善於觀察世事的平凡人。

絲綢之路，相信不用和大家介紹太多，有「暗網 eBay」之稱，一個只要你有錢便能買到毒品、軍火、被盜信用卡、電腦病毒、假鈔、兒童色情及駭客服務等所有犯罪貨品的暗網網站。

絲綢之路對網絡世界，以至國際黑市的影響，筆者在《Deep Web 2.0 File # 人性奇談》中也有提及。例如以業績來說，絲綢之路已經有超過 95 萬名買賣家帳戶，交易量也高達過千萬美元。

對社會影響方面，絲綢之路打破了傳統買家在黑市的劣勢，扭轉了由賣家壟斷的局面。由於暗網交易平台的出現，原本控制黑市的犯罪社團不能再隱瞞其他同行的資訊，買賣資訊流通意味著買家有更多的選擇，公開競爭亦使價格更便宜。直到目前為止，美國已經有超過 20% 的毒品交易走到暗網進行。

但有趣的是，縱使顛覆整個犯罪世界，一代梟雄 Ross Ulbrich 最後被捕的過程卻有點滑稽。

恐怖海盜羅伯茲的故事

由於絲綢之路業務龐大，理所當然沒有可能由 Ross Ulbrich 一人操控，他僱用了一小群網站管理員，月薪約 2 千美元，來幫助他處理絲綢之路大小瑣事，例如解答客戶問題、處理糾紛等。

如果你是打工仔，讀到這裡可能已經察覺哪裡有問題。一個年賺過千萬美元的網站，旗下前線員工只有港幣萬多元月薪？傻的嗎？當然沒有一個員工服氣，所以開始有不滿的員工挪用網站資金，又或敲詐客戶獲利。

得悉被自己員工背叛的 Ross Ulbrich 大為火光。雖然他不是傳統黑幫，卻採用黑幫老大處理叛徒的手法，找殺手幹掉他們。Ross Ulbrich 在自己網站找了個殺手，指示他殺死那個住在猶他

州的叛徒,並具體地說明要如何把他折磨至死。

數日後,Ross Ulbrich 果然收到殺手寄來的電郵,電郵裡有那名員工被殺死的照片。於是他把商議好的報酬匯款到殺手的比特幣戶口,並附上一封感謝信說:「殺了他我也感到不開心…我真不敢相信他那麼蠢……」這黑心老闆還有夠雞掰。

你以為事件結束?現在才是戲肉。

其實那個殺手是假的,是 FBI 假扮的。

FBI 在絲綢之路開了一間假的殺手店釣魚,但他們當初只想抓抓雜魚,完全沒想到上釣竟然是大魚 Ross Ulbrich,魚中之王。

FBI 確定 Ross Ulbrich 是認真後,立即私通 Ross Ulbrich 下令要殺的員工,說服他和 FBI 合作,用假血再加化妝技巧扮成屍體拍照來騙 Ross Ulbrich 的信任,並在付款過程中駭得他電腦的位置。最後 FBI 在 Ross Ulbrich 常常工作的圖書館扮盜賊搶掉他的電腦,讓他宛如無牙老虎,再全體出動以「意圖謀殺和聘用殺手罪」來拘捕他。

所以一代暗網梟雄就這樣栽在自己手上,然而絲綢之路沒有因此而完結。

阿明的故事

雖說 FBI 抓 Ross Ulbrich 是必需，亦都符合情理，但想深一層對暗網黑市實質影響不大。

無論是販毒、走私、人口販賣還是娼妓交易，這些「商業性犯罪」的犯罪架構其實已經和我們想像中不一樣。過去看電影或遊戲，都會看到犯罪組織有嚴密的「金字塔架構」。有個威風凜凜的老大，下面有眾多各司其職的手下，他們常常聚在一起商討「大茶飯」。

這種模式在過去的年代確實非常普遍，亦都是我們俗稱黑社會的運作模式。但隨著科技發展，雖然黑社會仍然把握重要地位，但已經被新興的「業餘模式」漸漸取代。我們不妨以絲綢之路做例子。

大家還記得阿明嗎？那個在《Deep Web 2.0 File #人性奇談》發現用絲綢之路買毒品的好處的年輕人。在絲綢之路買毒品後，

阿明發現原來還可以在那裡買到製毒需要的儀器、原材料和 DIY 手冊。既然他終日無所事事呆在家，為甚麼要付錢給外人賺而不自己做呢？

於是，阿明網購了一大堆製毒儀器到家，實行「自給自足」。阿明對於自製的毒品感到非常滿意，終於不用再吸那些混入雜質的劣質毒品。但有一天，阿明發現毒品造得太多，自己也吸不完，所以他想為甚麼不放到暗網賣呢？

阿明在暗網黑市設立了賣家帳戶，開始自己搞起毒品生意，就像《絕命毒師》般。阿明的毒品生意蒸蒸日上，錢像水流般源源不絕湧過來。只需一星期，阿明已經賺夠錢把他的糙米手機 4.0 換成芒果 7S。

有一天，阿明那個長住在鄉下的婆婆出城探孫。當婆婆來到孫子家，驚見滿是植物和白色粉末時，嚇到幾乎連假牙也吐出來。

「慘了，乖孫你為甚麼惹上了黑社會啊？跟黑社會打交道的人都沒有好下場。」婆婆哭著說。阿明連忙說自己沒有加入黑社會，但婆婆搖頭說：「你騙阿婆沒有年輕過，我吸毒時你阿爸還只是我肚裡的一顆卵。年輕時賣毒品的有誰不是黑道中人啊？」阿明為了證明清白，於是打開電腦，向婆婆講解絲綢之路的運作和平日的發貨程序。

「即是自己一個人也可以走私？」婆婆拿出原本應該放著心臟藥，但現在卻塞滿白色粉末的藥盒，緊張愕愕地問：「可以幫我在網上賣掉嗎？」阿明微微點頭。「難為你阿爺當年製毒時，被 XX 幫的大佬 C 從中抽了很多佣金。」婆婆感嘆說。

兩婆孫就這樣合拍地利用暗網踏上製毒師之路。同樣的故事也發生在杏壇中學的化學老師、碼頭工人阿陳、海關官員李 Sir 身上，透過本身職位上的便利和對貨品的認識，在暗網開創自己一片天地。

阿明的故事當然是虛構，但隱含的道理卻是真實。為甚麼一個人要在暗網黑市賣東西？我們整天說暗網黑市如何惠及消費者，卻很少談到賣家一方。

如果你是一個黑社會老大，社團早已過了發展階段，像間大企業般，坐擁龐大的人力網絡和穩定的走私方式，的確沒有用暗網的需要（除非你勇於嘗試新事物，而且不甘安逸）。但如果你只是個平凡人，碰巧有些犯罪知識，卻沒有（或不想沾染）黑社會人脈，那麼可以怎麼辦？

絲綢之路就幫到你。

絲綢之路幫到的不只消費者，還有較弱勢的黑市賣家，讓他們透過暗網平台和傳統黑市商人平起平坐。原來的生產商（如製

毒師）可以繞過成本高的仲介（負責運貨、找客人的黑社會），縮短產業鏈，直接和全球顧客接觸。更可以因為成本下降，用更低的價格去吸引客人。

所以暗網的大多數黑市賣家已經不是我們印象中的「大犯罪集團」，反而是我們這些「平凡人」或三五知己組成的小組織。這也是世界所有犯罪發展的大趨勢。

世界各地的暗網毒梟

世界各地的記者對於暗網黑市頭子的經歷很感興趣，所以他們成為了熱門受訪對象。曾經有記者採訪絲綢之路著名毒品供應商「Scurvy Crew」的老大 Ace。當記者來到西班牙某處偏僻角落時，Ace 已經有自己的「宮殿」、手下和護衛，誰也想不到 Ace 數年前還只是個街頭小混混，專偷遊客財產，偶爾幫人帶毒品。

但在一次偶爾的機會下，Ace 認識到數名來自澳洲的吸毒少女。那名少女抱怨澳洲街上的毒品價格貴得離譜，而且品質參差不齊（澳洲的毒品是全印度洋最貴），所以大多數毒蟲都轉到絲綢之路買。雖然 Ace 處於社會邊緣，但他仍有不甘苟且偷生的意志，所以一聽到絲綢之路便很感興趣，知道其運作後，更是愛不釋手，決定以它做人生轉捩點。

試過數次在絲綢之路購買毒品，確定網站是可行後，Ace 開

始在暗網下載教人製毒的電子書和買入製毒儀器。知道鴉片製造方法後，更冒死闖進一片由傭兵看守的罌粟花田園，偷取鴉片和罌粟花種子。他其中一個同伴更因此而被傭兵射穿小腿。

於是，手持罌粟花種子、製毒手冊和暗網知識的 Ace 在家開辦了自己第一間網上毒品店。Ace 在短短一星期便從絲綢之路賺取了十多萬美元，兩年後更躍升到每星期賺三十萬美元。Ace 最初的一人公司也搖身一變，成為數百人的 Scurvy Crew 犯罪組織，供應無數毒品至全球各地。Ace 可以説是「靠暗網起家」的經典個案。

另外一個曾被記者採訪的暗網商人是 Patron。有別於 Ace，Patron 在進入暗網前已經是軍火商頭子，有自己的下屬和軍火公司，專門做中東市場，所以 Patron 是那種我們之前提到「勇於嘗試新事物」的老闆。Patron 説雖然在暗網開店數年，暗網仍然只佔總營業額的 10%，但他又指暗網的確拓展了他們的市場，例如俄羅斯和愛爾蘭。Patron 表示他之前不知道原來愛爾蘭對 AK-103 突擊步槍的需求是這麼大。

Patron 另外提到一個暗網平台對賣家的好處：減少社團間的毒品戰爭和街頭衝突。自從有了網上平台，大家都把紛爭放到網上，讓第三方（絲綢之路）調解。最惡劣的情況都是網上互相抹黑，或聘請駭客破壞對方的電腦系統。

最後還有一個 21 歲的黑市商人 BarZapp，BarZapp 專門製作假身份證和假信用卡。最初只是賣給區內未成年但又想去酒吧的臭小孩，但現在轉到暗網賣給更有需要的罪犯。BarZapp 的犯罪背景其實沒甚麼特別，但他提及到曾經在暗網中看過一段奇怪的影片。雖然內容荒誕，但由一個真實暗網商人口中說出，其可信性也不低。

　　我在暗網看過最恐怖的東西是一個老公在醫院拍下妻子臨盆過程的短片。影片開始時，孕婦的慘叫聲已經在充斥著整間手術房。圍繞著孕婦的醫生護士們，雖沒有跟著尖叫，但已亂成一團，手忙腳亂地揮舞手中的儀器，神情充滿戒備。

　　由他們對話得知，嬰兒的胎位弄錯了，現在兩腿先露出，但頭部仍然困在陰道內。無論對母親或是嬰兒來說這都是極度危險，搞不好兩個都會死掉，所以他們才那麼緊張。但暫時來看，影片還是「正常」的分娩影片。

　　直到嬰兒誕生之後。

　　鏡頭沒有確實拍到嬰兒誕生那一刻，但當畫面傳出嬰兒哭聲時，一陣血水連胎盆突然由孕婦的陰道飛出，宛如一道噴泉般。血水之量驚人得穿過醫生兩腿之間，再映入鏡頭中，完全非醫學能解釋。負責拍攝的人（影片沒有說明他一定是嬰兒的父親）不斷狂叫：「我的天啊！我的天啊！」。然而，由於攝影鏡頭指著

地面，我們無法見到孕婦和嬰兒發生甚麼事，只聽見除了人群的尖叫聲外，還有零碎的骨裂聲。

大約 13 秒後，負責拍攝的人莫名奇妙被撞到牆上，攝影鏡也隨之摔在地上。由鏡頭看到滿身鮮血的妻子仍然躺在手術床上，發出虛弱的叫聲。另一方面，醫生護士跑到鐵門前，不斷拍門哀求外面的人打開鐵門。整間手術室一團混亂。

接近尾聲時，那個剛誕生的嬰兒正一步一步爬向攝影師，但就在影片能清楚對焦嬰兒的樣貌前，影片戛然結束。

還是小心為上

雖然筆者把暗網的黑市生活描述得多姿多彩，但為了安全起見，筆者還是建議大家不要胡亂與暗網的生意扯上關係。筆者在之前兩本著作中已經提到多宗個案，都是因為暗網交易，最終招惹殺生之禍；例如郵寄物品騷擾、汽車車胎被割破、門口出現神秘人，甚至家人被殺掉。

為了讓大家冷靜一下，在下一章講述暗網有趣的商品前，筆者再介紹一個因為在暗網購物而不慎慘死的案例。

受害者是一位匿名網民的表哥 Roberto。那名網民和 Roberto

都居住在宏都拉斯共和國（Honduras），一個位於中美洲的小國。Roberto 的父母都是宏都拉斯人，卻定居在美國紐約。由於 Roberto 的美國簽證遲遲未獲批准，所以 Roberto 的父母只好把他留在宏都拉斯的家裡。

和大多數中美洲國家一樣，宏都拉斯的幫派問題非常嚴重，槍械毒品也異常泛濫，不同幫派間不時會為了利益而械鬥，造成人命傷亡。不少年輕人為了在嚴峻的環境生存，所以從小便加入幫派，藉以得到保護。

Roberto 也不例外，他在十多歲時已經加入當地一個叫「MS-13」的幫派。然而 Roberto 的家人包括報料網民本身不知道 Roberto 加入了幫派，直到他死掉的時候。

2009 年，Roberto 在美國的父母寄了一部手提電腦給他作為生日禮物。由於電腦在當時的宏都拉斯還是稀有得很，更不要說無線網絡。所以每當 Roberto 要上網時，他都要駕車到大城市。話說 Roberto 在大城市有位毒蟲朋友，那位毒蟲朋友知道 Roberto 有電腦後，立即向他介紹當時剛流行的暗網，並教導他如何買毒品。

Roberto 本身有嚴重的毒癮，這點在宏都拉斯的年輕人中很平常。所以 Roberto 得悉暗網的神奇後，暗網黑市馬上成為他的個人藥店，常常訂購大量 LSD 和可卡因。可惜有一次，他訂購冰毒時找錯賣家，因而惹上殺身之禍。

案發時是炎熱的夏天，Roberto 和大多數中美洲年輕男性一樣，夏天時不喜歡穿上衣，在街上赤膊行走，露出背上的紋身。紋身在中美洲不只是裝飾那麼簡單，紋身具有識別幫派的作用，不同幫派的紋身也不同，不能胡亂紋上。Roberto 的背上也理所當然地紋上了 MS-13 的徽章。

Roberto 就這樣赤膊去和毒販見面，據說那毒販是名瘦骨嶙峋、蛇頭鼠眼的中年男人。原本兩人的交易還頗順利，但因為價錢問題，兩人開始吵起來。那名毒販說 Roberto 少付了 1000 倫皮拉（宏都拉斯貨幣），但 Roberto 堅持沒有少付。一氣之下，Roberto 決定轉身走人。

這樣就出事了。

Roberto 背對著那名毒販時，大剌剌地展露出 MS-13 的紋身。然而，由於那名毒販對話時沒有轉身，所以 Roberto 不知道他是來自 MS-13 的死對頭「Calle 18」，也不知道自己的交易地點原來是 Calle 18 的地盤。

據說當 Roberto 的舅父找到他時，Roberto 已經成為了一塊砧板。屍體被綁在一條木柱上，由頭到腳至少插著四十多把利刀。眉心、眼球、嘴巴、胸口、手臂、陰莖、屁股都是五顏六色的刀柄。每把刀都深入骨髓，血液從那四十多個傷口滲出，再配上 Roberto 死前痛苦得猙獰的表情，宛如某位變態藝術家手下的一

尊恐怖雕塑。

　　Roberto 的舅父對那名網友說，Roberto 是被 Calle 18 公開處刑。他們在殺死 Roberto 時，強迫村裡的居民觀看。據那些居民說幾乎所有在場的 Calle 18 成員都在 Roberto 身上留下了一把刀，Roberto 死時的慘叫聲在一公里外還能聽得清清楚楚。

　　表哥 Roberto 的死卻令到那位網民終生不敢踏入暗網。

NO.: #4 / 8

CASE: 讓你驚聲尖叫的商品——人皮傢具

SUBJECT:

在《Deep Web File # 網絡奇談》中，我們簡介過暗網黑市的買賣系統、主要有甚麼商品；而在《Deep Web 2.0 File # 人性奇談》，我們則討論過暗網黑市對傳統黑市所帶來的衝擊，以及一些聞者心寒的人口販賣傳說；即使在上一章，我們也閱覽過絲綢之路的歷史，亦重新審視暗網黑市買賣的安全性。

驟聽之下，暗網的黑市有點單調，來來去去都是毒品、軍火、假鈔等尋常黑市物品，要麼就越級跳到蘿莉塔性奴、殺人旅遊團等傳說級恐怖貨品。所以來到這一章，筆者會向大家「補充一下」暗網黑市，看看在暗網人煙罕至的角落，埋藏了哪些有趣的商品。它們有的有趣，有的驚人，當然也有血淋淋的……

假購物優惠

你想過一個愉快的周末但又不想花太多錢？暗網可以幫你達成夢想。這裡有各種由專業駭客駭回來的優惠券和帳戶。

你只需 1 美元便可擁有 Netflix、Spotify 和 Xfinity 的終生會籍；15 美元便有 10 個國際通用的 Uber 帳戶；35 美元更可買到價值 100 美元的 Amazon 禮物卡；還有數之不盡的餐廳商店優惠券供你選購，助你從資本家身上節省大筆金錢。

矽膠面具

如果你有天不幸成為全民公敵、通緝犯，又或要躲過黑道的天羅地網，暗網除了假身份證外，還可以為你提供一條意想不到的出路──矽膠面具。矽膠面具是甚麼？近來荷里活電影常常見到逼真的怪人怪獸，除了歸功於電腦特技外，精緻的矽膠面具也功不可沒。暗網就有一間店舖專賣這種仿真人矽膠面具，還聲稱是全暗網最逼真、達至荷里活級數，戴上面具後連臉部肌肉表情也可清晰呈現，讓你輕鬆地施展「易容術」。

大學學位和學分

大學 GPA 不夠分，面臨被退學？暗網會是你最後的避難所，這裡有網站專門提供駭客聘請服務，駭進你大學的電腦伺服器調

高分數。如果被退學已成事實也不打緊，暗網黑市還能提供**假大學證書**，讓你冒充成各名牌大學畢業生，例如哈佛大學等常春藤盟校。

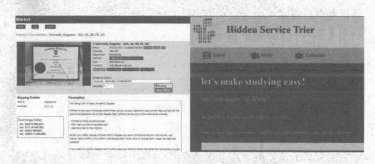

　　＊筆者註：曾經有朋友看到後吐槽這些某寶也有，
　　之後笑說中國不用暗網，因為某寶本身已經很「Deep」。

3D 打印機

　　有一天，一名暗網黑市商人買了一台很先進的 3D 打印機，他下一步會怎樣做？他會用它來在暗網搞生意賺大錢。由假信用卡到手槍，**且要你提出要求，他便可以即時為你打印出來**，極之便利。

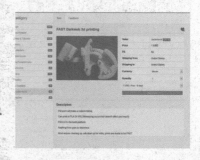

陰莖增大器

　　「雷霆之地 Thunder's Place」是暗網一個是非常知名而且熱鬧的網站。但它唯一的主題不是黑市走私，也不是虐殺邪教，

而是增·大·陰·莖。整個論壇有 30 萬註冊會員，合共 2 百萬個帖子，每一個帖子也在討論如何使陰莖變長變粗，仿佛是個小邪教。

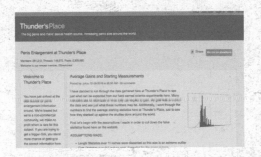

　　網站有免費教授「按摩增大法」的真人影片，但最有效的方法，就是買他們的產品——一種直接注射在陰莖的化學藥物，聽說可以至少增長 3 厘米呢？！（筆者沒有試過，也不敢試。）

為你畫畫的女人

　　在暗網找到販賣女人、強暴女性影片一點也不出奇，但會否有較正常的東西？這裡便有一名女子（自稱身材火辣），只要你付出 20 美元，便可以要求她在自己身上任何一部分寫上任何句子，但要留意，不是你寫上去，而是她在自己身體寫上句子後再傳送照片給你。即使是筆者也想不透這商品究竟有甚麼用，甚至連店主也說只是「博君一笑」。

便攜式 EMP 發射器

　　甚麼是 EMP 發射器？EMP 正名叫 Electromagnetic Pulse（電磁脈衝），可用來摧毀大多數電子儀器，包括手提電話、電

腦及電視，而且效果是永久性。一個大型 EMP 發射器更可摧毀一整個社區的電力。

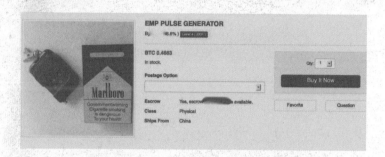

但在暗網銷售的便攜式 EMP 發射器就只能用於增值電子貨幣卡（如八達通、悠遊卡），又或擾亂電子販賣機和老虎機設定，讓你不用入錢便可使用。順帶一提，這便攜式 EMP 發射器是國產，所以究竟它真的能代替增值，抑或直接把機器炸掉，還是未知之數⋯⋯

嬰靈

你可以在暗網找到人販賣嬰靈。該店主是一名泰國人。他聲稱嬰靈由醫院墮胎和夭折的死嬰採摘回來。除此之外，他還會提供各種「養鬼仔」用的吊牌和器具，助你改

變運勢。呃⋯筆者猜外國人可能會覺得賣嬰靈很詭異很特別，但

他們永遠不會想到其實香港不少地方也可以找到……

餅乾和沙

在 2015 年，三名少女 Gabriella、May 和 Violet 在暗網創辦了一個叫「Cybertwee」的網上店舖，這間店舖賣甚麼東西？星星餅乾，星星餅乾不是甚麼變態代名詞，也不是電腦裡頭那種，更不是偽裝成食物的毒品，就是一盒加了果醬糖漿的餅乾，而且只需 7 美元便買到（不含運費）。比較特別的地方是，店舖的餅乾有初、中、高級三種，不同級別的餅乾需要相應難度的電腦加密技術才可買到，而且餅乾所有收益都會捐贈到一款研究生殖健康的程式。

由於她們的舉動實在太不「Deep」，以至不時收到電郵抱怨道：「你們的產品會毀掉暗網。」但如果你嫌餅乾還未夠崩壞，暗網還有一間專賣沙的店舖。付 50 美元便會有一磅沙運到你家中，同樣所有收益均會用作慈善用途。

長生不老書

暗網黑市有很多稀奇古怪的書籍，例如教你如何一星期賺 700 美元、如何化身偽 Uber 司機賺錢、10 種秘傳偷車術、如何在 Subway 偷麵包、意大利所有教堂遺址地圖、禁術大全…但最讓人側目的莫過於這本叫《如何長生不老 How to Live Forever》的書，聲稱教你如何達到永生，但價格只需 2 美元……

蓖麻毒素

2013 年，FBI 拘捕了 20 歲的 Jesse Korff，事源於他在暗網黑市販賣一種叫蓖麻毒素（Ricin）的致命毒藥。蓖麻毒素是甚麼？蓖麻毒素會擾亂體內蛋白質製造機制，少量便能令人快速器官衰竭死，而且沒有解藥。在一戰至冷戰期間，蓖麻毒素曾被廣泛用於生化武器和暗殺上。

Jesse Korff 的店舖大約開張了一年有多，但中間究竟賣了多少，而又導致多少人受害，還是未知之數。唯一確定的是，英國一名叫 Kuntal Patel 的女子在 Korff 的店舖買了蓖麻毒素，並成功毒殺了自己的親生母親。

噴射機

在暗網，你只要大約用 3 萬多港幣的價錢，便可獲得一輛改裝成裝甲車的越野路華（Land Rover）。如果你覺得這還不夠誇張，那麼用 100 萬港幣買艘灣流噴射機（Gulfstream Jet）呢？店主還標明：「前國防部使用，能提供高防護，適用於高風險場合。」大家這時候應該回想一下 100 萬在香港只可以買到甚麼樓了⋯⋯

暗網福袋

暗網著名黑市淘寶網站 Agora Market 曾經舉辦過一個頗為有趣的活動「暗網福袋 Random Darknet Shopper」。他們設定了一個電腦程式，每星期都會拿著價值 100 美元的比特幣，隨機在網站內超過 1 萬 6 千項商品中選購，並寄回總部製成福袋。

你買了一個福袋，等於買了無限個機會。因為裡頭可能夾雜了一包海洛英、一支左輪手槍、數張假信用卡、一部賊贓 iPhone、一份政府機密文件⋯但既然說是「福袋」，裡頭當然也可以是毫無價值的廢物，例如牛仔褲一條。

人皮傢具

傳説在暗網深處有間線上傢具店，無論它的界面設計，又或顏色風格，都和表絡的 IKEA 網站很相似，界面同樣簡潔易用。除此之外，它的貨品種類也能媲美 IKEA，有桌布、排畫、椅墊、窗簾、地毯，甚至連衫褲鞋襪也有，總之應有盡有。

唯一有別的地方是，IKEA 宣稱自己用的是環保材料，而那個網站宣稱的是新鮮人皮罷了。

那個恐怖網站的名字很簡單，只有兩個英文字「H. A.」，沒有長寫，但應該解作「Human Accessories」，所以中譯「人類飾品店」。即使在暗網，H. A. 也算是一個頗為神秘的網站，只有那些在黑市流連甚久的老手曾經去過。究竟是真是假？仍然沒人敢百分百確定。

或者應該説，即使真的去過，內心也不會願意承認這是真的。因為如果是真，那將是人類世界最可怕的罪惡。

網站的首頁，正如我們之前談過，其設計純色簡潔，有種樂也融融的購物氣氛。曾經有設計網頁的朋友説過，如果你想吸引顧客購物，最好在網站首頁放張可愛的兒童或青少年相片。明顯 H. A. 的設計人也深明此理，在網站正中央的位置就有一張照片，照片是四、五個年約 8、9 歲的小孩。他們一字排開，展露天真

無邪的笑容，各手持一張大紙板，大紙板上的字合起來寫著「歡迎來到 H. A.」。

唯一有違常理的地方是，孩子們臉上的皮膚全都被削去了。

原來白滑的臉蛋露出一束束條理分明，鮮紅跳動的臉部肌肉，被無情的空氣侵蝕。他們甚至連眼簾也被割去，敿雙圓碌碌的眼珠暴露在空氣中，宛如一幅變態藝術畫。究竟這是 PS 出來，抑或是被灌上大量鎮靜劑後強行弄出來？我們先把問題攔在一旁。

據那些曾經去過 H. A. 的人說，購買人皮傢具的方法主要有兩種：「購買存貨」和「度身訂造」。但一般情況下，網站都是零存貨。因為店主主張「新鮮製造」，坦言人皮其實很難儲存。有見及此，他們做法通常都是客人先下單，一下單店主便會立即外出找「原材料」，隔天便動工，並在兩星期內完成貨品。

談起訂造過程也是非常讓人毛骨悚然。當在網站首頁按下「下單訂造」後，你會來到一個很現代化的下單介面，仿佛你即將要下單訂造的是蘋果電話，而不是血淋淋的人皮傢具。

網站會先要求你選擇「原材料」。它會提供一連串選項，當中包括性別（男／女）、年齡（老／中／幼）、種族（黃／白／黑）、高度、身材（肥／中／瘦）、毛髮（體毛濃度／顏色）及

刺青圖案。你選擇的項目愈多，暗示了「原材料」愈難找，所以價錢也會相應提高，而且不同項目組合的價格變動是即時顯示，極之方便。

據悉一件人皮製品價錢由 15 個到 30 個比特幣不等，大約 2 萬多港幣左右，聽起來是某些變態有錢人的玩意。除此之外，不難想像某些項目的價錢會帶有歧視成分，例如白人皮會比黑人皮貴數個比特幣；瘦和健美身材的價錢也會比肥人高；小孩皮的價錢更比成人貴足足 5 個比特幣！

選擇好材料後，客人便要選擇用人皮製成甚麼用具。除了我們首段提到的家用品外，你也可以訂製成皮帶、錢包、手袋、鞋子、手套，或直接像獸皮般大字型掛在家中。店主說如果你選擇的是較小的物品如錢包和皮帶等，可以一次過選擇數個小物品，價錢也是一樣，因為「原材料」通常只會用一次，用不完便會扔。

另外，你也可要求製成品「顯露與否」，意指能否從外表看出是人皮。如果你喜歡拿它出街，假扮成一般飾物，享受暗中變態的快感（例如陳太不會知道她剛才摸的皮包其實是用鄭太的皮膚製造），就選擇不顯露。但如果你想保留「原材料」的頭部和手腳在製成品上，達到驚慄的變態美感，就選擇顯露吧。

最後在付錢前，網站會彈出一段聲明：「我們是專業的團隊，保證在製作過程中不會對『原材料』做出不必要的虐待或性侵行為。他們在被取過皮後，都會以最人道的方式快速處決。另外，

人皮製成皮革後看起來會比較暗色，但這只是加了保養措施的效果，我們公司有多年品質保證：）。」

來到這裡，你可能和大多數人一樣，對究竟付過錢後，是否真的會有人皮傢具送到府上保持懷疑，網站的老闆也明白你們的想法，於是他在網站增設了 顧客評價 一頁。

而那一頁可是讓人非常非常心寒。

頁面總共有三大欄。第一欄是「製成品照片」，有人皮椅套（留有長髮的人頭還在上方）、有像獸皮般大字型躺開的人皮排畫、也有小孩皮手機套。大多數人看過那些照片後，都會對貨品嘖嘖稱奇，除非傢具刻意留下人類特徵（如頭或腳），否則真的看不出是人皮製。

第二欄是「產品證明書」，全是「製成品」生前拍下的照片，看似用來給買家確定「原材料」。它們通常都是死者的日常照，再附上一張衣服被脫光、手持寫上「製成日期」卡紙的相片。受害人的臉部表情要麼驚慌得扭曲，要麼平靜得像喝下了數支鎮定劑，但明顯地他們全都是在被逼的情況下拍照。

照片中的人大多數都是小孩或青少年，年齡絕不超過 15 歲那種。當然偶爾也夾雜了成年人和老人。但出乎意料的是，他們大多看起來都像是中東人，也有少部分東歐人。這不免讓人聯想

<u>起近年由難民潮引起，大批毫無法律保障的黑市人口。</u>

最後一欄則是「客戶評語」，客戶寫上自己的產品用後意見。例如一張小女孩地毯旁邊就有則留言寫著：「我起初還以為只是騙局，正如大多數暗網傳說般。但因為我對人皮傢俱實在太有憧憬，很能滿足我的性慾，於是還是硬著頭皮買下來。豈料一星期後『她』真的出現在我家門前。我現在叫她珍妮，我很愛她。我一直都想養小孩，但又沒有那麼大的責任心，現在有個漂亮可愛，但又不用吃飯，不會亂跑的小孩在家中，實在太幸福了！我一定會多買張地毯，而且給這間店舖五星！」

另外還有一個買了女人皮製成的皮帶、皮鞋、錢包套裝的男人留言道：「它們的質感很舒服，我很喜歡戴上它們上班見客（我本身是一名律師）。每當在辦公室撫摸它們，想起那女人的樣貌，我的性慾便隨之而來。有時候客人問這是甚麼皮時，還有種莫名其妙的快感呢。」

除了人皮傢俱外，網站還有數本教授烹煮人肉的電子書可供下載，讓人<u>不禁懷疑除了把人類製皮外，網站背後的持有人還有食人肉的嫌疑。</u>

究竟人皮傢具店是真是假？沒有人能確定。畢竟這個年代PS照片技術先進，一兩張照片證明不了甚麼。再加上貨品價值十多萬元，哪有人願意花大筆金錢就為了驗證一具人皮呢？無論

真或假，結果也不是好受。

　　但有網民提出一個很有趣的觀點，如果網站是假的話，那名創辦人背後的動機是為了諷刺人類使用獸皮製品的惡習。

　　網站那種「我們不會使他們痛苦，剝皮後會人道處決」的口吻，不就正是皮草公司常常掛在嘴邊的説話嗎？我們不時在網上看到生剝兔子皮的影片，我們還會説那是不痛苦而且很人道嗎？當社會仍然有人強調捕殺野生動物，再製成皮草沒有問題時，這個網站便提供了一個機會，讓我們設身處地想想皮草這一問題。如果被製成皮草是我們人類小孩，我們還敢這樣説嗎？

　　當然亦有可能是網站創辦人純粹喜歡人皮傢具罷了。

NO.：#5 / 8

CASE： 愛你愛到想被你吃掉──人獸戀

SUBJECT：

　　就在筆者寫這本書時，碰巧香港發生了一宗強姦狗隻事件，一名58歲已婚地盤工人被指涉嫌強姦一隻2歲大的雌性流浪狗，導致其下體撕裂流血，並在陰道留下精液。當筆者看到這宗駭人的新聞時，腦袋已經幻想到他們憤怒的咆哮聲，在網上瘋狂洗版，吼叫道要把那名該死的地盤工人的陰莖撕成碎片，讓他體會一下施加在狗女身上的痛苦……

　　呃，忘掉和你們説，筆者這裡指的「他們」不是網民，而是戀獸癖者。

和動物談戀愛的人

　　「戀獸癖 Zoophilia」絕對不是近代「因為那些不負責任媒體，導致道德淪陷（請自行在腦海幻想那些道德衞士的模樣）」而突然出現的性癖好。早在古埃及時期，由於當時的信仰主要是獸頭人身的神祇，所以拜祭儀式會有人獸交的環節，當中又以女人和山羊性交最為常見。另外人獸交在古希臘也相當盛行，有份記錄蘇格拉底語錄的偉大文史學家色諾芬也是以喜歡和山羊性交聞名。甚至你認為最保守的中世紀時代，講述人獸交的書籍仍然能公開販賣。

即使到了現代，很多國家已經立法禁止人獸交，但和動物性交風氣仍然盛行得很，根據美國印第安納大學在 1974 年的統計（那次之後很少再有學校空閒得去研究戀獸癖者人口了），有 <u>4.9% 男人和 1.9% 女人曾經和動物發生過性愛關係</u>。

你沒看錯，是「性愛關係」，不只是單純的炮友。

這就是為甚麼戀獸癖者會那麼憎恨地盤工人的原因。因為在真正的戀獸癖者眼中，<u>他們是在和動物「談戀愛」</u>。性愛只是他們關係其中一環，陪伴、談心、挑逗也非常重要，就像所有人類男女間的戀愛般。<u>性愛只能在雙方同意下進行，並以不傷害對方為大前提</u>。

紐約曾經有一名 42 歲的男人聲稱和他家的母馬談戀愛。當記者訪問他時，他說他大部分時間都是替母馬梳理毛髮，和牠玩耍。到牠有生理反應時，才和牠發生性行為。而不是像禽獸般直接撕下褲子，不理會母馬感受便和牠發生關係。那男人還強調一點，他和母馬嚴格遵從一夫一妻原則。他不會外出沾花惹草，母馬也不可以。

縱使他們的關係聽起來有夠動人，比很多愛情小說更感人，但大部分國家法律始終不容許人獸交存在（除了俄羅斯、芬蘭和冰島，維京人可是很愛動物呢）。至於其法律理據還顏曖昧，例如有損人類尊嚴、避免傷害動物。當然避免傷害動物很重要，但

如果一隻動物願意和人類做愛，而且過程沒有受傷呢？事實上，很多動物也很樂意和人類做愛，只要你有勾搭技巧。

所以較堅固的法律理據應是「防止人類受傷及感染傳染病」。不少致命傳染病，比如鈎體病、包蟲病、狂犬病，也能透過人獸性交傳播。除了疾病外，人和動物性愛也有「物理性危險」，畢竟大家性器官的大小結構也不一樣。

最經典的例子是，2005 年美國有一個 45 歲的男人嘗試和雄性馬肛交時，因為馬匹陰莖太大太興奮，刺穿男子的大腸，失血過量致死。另外不少動物的陰莖也是有勾，所以卡在人類陰道拔不出來的案件也很常有。

總言之，戀獸癖普遍來說屬於非法行為。

而在這年代，凡是非法的東西也會在暗網找到。

如何和海豚共赴巫山

其實戀獸癖在當代社會有一定接受度，不像殺人癖那麼駭人聽聞，所以沒有說一定要在暗網才找到，表網絡也有很多戀獸癖網站。但考慮到暗網匿名性，<u>不少戀獸癖者也會到暗網釋放內心慾望</u>。更加重要的是，雖然戀獸癖者熱愛動物，但不代表他們所

有慾望都是無害，有的可以非常畸形，讓人匪夷所思。

例如暗網曾經流傳過一段片，是一名戀蟲癖男人的自拍視頻。影片背景是一間破舊的公寓，垃圾堆積如山。那男人戴著一白色面具，全身赤裸，露出昂然勃起的性器官，手握一條幼繩，幼繩另一端是一條粗壯肥美的蜈蚣。

被吊在半空的蜈蚣不斷扭動多節的軀體，面具男人把它放到自己的陰莖上，任由牠抱住陰莖瘋狂捲動，千百足爪在陰莖上下磨擦，男人露出滿足的表情。就在高潮之際，男人突然伸出一直閒置那隻手，猛握住陰莖上的蜈蚣，用力把牠砸成碎片。就在蜈蚣變成肉羹那一刻，男人也釋放出來。

除了變態影片外，就正如戀童癖般，暗網也有不少戀獸癖「關愛網站」，教導同好者各種技術。以網站「Zoophilia Web」為例，那裡就提供很多和動物性交的資訊，例如家犬、豬隻、山羊、馬匹、野牛，甚至老虎。筆者想分享當中較有趣的案例：和海豚性交。

　　網主是一名資深戀獸癖者，由於他沒有表明姓名，所以我們就叫他 Billy 好了。Billy 可以稱得上是戀獸癖界的花花公子，剛才提及的動物全都是他的後宮之一。然而在眾多動物中，他自言最喜愛的是海豚。因為海豚是智商最高，也是最有靈性的動物，所以能和人類有情感的交流。Billy 說他深愛海豚，用「老公對妻兒的態度」去愛護牠們。

　　Billy 住在美國海邊一所高級住宅，附近有個無人沙灘。他說水族館不是個好的「搭訕地方」，第一那裡是公眾場所，其次水族館的海豚比較自閉，只有那些自由自在於海裡游泳的海豚才會真正對人類「打開心房」。所以 Billy 每逢空閒時間，都會到無人沙灘游泳。俗語說：「皇天不負有心人」，碰巧那片海域真的有兩條海豚常常在那裡暢泳。

　　戀獸癖專家 Billy 說當你找到適合的海豚時，第一時間應確認牠是雌是雄。雄性海豚的陰莖和肛門是分開，一個在腹部，另一個在尾部。而雌性的生殖器、乳房和肛門全都位於尾巴。Billy 偏好雄性海豚，但他又說性別其實對於搭訕無甚影響，最重要都是付出耐性。先在牠們遠處游泳，再慢慢拉近距離，最後撫摸牠們身體。如果海豚對你有「性趣」，牠便會用生殖器官撫摸你，聽起來有夠像蘭桂坊夜店的畫面。

　　或者你認為海豚會對人類產生性慾是無稽之談，但如果你知道海豚有找性伴侶和利用活鰻魚自慰的習性，那麼和人類性交倒在情理之內。但 Billy 強調一點，你沒有可能真的和海豚「打炮」。

因為牠的陰莖其實是根 30 厘米長的肌肉巨棒，先不說它會否像勇者之劍般刺穿你的內臟，牠射精時根本是根水柱巨炮，單是液體壓力已經足以把你的腸臟化為爛肉。而且海豚性行為時間平均只有數分鐘，所以非常難掌握時間。不少海豚同好者因為抓錯射精時間，最後成為棒下亡魂。

所以直到現在，Billy 和他的海豚伴侶仍然只能進行手部交歡。Dilly 說有時候他會讓海豚給他口交，但這是經過很多時間的訓練，而且大前提是你要忍受到海豚那 80 隻微尖細牙。

類似 Billy 的故事還有很多。雖然筆者沒有戀獸癖，但很喜歡瀏覽他們的網站，因為他們是很有趣的一群人（而且相對無害）。例如我們都知道暗網有不少虐畜網站（如 Animal Dark Paradise），專門讓那些變態分享虐殺各種小動物的影片，例如讓餓狗自相殘殺，或直播闖入鄰居家殺死他們的家貓，而戀獸癖是極之討厭這些虐畜者，甚至稱得上恨之入骨。為了替動物報仇，他們當中懂電腦的更會聯群結隊對虐畜網站發動駭客攻擊。

縱使如此，戀獸癖者仍然有一點讓筆者感到不安。雖不能代表整個戀獸癖者社群，但的確有一少部分的戀獸癖者的慾望不只是和動物性交，他們最終極的慾望是「給動物吃掉」，化為牠們胃裡的一團肉。

比如有一些戀獸癖網站，專門給戀獸癖者上載他們的畫作和同人小說，當中有一系列的圖書都是描述動物吃人，如大蟒蛇吞

食人類後，屍體在胃內漫漫消化的過程，又或猛獅如何把黑人撕成碎片。你可能會想圖畫可以有甚麼害？但筆者想如果他們有這慾望，除了圖書小說外，他們可以怎樣滿足呢？就算真的獻身給猛獸吃掉，也只能做一次，好像不太划算……

還是會有更邪惡更可怕的方法呢？

我太愛你，請吃掉我吧

在之前兩本書，我們討論過很多類型的紅色房間（Red Room，泛指直播犯法行為的暗網網站），有直播隨機殺人、強姦、人獸鬥，甚至恐怖分子處刑。但過了今天後，你將會知道原來除了剛才提及的紅色房間外，還有一種很奇特的紅色房間：**直播動物吃人**。

俗語說：「己所不欲，訴諸他人」，如果一個人想滿足「動物吃掉人類」的慾望，但又不想自己被吃，可以怎麼辦？**就讓其他人給動物吃掉囉。**

傳說暗網有一所紅色房間，<u>專門直播人類被各種動物吃掉的殺人視頻</u>。巨大猛獸如獅子、老虎、熊咬食活人的情節當然少不得。奇趣的是，傳聞偶有人類被拋在餓貓或老鼠群中被活生生吃掉等環節播出，可真是無奇不有。

　　根據入過那紅色房間的網民說，網站拍攝地點通常是非洲、南美洲等地，因為那裡有充滿殺人野獸的草原或密林，影片受害人一般是村民、獵人，甚至行山人士。但由於這間紅色房間的規模遠較其他同行小，客人也相對地少，所以連網站名字也甚少被人提及，暫知暗網流出的影片只有一段。

　　拍攝地點是一間臥室般大小的房間。雖然是室內，但天花板像鐵欄般透氣，地板則鋪滿棕色砂石，牆壁角落有塊巨大的岩石，旁邊還有個小水池，就像你在動物園爬蟲館見到那些籠，只不過是放大版。

　　突然天花板像門一樣打開，<u>一個被倒吊的女孩慢慢降到房間中央</u>，女孩全身赤裸，嘴巴被膠帶封住，露出豐滿的小臀部。從外表看來她不過二十歲，甚至更年輕。不用多說，她害怕得要死了。她奮力前後擺動，雙手在半空中亂舞，但所有掙扎都是徒勞的。

　　女孩就這樣被倒吊在半空中數十秒。<u>然後一個尖長的頭從岩石縫間探出</u>，是一條蛇，而且是大蟒蛇，他媽的大那種，目測至少8米長，粗長的身軀佈滿深綠色的斑紋。大蟒蛇走出牠的洞穴，在沙地上緩慢爬動，分叉的舌頭不斷吐出收入，似在探索空氣中血肉味的來源。

　　見到大蛇的出現，女孩嚇得不敢動彈，倒轉的雙眼從眼窩暴凸，眼神充滿驚恐。她盡力減少擺動，試圖避開大蟒蛇的目光。

然而，站在鐵欄天花板上數名戴著各種動物面具的中年大漢，惡趣味地搖晃綁住女孩的繩索，就像在家貓前面搖晃玩具般，吸引蟒蛇的注意。

蟒蛇終於留意到牠今晚的晚餐了。

蟒蛇緩緩移到女孩面前，挺起身子來望著女孩，幾乎有整個人那麼高。女孩情緒早已崩潰，瘋狂地扭動掙扎，被搗住的嘴巴發出嗚嗚悶聲。大蟒蛇把頭稍微向後拉，吐出的舌頭興奮地上下抖動，雙眼不帶感情的冷冷地盯著女孩。

在沒有警告的情況下，蟒蛇猛然張開嘴巴，鯨吞女孩的頭部，尖銳的毒牙正中她柔軟的喉嚨。

然後再用極快的速度猛力一扯。

雖然女孩的頭部沒有被撕下來，但仍然發出清脆的骨裂聲，宛如洋娃娃般連人帶繩摔在地上。蟒蛇鬆開咬住女孩頸部的嘴巴，再用結實的粗長身軀捲著女孩，用力搾壓她最後一點生命力。

一會兒後，蟒蛇再次鬆開女孩。這次牠輕鬆自在地張開血盤大口，一點一點把女孩吞掉。

整個過程不到五分鐘。

當蟒蛇完整地吞掉女孩後，天花板再次緩緩關上，上方傳來那些戴著動物面具的男人的尖銳訕笑聲。那些邪惡笑聲一直在房間迴盪，直到影片結束。

和《Deep Web File # 網絡奇談》提及的人獸競技場不一樣，今次的紅色房間不容許人類有反擊之力，只視他們為猛獸的食糧，但本質上仍然類似。

有傳言指開辦這所紅色房間的都是一些黑幫首領，他們家中本身就飼養了很多猛獸，有把礙事的人變成動物食糧的習慣。亦有傳言是某些落後國家的動物園的變態員工，會在街上綁架路人，再趁夜深時偷偷餵食並拍片。但無論如何，以上說法都是未經證實。

如果大家身邊有在動物園工作的朋友，不妨問問他們有沒有用活人做飼料，又或悄悄和海豚來一炮的習慣呢？

NO.: #6/8

CASE: 打開心扉的空間——暗網懺悔室

SUBJECT:

曾經有演化心理學家說過，八卦是人類的天性。因為從演化的角度來說，愈喜歡聽八卦或刺探別人的秘密的人，擁有的生存優勢愈大。因為他們除了握有更多的人際情報外，更可以把這些情報和別人交換，以換取更大的利益並生存下來。

在古時八卦換得的可能是食物或權力，嗯…其實在現代仍然如此。所以你千萬不要輕視學校或辦公室裡那個八卦成性的討厭同學或同事。縱使你時常想一刀插死她/他，但在某種意義上，她/他可是比你有更大的生存優勢！

同一時間，筆者猜想略懂心理學的人都會懂得，無論秘密屬於自己還是他人，人類的天性就是不太擅長守秘密。縱使我們已經努力壓抑，但秘密也會從我們的口誤或者小動作洩露出來，所以如果有個匿名的渠道可以讓人說出秘密，很多人都會毫不猶豫地走去那裡，吐出抑制在內心的秘密。

在近年的網絡世界，這兩種看似矛盾的心理法則就出奇地交融起來，並造就出一股頗有趣的網絡風氣：就是網民匿名地說出一些自己的奇遇、醜事、秘密或糗事，讓其他人來吐槽。當中外國比較有名的例子，是一個叫 FML（Fuck My Life：我的仆街生活/操蛋的生活） 的網站和 App。它主要是讓外國網民匿

名地分享自己的糗事，再讓他人隨意評分或吐糟。

筆者不清楚台灣和大陸的情況，但香港就有很多相似形式的「Secret Page」，例如「香港人 Secret」、「名校 Secret」讓人爆料和分享自己的經歷。

大家看到這裡可能已經猜到，Deep Web 怎會沒有自己的 Secret Page！接下來筆者要介紹的是一個頗有趣的 Deep Web 網站「說出你的秘密 Tell Your Secrets」。 在那個網站，你可以隨意分享自己心底裡最污穢的慾望、幹過最變態的勾當、犯過最不可告人的罪行。在那裡周圍都是你的同類，絕對不會有衛道之士批判你（除非你是寵物虐待者）。

同一時間，你也可以任意瀏覽數以百計 Deep Web 網民的秘密，有血腥的、荒謬的、情色的，也有悲哀的。無論是真是假，它們雖然不會嚇得你尖叫，但絕對會令你驚訝得目瞪口呆、繃著臉、皺起眉頭。

更加重要的是，我們可以藉著網民的回覆，了解暗網奇特的

價值觀，例如胡亂殺人在暗網不算重罪，但如果你虐待小動物的話，依舊有很多人會勃然大怒！

#1 標題：如果這種人的數目多得可以解決戀童癖的問題就好了

我是個「逆向戀童癖者」。

我的夢想是扮成一個小女孩和別人打炮。

留言：我都是！

留言：一定啦！

#2 標題：殺人犯的自白

數年前，我綁架了一個16歲的小女孩。用繩把她綁起來，之後再不斷強姦她。最後更用斧頭把她的頭砍下來。我把頭顱留下，把無頭的屍體拋棄在森林的深處，直到現在，她的頭仍然埋在我的後園裡。

留言：挖出來再弄一些湯。

留言：之後在上面再插支蠟燭。

#3 標題：秘密孩子

我有一個秘密小孩沒有人知道他的存在。不知何故，我竟然可以把這個秘密隱瞞了足足14年，而且只要再多4年，我就自由

和清白了！

留言：你指在你的地牢？你有餵食他對吧？我建議把他困在一個沒有陽光的地方，永遠不和他說話，對他施加很多很多的暴力，純粹把他用來洩慾。

留言：好好養大他，你的投資會得到很大的回報。

留言：箸咃？

#4 標題：Yes！I Can！

在我的事業生涯裡，我駭入超過200個網站，當中包含40間政府部門、2間銀行、20間大學，之後還有很多很多……

留言：我駭入它們純粹因為我可以，沒有其他原因。

留言：算不上秘密，很多人經常都會這樣做，無論動機是非法，還是合法。

留言：樓上是傻的嗎？這當然是秘密啦！如果他公開自己的身份，再和其他人說他做駭客的事，一定會坐牢呢！

#5 標題：王子復仇記

一年前，我的女友被人強姦。縱使她不願意說出那個人的名字或者任何事，但她最後還是說出了遇見那傢伙的經過，而且他的樣子好像我們一個朋友。我僅憑著這些線索去追查那個強姦犯，我知道他現在身處在我國家的另一端。我已經買了機票，4天後出發，「探訪」那名強姦犯一下。

我在暗網僱用了一名當地強姦犯，指示他用強姦我女友的方式雞姦他。之後，我會在他胸膛上烙印上「強姦犯」三隻大字，我連那個烙印模也已經造好了。希望我能抓到正確的人啦！願主賜福！

留言：你得到我的批准（註：出自蝙蝠俠奸角 Bane）。

#6 標題：巧克力噴泉

我喜歡把整排巧克力塞進肛門，然後待它們溶化成汁緩緩流出來。

留言：是用歌帝梵牌（GODIVA）巧克力嗎？

留言：啊聽起來還頗美味。

#7 標題：我就是喜歡強姦！

我曾經強姦數個不同的人，而且沒有任何人察覺到。12 歲時，我強迫一個朋友和她 5 歲的弟弟含我的雞巴。16 歲時，我指姦了 6 歲的妹妹。17 歲時，我狠操了一個 2 歲的嬰兒和上了一個喝醉了的胖處女。18 歲時，我強姦了 12 歲的表弟和他 10 歲的弟弟。25 歲時，我逼自己在行山時上了一對母女。不知道為甚麼我不可以普通地打炮，另一方一定要被恐懼和痛苦折磨，我才可以享受起來。

留言：這不單使我會心一笑，甚至不禁硬了起來。繼續努力！

#8 標題：愛貓者請不要看

有一次，當我在操我家的貓時，我的雞巴卡在牠的陰戶內。在無選擇的餘地下，我唯有用刀把我的貓戳死，再一片一片切成碎片，他媽的沾得我雞巴滿是血和尿。

留言：這真的是你最佳解決辦法？

留言：我希望你個人渣下地獄，再給 100+ 隻惡魔輪姦，之後再用同樣的方法將你撕成碎片！！！你這狗雜種！！

#9 標題：中東基基的悲劇

我是個已婚的男人而且住在一個伊斯蘭教國家，還有一個年輕可愛兼身材好的太太。但問題是自我從 10 歲開始，便知道自己喜歡被操肛…可能是因為一個人長大，沒有雙親，也沒有兄弟姐妹。而且我很喜歡說謊，即使現在，我也常常向妻子說謊，之後溜到街上隨便找個男人來操我，有時更會無緣無故地撒謊……

留言：我可以預計到你的將來…天殺的……

留言：對於一個住在伊斯蘭教國家的人來說，這樣做太危險！如果你真的要繼續下去就千萬要小心一點！！！！

#10 標題：女友幫誰打手槍的煩惱

我的女友寧願幫我的狗打手槍，都不願意幫我打手槍。她說我老二的靜脈曲張太恐怖，令她感到嘔心。

留言：你的雞巴應該糟透頂了。

#11 標題：欺騙全世界的無神論者

我全家人也是天主教徒，而且是非常狂熱那種，但他們沒人知道我其實是一個無神論者。即使最要好的朋友，也認為我是個忠誠的天主教徒，我實在偽裝得太好了，科科。

留言：拜拜上帝～你應該對他們坦誠。

留言：聽起來還頗邪惡？

#12 標題：罪有應得

前天我強迫小表妹幫我打手槍，但她該死的指甲太尖利，害得我包皮都被割破，割出好幾道傷口。現在只要我一勃起，雞巴上的傷口便會破裂，流出滾滾鮮血，有夠痛呢！

留言：讓你的狗舔它一星期便會痊癒了。

留言：你罪有應得。

留言：活該！死變態！

#13 標題：後園的女人

我家後花園很大，大得可以安裝捕獸器狩獵野獸。某天早上，我的捕獸器抓到一名行山女人，她正打算抄小路回城。我沒有打電話報警，反而拿出獵槍，一槍射在她的脖子上，然後埋葬在花園中。

留言：希望你在埋葬前有幹過她呢。

留言：她晚上會挖掉泥土，由墳墓爬出來找你，然後慢慢把你折磨至死。一個真正的獵人不會把子彈打在獵物頸上。

留言：聽起來還頗合理，那婊子該死。

#14 標題：滿懷惡意的駭客

有時候覺得無聊，我便會駛到離家很遠很遠的地方，然後找個容易駭入、密碼很容易猜到的家用 WiFi，再下載大量兒童色情影片。你們或許猜到，我電腦沒有安裝任何防衛程式，所以很容易便被 FBI 追查到，科科。

留言：撒旦大人啊……

留言：很有趣，我有機會也想試試。

#15 標題：你女友是心理變態嗎？

我前陣子和男友出現了感情問題，在學校大吵了一頓。他

問我還想不想在一起？我沉默不言，然後他便因此傷心得在大庭廣眾下哭出來。那一刻，我捧腹大笑起來，甚至笑得有點失控，因為我覺得他痛苦的樣子很搞笑。

其實我早對他毫無感覺，他的死活與我無干。我拒絕分手純粹因為喜歡看他被我取負得像狗屎的臭樣子。我知道他永遠離不開我，因為他的天性就是狗屎垃圾。

我希望有天這小雜種會自殺，那麼我就會獲得其他人同情，我很需要別人的注意力呢。

留言：你最需要是被綁在聖安德魯斯十字架（一種 SM 用具），然後脫光光放在公眾地方上，小婊子。

留言：請問可以做我女友嗎？

#16 標題：常常做義工的原因

女人的眼淚往往使我情慾高漲，不是那種因痛楚流出的淚水，而是情緒上那種，例如傷心、抑鬱…我每次見到都會把住她們，慢慢親下去，給她們溫暖，最後和她們做愛。我想這就是我常常到殯儀館做義工的原因。

補充一點，我是女來的。

留言：我想你是喜歡安撫別人的感覺。

留言：天啊！！！！！！！！！！！！！！！

留言：天啊，妳的故事讓我老二硬起來。

#17 標題：你今天飲了酒嗎？

有一段時間我常常參加匿名戒酒會。在 2014 年 7 月，我出席了一個「不再醉鬼野餐」。我偷偷帶了一大支伏特加酒，然後全數灌進放雜果賓治的盆子中。我沒有看見任何人醉倒，也沒人投訴雜果賓治中混有伏特加酒，所以我相信他們當中好幾個在野餐後，會重拾「老習慣」，科科。

留言：主啊！這太強啦！

留言：賤人。

留言：賤但好笑。

#18 標題：吸血鬼日記

我是個血液愛好者 (Sanguinarian)，有吸啜人血的癖好。在一次偶爾機會下，我得到一名朋友的許可（當時她正吸食海洛英 High 翻了），可以割開她的血管，吸食她的血液。但我一不小心割得太深，再加上我當時吸啜得太興奮，她很快便面色蒼白昏倒過去。

如果不是另外兩名朋友制止我，我應該會吸到她死去為止。我們把她送到急症室，縫了足足八針有多。在醫生面前，我裝作因為太驚慌，所以沒留意傷口割得幾深和吸了多少血，但其實我知道得一清二楚。

留言：為甚麼你不飲自己經血？

留言：吸我的雞巴。

#19 標題：愛貓者請不要看 2

我錯手殺死了一隻小貓：那隻狗屎垃圾在我趕時間時，躲在司機位下不願出來。在無可奈何情況下，我唯有把司機位拉前。推前的座椅咔一聲便弄斷小貓的脖子，座椅還傳來數下牠死前發出的喵喵慘叫聲呢。

對不起，小貓:/

留言：可憐小貓，你這種人一定要下地獄！！

留言：:C

留言：地獄會有你這種賤人的專屬位置。

#20 標題：不配被愛的人

我有很多愛我的家人，有很多疼我的朋友。他們全都認為

我很和善、幽默，有的還很崇拜我。但他們永遠不會知道我半點也沒喜歡過他們，甚至很蔑視他們。每天早上，我也在幻想著怎樣殺死和虐待他們，而我很確信有天會付諸實行。

留言：很強……

留言：JUST DO IT！

留言：你不值得被愛。

留言：或者你需要的是更高質的家人。

#21 標題：殺人實驗

　　我把一個男人困在水箱裡數天。除了空氣和食物外，甚麼也沒有給他。數天後，我再把他轉移到一個狗隻用的籠子裡，在冬天時丟到戶外雪地數天，絕不讓他休息。不知道他最後能否撐過去呢？

留言：所以你沒有在水中和雪地強姦他嗎？你太溫柔了，回去表網絡吧。

留言：好像很有趣。

留言：我會對你媽媽做同樣的事。

#22 標題：被抓包老爸

　　某天深夜，我抓到我老爸穿著婆婆的紅白藍三色編花裙，

在後園走來走去。我覺得很嘔心，氣憤得用鐵棍一下把他打倒在地上，四腳朝天。但你們知道我看到甚麼嗎？他那套連衣裙底下還穿了條黑色蕾絲內褲！老爸你認真的嗎？

　　那一刻，我很想很想再舉高鐵棍，不停地毆打他，但取而代之，我只能張大嘴巴不斷咆哮，發出像精神病人的尖叫聲。我想我在為自己尖叫。

　　我第二天便離開了那個家，直到現在還沒有回去的打算。縱使如此，我每天醒過來時，仍然會想起那條在繡花裙底下的黑色蕾絲內褲……

留言：兒子，回來啊！

留言：這個太正點 xD

+

+

+

+

+

+

+

+

+

+

+

+

+

+

+

NO.: #7/8

CASE: 控制世界萬物的終極武器——絕望代碼

SUBJECT:

　　還記得在《Deep Web File #網絡奇談》那張暗網冰山圖嗎？人們常用冰山比喻暗網，表網絡是浮在水面的冰山一角，而暗網則是埋藏在深海的龐大冰石。除此之外，人們還為冰石劃為不同等級，Level 1、Level 2⋯愈底層愈高等級，看到的內容也愈機密和恐怖。

　　雖然我們現在都知道所謂的「Level」只是類比不同暗網網站的可訪問性，並不真的如勇者塔般每層也有怪物看守。但不知何時開始，那些流傳在表網絡的暗網冰山圖的最底層，在「光明會」和「軍事機密」間多了一個叫「絕望代碼 The Despair Code」的東西。

　　究竟甚麼是「絕望代碼」？那些自問在暗網遊歷得最深入的人也沒聽過這網站。

　　於是關於這神秘東西的謠言紛紛冒出。筆者用「東西」來形容「絕望代碼」是因為人們連它的本質也還未搞清楚，是網站、密碼、魔法，還是武器呢？我們只知道答案一定在隱藏在暗網最深處，某個無人知曉的角落。

　　筆者整理以下了五個關於絕望代碼的理論，它們分別是「古老神論」、「萬物有序論」、「人體程式論」、「生化武器論」和「政府手段論」。但筆者事先聲明，這五個理論本質上只是都市傳說，可能當中有數個正確，更有可能全部都是錯誤，真相只能靠你們自己判斷。

古老神論

> 但時光像河流般飛快流逝，
> 帶來一知半解的痛苦——
> 昏昏欲睡，盲目地走，
> 在那片永不褪色的怪海；
> 而那名航海家，
> 看到邪惡的死亡之火閃耀，
> 聽見邪惡的怪鳥妖獸嗚咽，
> 在那片海無奈地漂移時。

——節錄至 H. P. 洛夫克拉夫特 著作《絕望 Despair》

　　稱 H. P. 洛夫克拉夫特（H. P. Lovecraft）為二十世紀的恐怖小說大師，一點也不誇張。畢竟過去十多年所有恐怖小說作家，例如史蒂芬・金（Stephen King）和丁・昆士（Dean Koontz），都視他為啟蒙師父。無數套歐美日電影、動畫、漫畫、遊戲都以

他創立的「克蘇魯神話 Cthulhu Mythos」作背景（縱使他們一般不會說明）。他所創作的恐怖小說的影響力由 1900 年初延至今時今日。

究竟克蘇魯神話是甚麼？它有甚麼吸引力可以風靡萬千創作者的心呢？

或者深入了解前，我們先說一下「人類的自尊心」。無論你是有信仰的人或是無神論者，你總會找到一個角度去抬舉人類在宇宙中的價值，例如你是個信徒，你會相信人類是上帝摯愛的兒女，獨一無二的存在；如果你是個無神論者，你可能會驚歎人類在自然的生命力，讚美科技的迅速發展……

而克蘇魯神話則摧毀作為人類所有的自尊心。

在克蘇魯神話，人類只是毫無意義的存在，就像屍體上的一條蠕蟲般。我們只是一眾「舊日支配者 Great Old Ones」弄出來服待自己的奴隸，甚至宇宙也只是一個更強的魔神嘔出來的一個氣泡。

那些舊日支配者在上古時代曾經統治地球，人類像狗隻般過著低賤的生活，和某些宗教典籍所說的「神愛世人」相距甚遠。後來因為某些原因，這些舊日支配者要麼離開了地球，要麼在海底或沙漠中沉睡，我們人類才變成逃走的奴隸，又或主人離開了家的狗隻，過著相對自由的生活。

直到某年某月祂們再次降臨時，我們人類將再次淪為奴隸。

現在，某些魔法師仍然可以和那些舊日支配者交流，但他們要麼對人類毫無興趣，要不就是懷有濃濃的惡意。

克蘇魯神話最大的特色是「絕望」，除了你看到上述的悽慘背景外，洛夫克拉夫特筆下所有故事都可以用「毫無希望」來形容。在正常故事，作為主角（人類）的一方面對再強大的敵人（外星人、怪物）時，總會有一兩樣武器可以反擊，又或最後危急關頭機智勝出。但在克蘇魯神話，人類所有引以為豪的科技在舊日支配者的魔力下都宛如廢鐵，就算再努力付出也只是徒勞，人類只望一眼舊日支配者便會發狂，最後只能落得被凌虐、被逼瘋、被奴化、被殺害的下場。

我們人類曾幾何時在原始森林過著連閃電也害怕的生活。我們遺忘了那種恐懼，洛夫克拉夫特就把它帶回來。

但這和我們的主題「絕望代碼」有甚麼關係？

大多數人（就正如你我）都認為克蘇魯神話只是洛夫克拉夫特筆下的故事，但並不是所有人都抱有同樣想法。部分研究魔法古籍的人認為縱使洛夫克拉夫特以短篇故事寫出克蘇魯神話，但他本身所描述的神祇卻是真實存在。

理由是故事中提到不少魔法古籍也是真實存在，例如《死者之書》及《所羅門的小鑰匙》。另外他描述的神祇架構，和某些古文明神話也很類同。但由於篇幅所限，筆者不能詳細地寫出他們的論證，只想表明有部分人真的信奉克蘇魯神話，並由此衍生出「絕望代碼」。

根據古老神論，「絕望代碼」指的是一種專門發生在從事創作人身上的超自然現象。究竟洛夫克拉夫特當初怎樣構思出克蘇魯神話？一個完整仔細、前所未有的恐怖神話？究竟為甚麼某些創作人可以寫出異常嘔心的故事，或畫出病態不安的油畫呢？

信奉克蘇魯的人相信所有駭人的「靈感」其實都是來自舊日支配者的「絕望代碼」。舊日支配者透過創作人的手筆散播恐懼，不單只要人記得舊日支配者的存在，同時那些作品通常沾染了「魔力」，對人間造成不良影響，可能是殺人案也可能是墮落，好讓祂們即使在地底沉睡，也能維持在人間的負能量影響力。

最讓人恐懼的是，整個過程無論是創作人或被影響的讀者也不會察覺到。

萬物有序論

根據認知科學，我們大腦是一個怕悶的悶騷，總是在混亂間尋找秩序，在虛無間尋找刺激。較輕鬆的例子如人們常在火星碎

石間發現人臉、浮雲中看到佛祖的形象，而較極端的例子則有美國中情局。

傳聞美國中情局有種酷刑手法，是把受害人綁在一間純白色的房間，並且不容許受害人閉上眼睛，強迫他長期注視純白色的牆壁。由於大腦長期沒有接收到視覺刺激，所以腦海會「自行幻想」一些刺激來，例如一隻會說話的大白兔，又或一整隊白色軍人，並利用這些幻覺折磨受害人。

上述的情況又稱為空想性錯視（Pareidolia），是心理現象的一種。然而，這種心理現象不只局限於視覺、聽覺、嗅覺，甚至邏輯思維也有同樣的狀況，例如我們在電訊雜音中聽到人聲，總是認為六合彩的中獎數字會有規律，把氣候和關節炎扯上因果關係。

簡單來說，我們的大腦每時每刻都在尋找「規律」的存在。

但是，我們的世界（至少按大多數人理解）實質上是個龐大的混沌系統，裡頭充滿隨機和不確定性，事物間不一定有因果關係，所以這種心理錯覺往往造成不便。

直到你察覺到絕望代碼。

根據絕望代碼，我們世間萬物並沒有想像中混亂，混亂下

隱藏了規律，又像我們中國道家稱的「道」，但當人類一察覺到「道」（通常都在偶爾的情況下落入人們的腦海），並不會像道家所説的「得道成仙」，反而陷入絕望之中，輕則抑鬱焦慮，重則瞬間發瘋，患上精神分裂和有自殺傾向，視乎你大腦對絕望代碼的理解程度。

至於絕望代碼實質內容是甚麼？我們當然沒有可能知道（至少在神智清晰下），但由那些感受過絕望代碼的人口中得知，絕望代碼和「人與人之間的因果」有莫大關連，例如為甚麼有人會對某人一見鍾情？為甚麼有人會成為隨機殺人狂？為甚麼有人自出娘胎便對奇形異狀的東西產生性慾？

擁有代碼的人便能察覺到世間萬物的因果關係。

驟眼看來，洞悉萬物真理是不少尋道人的夢想，即使落在凡人腦中也應該沒害，甚至變得百龍之智。但倒頭來這些「真相」不單只使人抑鬱，甚至發狂自盡…究竟世界的真相有多可怕，以至超乎人類腦袋的承受能力？

人體程式論

有傳聞近年在中歐國家，如匈牙利、捷克等地，流行一個叫「觸發點 The Trigger」的陰謀論。雖然沒有直接表明，但該陰謀論以「母體理論 The Matrix」作基礎，認為我們身處在一部

庞大的虛擬實境的電腦內，真正的肉身在別的空間，現在意識到的其實都是電腦程式模擬出來。

再延伸下去，如果我們身處的世界只是電腦數據，那麼應該有套專屬的電腦程式，就像 Java 和 C++，而這套電腦程式又名為「帝王程式碼 Monarch Programming」。

據悉這組程式碼最早起源於古文明阿特蘭提斯（Atlantis），後來落入納粹德軍手中，在奧斯威辛集中營對過千名猶太小孩進行實驗，並成功創造出能植入額外帝王程式碼到人類腦袋的誘導機器。後來納粹帝國覆亡，大批納粹科學家用科技換取人身安全，逃難到美國，於是帝王程式碼落入 CIA 手中，亦即是歷史上惡名昭彰的洗腦實驗 MKUltra 的核心內容。亦有傳言說帝王程式碼後來進一步落入了光明會手中。

根據都市傳說，帝王程式碼主要分為兩大種類，共四段階級。兩大種類分別為「專屬（每個人該功能的程式碼也不一樣）」和「通用（該程式碼能在所有人的大腦起相同作用）」。四段階級則為「Alpha（體力和感官敏銳度）」、「Beta（認知、印象和記憶）」、「Delta（潛意識慾望：暴力、色慾和自毀）」、「Theta（心靈感應、直覺）」。而絕望代碼就是 Delta 系列其中一個可以令人快速自殺的恐怖代碼。

由所謂暗網流出的資料來看，帝王程式碼只是一堆凌亂的數

字，沒有任何意義或效果，以下便展示了一些帝王程式碼。

主選單：33123113211

植入程式：22133113332

運行程式：11123132221

重灌：2231231；4432312；33231223

指定觸發物件：4441221

憤怒：4213261

失明：2566553

腦部失常：6325512

四肢抽筋：4561321

呼吸紊亂：5532111

罪惡感：4321231

變得暴力：3221456

自殘：3321343

性慾：2116652

最後，還有我們本文的主題：絕望代碼 3223412。

當然，你只是眼怔怔地望著這堆數字不會使你自殺，也不會讓你性慾高漲。因為要植入這堆代碼還需要額外的誘導機器，但誘導機器是怎樣？則沒有人知道。

有傳言當年 CIA 研究帝王程式碼時，強迫迪士尼和荷里活的電影製作人合作，把代碼以圖像和符號的方式植入電影裡，來影響大眾意志，這也是很多我們常常聽到「電影音樂界陰謀論」的基礎。女神卡卡（Lady Gaga）的 MV 便被指隱藏了很多植入碼。

也有說法是絕望代碼只能以近距離聲波傳送，而且每個人都有獨特代碼，植入程式也需要花很多時間，所以秘密政府或 CIA 只能以電話方式操控「帝王奴隸（即是被植入了控制碼的人）」。這亦都形成了受害人一接聽電話，便立即自殺的可怕情況。

這版本的絕望代碼最恐怖的地方是，被植入了控制碼的人永遠不會知道自己腦袋已經被入侵，成為帝王奴隸的一分子。

生化武器論

即使撇掉那些陰謀論的外星人武器，歷史上美國發明過的驚人武器不計其數，例如同性戀炸彈、反潛艇海豚、蝙蝠轟炸機，當然還有遺禍人間的原子彈。根據生化武器論者稱，「絕望代碼」也是美軍其中一樣致命武器，而且恐怖程度不亞於原子彈。

「絕望代碼」是一組軍方下命令時使用的數字，命令則是使用一種名為「尼采氣體 Nietzsche's Air」的生化武器殲滅敵人。據說之所以叫「尼采氣體」是因為當初軍方進行實驗時，其中一

名實驗者形容在吸入氣體後「體會到純粹的虛無主義」，所有生命都失去存在意義，而這種虛無主義的佼佼者就是一代哲學大師尼采。

尼采氣體並沒有毒性，不會對吸入者造成任何生理損害，但會瞬間瓦解他們的意志，以不尋常的速度呈現重度抑鬱症狀，包括失去說話能力、哭泣、喪失自尊心、強烈的罪惡感及自殺傾向。

傳聞美軍在 1991 年的海灣戰爭曾經對當地伊拉克共和國衛隊使用過尼采氣體。在一次名為「藍色地平線 Blue Horizon」的行動裡，美軍對敵人的地下藏匿處試驗性施放尼采氣體，之後再在門口守候。

10 分鐘過後，在門口守候的美軍非常驚訝，因為除了數下槍聲外，地牢沒有任何動靜，沒有炮火反擊，沒有受驚士兵的尖叫聲，也沒有衝出來的逃兵，覺得事有蹊蹺的美軍於是派人潛入地牢查看。他們走到地洞時，驚訝地看到士兵的屍體早已橫七豎八地塞在房間，牆壁地板滿是腦漿和鮮血。由屍體的外表看來，大多數都是吞槍自殺，部分則用刀割脈，而這一切只是發生在短短 10 分鐘內。

在屍體之間，美軍找到數名生還者，但他們均患上重度抑鬱，說話能力薄弱，蜷縮在房間角落，失去行動能力。負責審問的美軍勉強聽到他們形容「仿佛數秒間跌到另一個世界」，有的還跪求美軍快快殺了他們，讓他們早日脫離苦海。

縱使尼采氣體非常有效，但美軍高層覺得此方式實在太不人道，於是決定禁止再用並放棄實驗，從此尼采氣體便成為另一個軍事傳聞，只在暗網間流傳。

政府手段論

最後一個理論即比較「踏實」，它說所謂的絕望代碼並不是甚麼超自然存在，亦不是生化武器，而是形容美國政府管治的術語，意指「讓人民長期保持在壓力狀態」。

政府手段版的絕望代碼可類比冷戰期間美國對戰俘的洗腦方法，透過持續性施加強大的壓力，包括肉體和心靈折磨，讓戰俘的固有人格瓦解，從而方便施虐者控制及植入想法。套用在施政上，意指政府（刻意或無意地）讓市民長期保持在壓力狀態，方便有效地管治國家。

壓力狀態又可分「日常生活」和「天災人禍」兩種。日常生活的例子有高物價、市場波動、工作時間長；天災人禍則是戰爭、自然災禍、暴亂。

政府透過這些壓力源，讓市民忙於眼前的狀況，而沒空理會在政府權力架構、人權自由等「真正政治議題」，好讓政府趁這混亂期間吞噬更大的權力。簡單來說，就是老一輩人常掛在嘴邊

的「班後生仔忙住返工，就唔鬼得閒搞事」的正式政治版。

相信此理論的人均認為金融海嘯、911 恐怖襲擊、伊拉克戰爭及南亞海嘯全都是美國政府故意讓敵人、天災有機可乘，好穩固國內權力的「結果」。

所以五個理論裡，你認為哪個才是正確呢？老實說，筆者自己也沒有肯定答案，但有一點想提提大家，**就算理論正確也不一定代表它就是「絕望代碼」**。例如我們都知道美國政府真的研究過 MKUltra 洗腦計劃；科學家近年發現在大腦特定位置施加適當電流，可以瞬間治療或加劇抑鬱，這些都使得「人體程式論」和「生化武器論」更加可信。但即使美國政府真的這樣做過，又是否表示它就是「絕望代碼」呢？

所以「絕望代碼」的真身是甚麼呢？現在還是一個謎，如果我們真的想知道答案，便要親自潛入暗網尋找，甚至要走入比洋蔥網絡還奇怪的網絡⋯⋯

CASE:

控制世界萬物的終極武器——絕望代碼

NO.: #8 / 8

CASE: 一個硬幣的兩面——暗網殺手

SUBJECT:

　　2013 年 5 月，前美國中央情報局（CIA）兼國家安全局（NSA）技術員愛德華·斯諾登（Edward Snowden）以治療癲癇為由離開 NSA 的職務，並於同月 20 日逃離到香港，將工作期間獲得的機密文件披露給《衛報》和《華盛頓郵報》兩大報章，向世人揭露美國政府的全球性電子監聽陰謀「稜鏡計劃 PRISM」。

- Edward Snowden

　　稜鏡計劃的正式名稱叫「US-984XN」，前身是前美國總統小布殊在 911 事件後提出的「恐怖分子監聽計劃」，但由於該計劃有侵犯人權的嫌疑而被法庭撤回，後來於奧巴馬任期時成功「借屍還魂」，以「稜鏡計劃」之名重生。

　　稜鏡計劃之所以震驚全球的地方，是它容許 NSA 監聽任何參與該計劃的通訊公司的客戶，當中包括大家常常使用的

Yahoo、Google、Facebook、Skype、YouTube 及 Apple 等程式。監聽範圍由電子郵件、視訊影片到照片檔案不等。簡單來說，該計劃與容許 NSA 無限制地監聽全球人類無異。

向世界揭開美國的醜行後，斯諾登馬上收到來自美國連同英國政府的通緝令。於是他在 6 月 23 日離開香港前往莫斯科，直至今日仍然受到俄羅斯政府的庇護，因此沒有被逮捕。

斯諾登事件固然在表網絡引起軒然大波，但暗網世界的反應也相當激烈。通常在到暗網的網民都是「網絡自由鼓吹者」，雖然自維基解密事件後，他們對美國政府已經沒甚麼期待，但從報章新聞聽到美國政府如何監聽市民的一舉一動時，仍然氣得跳腳，怒不可遏，發誓要做甚麼來抵抗政府的魔爪。桑畑三十郎便是其中一個，後來也證明了他是當中最大膽和激進的一個。

桑畑三十郎（Kuwabatake Sanjuro）只是網名，取自黑澤明電影《用心棒》裡頭一個路見不平的俠士。沒有人知道桑畑三十郎的真身，包括他的種族、樣貌、年齡、職業，甚至性別。

據桑畑三十郎自己說，那星期每當打開電視看到斯諾登的報導時，他都會氣得嘴唇顫抖，口中一次又一次呢喃著：「他們必須死，他們必須死。」他容許不了自己每一天在網絡上的生活，每一句說話，包

括和最愛的人一點一滴，都被他最討厭的美國政府監聽、分析，再拆解。他決心扭轉逆勢，捍衛網絡自由⋯⋯

於是一個月後，「刺殺市場 Assassination Market」便開張了。

嘿，你有人想殺嗎？

暗網有殺手網站並不是甚麼大新聞，縱使它們的真偽性一直成謎。目前已知的暗網殺手網站有十多個，大多數網站都標榜自己由「退役軍人或黑社會成員」組成，例如這間「克蘇魯的簡歷 C'thulhu Resume」便在網站寫道：「前法國僱傭兵和軍人，全員具 5 年或以上的行軍經驗。」他們的口號是「墳墓永遠是解決問題的最佳方法」。

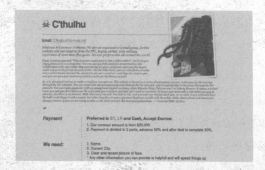

至於服務範圍，除了殺人，很多殺手網站其實也會提供其他犯罪服務，例如這間「白先生 Mr. White」便提供毆打、強姦、

陷害、裝炸彈、刺殺及綁架（包虐待）服務。即使刺殺也有不同收費，你想殺的對象是否明星或政治人物？你想假裝成意外或是明目張膽的處刑？每種收費也不一樣，價錢由 3 萬至 20 萬港元不等。

　　從犯罪學的角度看，職業殺手一直都是已知的存在，但過去通常受聘於黑社會或有權勢的人，普通人能接觸的渠道很少，所以他們才幾乎成為「都市傳說」。然而自暗網技術出現後，過去不少局限於街頭和人際網絡的犯罪（例如販毒、走私人口）都實行網絡化，接觸網上客戶。所以職業殺手真的在暗網開店也是情理之內，合符犯罪潮流，但至於他們的歷史？殺手簡歷？行事原則？大眾所知的仍然不多。

　　有見及此，筆者決定為大家詳解以下的暗網殺手網 Mitxel Euskadi Mafia 。之所以選擇它作為講解例子，是因為有別於其他殺手網站，Mitxel Euskadi Mafia 除了列出服務價錢外，還詳細講述他們的歷史、原則、殺手背景，希望能令大家對職業殺手這一神秘職業有更深入的了解。

Mitxel Euskadi Mafia 自稱起源於中世紀的巴斯克自治區（Basque Country）。巴斯克自治區位於西班牙中北部，橫跨三省，與法國相鄰。縱使巴斯克自治區在 1979 年才成立，但居住在那裡的遊牧民巴斯克人本身就有淵源的歷史。

巴斯克人以勇猛善戰聞名，多次成功抵抗西哥特人、羅馬人和摩爾人入侵。再加上他們有自己專屬的語言——巴斯克話，所以巴斯克人的獨立意識至今仍然非常強烈，常有激烈抗爭運動。這也使得區內治安不太穩定，黑手黨（Mafia）異常活躍。

Mitxel Euskadi Mafia 說他們組織在公元 5 世紀成立，當時數十名巴斯克人為了抵抗西哥特人入侵，進行一連串針對西哥特人的政治暗殺，並促使了他們成立刺客組織，以守護巴斯克人領土作目標。其後數千年，此組織每次在外敵入侵時，都擔當起刺客的角色。

後來時移世易，政治氣氛開始沒有以往的繃緊，刺客組織為了維持運作，開始染指各種犯罪勾當，例如搶劫、走私、勒索及職業殺手，並順應潮流以黑手黨（Mafia）自居。筆者想順帶一提，即使上述的情節很像《權力遊戲》，但其實類似的情節也在中國黑社會發生。

該網站說現在的 Mitxel Euskadi Mafia 已經再次定位做「殺手組織」，專門做殺人勾當，而且殺手成員也漸漸國際化，白黑

黃膚色的殺手也有，務求能完成世界每一個地區的生意。他們最引以自豪的任務是在 1980 年成功刺殺一名遠在南極洲的科學家。

隨著絲綢之路的誕生，他們組織意識到暗網會是未來的犯罪趨勢，於是也嘗試在暗網開設網站，亦即是現在看到的 Mitxel Euskadi Mafia。

驟眼看來，Mitxel Euskadi Mafia 的確頗像一間正式公司的網站，有公司簡介、價目表、聯繫方式、常見問題，甚至連殺手簡歷和客戶評價也有。以下筆者便精選了網站數則客戶評價。

Peter B. ── 對結果很滿意

五年前我祖母診斷到患上癌症時，她到律師行立遺囑，留給我相當可觀的遺產。那時候我真的很高興。但是經過幾年的治療後，現在醫生說她的癌症已經痊癒，你媽的在開玩笑嗎？！我一直在等待、等待，我的耐性終於耗盡了。現在 Mitxel Euskadi Mafia 替我完成這項工作，真的很感謝他們。

Muhammad al C. ── 感謝阿拉真主（和 Mitxel Euskadi Mafia）

我被區內的清真寺批評行為過激，之後我決定前往敍利亞，屬於像我這種真信徒的地方，可惜遭到父親強烈反對，計劃被逼擱置了一段時間。但現在…他再不能阻止我了！

Zach L. —— 死裡逃生

我的審訊原本進展良好，但控方律師不知在哪裡挖出一個女人，聲稱她看到我犯案過程，之後便岌岌可危。我真的不知道原來當時有路人目睹！但幸好 Mitxel Euskadi Mafia 找到那女人的身份而且乾淨地幹掉她，更加重要的是趕得及她上庭之前呢！

Anna Z. —— 你們實在做得太好了

我的老公拋棄了我，換上另一個年輕模特兒做他妻子。我要補充一點，他是一個非常非常非常有錢的男人。但問題是當他還未發達時，是我陪伴在他的身邊，是我幫助他扶搖直上，現在他怎可以像垃圾般拋棄我？！他甚至拿出甚麼婚前協議，半點贍養費都不用給，好用那筆錢去供養那個金髮大波拜金妹！好吧，我把他交給 Mitxel Euskadi Mafia，現在甚麼煩惱也解決掉。

Liz E. —— 終於能放心搭電梯

我住的大廈有個中年漢，每次我搭電梯時都用色瞇瞇的目光視姦我，有時更會整個人從後壓在我背部，磨擦我的臀部，但現在壓在他身上的是泥土和菊花了。多謝你！Mitxel Euskadi Mafia！

從上面評價看來，任何人都會有聘用殺手的理由，不論你是男女老嫩。但至於產業鏈的另一面——殺手呢？他們又會有甚麼特質和背景呢？筆者便綜合出 Mitxel Euskadi Mafia 曾經列舉過的殺手特質。

#1 大部分殺手的**教育水平很高**，而且主修理科；

#2 **女性**殺手佔大多數；

#3 殺手愛小狗多於小貓；

#4 我們有數個殺手很**怕蜘蛛**，但他們永遠都不會承認；

#5 每當**經濟轉差**，**殺手服務的需求**便會直線上升；

#6 殺手**每天至少花四小時**在**健身房**裡；

#7 除了我們，絕大多數殺手都是**領政府工資**；

#8 殺手平均把 **17%** 的人工捐贈到慈善機構；

#9 所有殺手都愛**比特幣**；

#10 很少見到不是**素食者**的殺手；

　　除此之外，Mitxel Euskadi Mafia 還刊登了他們旗下其中三個殺手的個人簡介。他們分別有中歐人 Majkl、德國人 Marina 和中國人 Jo。

Majkl

　　Majkl 出生於中歐小國阿爾巴尼亞（Albania），長大後搬到西班牙首都馬德里並住了 12 年。他目前是我們西班牙的領導，但如果遇到一份有趣的工作時，他都很願意親自下場。

　　到目前為止，Majkl 已經成功執行 712 次任務，僅有 1 次失敗。那次並不是 Majkl 沒有成功殺死目標對象，而是目標對象在他下手前 10 分鐘便已經死去，那是一個非常有趣的故事呢。

Marina

　　Marina 是一名居住在柏林的德國公民，並精通七國語言。自從她的狗 Bounder 在兩年前去世後，Marina 便能隨時隨地接工作，並飛到世界上任何一個角落。她主要負責的地區是德國和波蘭。

　　雖然 Marina 的最終夢想是搬到美國，但她現在也很高興為你在歐洲大陸執行命令。

Jo

　　我們之所以叫她做 Jo，是因為我們沒有人能夠唸對她的中文名。她過去四年一直是我們在中國的代理。作為一個 21 歲的的年輕人，她從來沒有令我失望，這也是她成為有史以來最年輕地區領導的原因。

　　當沒有工作時，Jo 喜歡看浪漫小說。她也喜歡國際象棋，一直在找個能大打三百回合的對手。

　　究竟 Mitxel Euskadi Mafia 是真是假？在沒有試過真正「下單」前，我們真的難以下結論。這種情況和絲綢之路很接近，即使有人成功買賣，由於犯法的關係，他們也不敢公開表示，形成一種我們只能靠網站名聲來判斷真偽的尷尬局面。

　　正如我們之前說，職業殺手的存在是肯定，暗網做生意也

是犯罪潮流，所以問題只是哪一個網站才是真的殺手網罷了。由 Mitxel Euskadi Mafia 提供的資料看來，它能正確描述出一個犯罪組織的創立過程，這點增加了不少說服力。

但直到目前為止，我們談的只是普通殺手網站。老實說即使是剛才介紹的 Mitxel Euskadi Mafia，筆者覺得它還未能表現出「暗網精髓」。暗網的網站即使不是鮮血淋淋，也應該很轟動、很有創意、很別具意義……

　　　所以讓我們回到桑畑三十郎的「刺殺市場」。

真正的政治暗殺

曾經有人說：「恐怖襲擊是弱者的武器。」如果我們撇開道德來看，這句說話又頗有道理。

最簡單的論證是你從來不會見到一個大國對小國發動恐襲，他們只會用「正統途徑」派軍隊入侵小國。畢竟資源、科技、人力都是他們領先，他們沒有需要耍陰招。之後我們再由另一個角度看，眼見大國軍隊壓到自己家園，小國人民又可以怎樣抵抗、反擊、報復呢？

你會發現恐怖襲擊其實是個頗無奈的選擇。

　　用道德角度來批判恐怖襲擊對事情毫無幫助，就像經濟蕭條時犯罪率必定上升般，面對勢力不均時較弱小的一方需要耍陰招幾乎是「社會定律」。更加嚴峻的是，隨著科技愈來愈發達，「耍陰招」在鬥爭中是愈來愈必要。

　　在古代就算大軍壓境，如果能善用地理或陷阱，即使正面衝突，小國都有可能以弱勝強，而且歷史上也不乏例子。因為大家用的刀劍或舊式火槍，即使兩方拿住的刀劍有優劣之分，也未到完全沒勝算的地步。

　　但隨著科技急速發展，<u>科技把大國與小國的軍事差距愈拉愈大</u>，甚至到了小國根本無力還擊的地步，就像我們香港人常說的「屈打」。你想想美國甚麼無人機、<u>追蹤定位導彈</u>、<u>監聽技術</u>都有時，假如你中東人，手拿中國製步槍，腳踏日本豐田車，也都會吐糟：「點撚打啊？！大佬。」

　　有人說恐怖襲擊是源於宗教狂熱，筆者倒認為是出於「實際考慮」。同樣的情況不單只發生在國與國之間的鬥爭，還有國內政府和異見分子。

大家還記得美國的稜鏡計劃嗎？

　　理所當然，<u>國家坐擁的資源和科技一定比平民多</u>。除了警察的裝備一定遠比平民能獲得的武裝強勁，政府還能透過各種監聽

技術，把所有威脅到政府權力的聲音在萌芽中捏殺，監控異見組織的活動，盜取成員間的對話記錄，灌水式傳短訊騷擾他們。你不相信？稜鏡計劃和 CIA 的作為便是其中一例。

我們需要承認政府的監視確實能保護到市民免於恐怖襲擊，但如果一個政府擁有壓倒性的能力時，我們市民又能如何確保他們不會利用科技濫權，打壓異己呢？或者即使當市民想抵抗時，他們也沒有反擊之力了。

這就是暗網創辦人的初衷。

市民需要一道「最後的防線」，去平衡政府和市民之間的角力，即使這道防線會像美國槍械般間接害死了不少人命。

事實上，暗網的確在保護異見聲音方面上扮演很重要的角色。縱使因為題材局限，筆者很少在書本提及，但暗網確實有很多非主流的政治網站，宣揚他們的理念。另外，高度匿名性也鼓勵了不少有良心的揭密者（Whistleblower）走出來，揭發政府和大企業的惡行，維基解密（Wikileaks）便是其中一例。

但自稜鏡計劃被揭發後，暗網有部分人開始覺得單純把暗網作敏感資訊交流地已經不足夠，需要有更激烈的抗爭行動，於是便有了桑畑三十郎的「刺殺市場」。

| Assassination Market | Home | Submit a Name | Register | Information |

The Assassination Market

Argumentum ad baculum.

The concept is simple:

1. Someone adds a name to the list along with some information.
2. People add money to the dead pool.
3. Other people predict when that person will die, but the content of the prediction stays hidden until after the fact.
4. Correct predictions get the pool.

The List

Name	Country	Status	Pool size
Jyrki Tapani Katainen	Finland	Alive	$1.00
François Gérard Georges Nicolas Hollande	France	Alive	$1.00
Barack Hussein Obama II	United States	Alive	$40.26
Ben Shalom Bernanke	United States	Alive	$124.14

究竟「刺殺市場」是甚麼來？和一般殺手網站有何分別？

眾籌殺政客。

實話實說，筆者當初看到這點子時，宛如藝術家看到畢加索的真跡般，不得不用欣賞的目光看待這宗「罪案」。用數個比特幣便代替了原本要市民經過無數示威暴動才換到的震懾力，這真的既邪惡又聰明。

刺殺市場的詳細運作如下：首先，暗網網民可電郵桑畑三十郎說出他想殺的政客。然後，桑畑三十郎會根據該政客的「提名數目」及背後動機來決定他會否「上架」。桑畑三十郎曾經公開說過他的準則是「那人會否危害大部分人類的安全」。所以如果你想殺某政客是因為桃色醜聞，又或只是政績平庸，那麼「刺殺市場」便不會受理。

當某政客被放上架後，眾籌便會開始。任何暗網網民都可以捐贈約干比特幣到那政客的「人頭價」，「人頭價」會一直累

積，直到有殺手取下他的人頭為止。至於如何確定某人真的是殺手呢？桑畑三十郎想了一個頗聰明的方法。

殺手在行動前，需以暗網信箱地址寄一封秘密電郵給桑畑三十郎，裡頭寫了那政客的死亡日期和地點的「可能預測」，並附上自己的比特幣錢包地址。到殺手殺死那政客後，桑畑三十郎會由新聞報章確定政客的死亡日期和地點，如果和信中內容吻合的話，桑畑三十郎便有理由相信寄信人為殺手，繼而把累積獎金傳送到那比特幣錢包地址。

直到 2014 年年初，已經有 6 名知名政客成為刺殺市場「眾籌計劃」的目標，當中包括 NSA 主席 Keith Alexander，價值 10.49 個比特幣；芬蘭總理 Jyrki Tapani Katainen 和法國總統 François Hollande，價值 1 個比特幣；美國國家情報總監 James Clapper，價值 1.97 個比特幣；當時美國總統奧巴馬，價值 40.26 個比特幣。

但即使是奧巴馬也不及暗網的「人民公敵」，一個在暗網被喻為透過金融操控世界、間接策劃戰爭、剝削窮人財產、不斷打擊暗網和比特幣的邪惡男人，聯邦儲備系統主席 Ben Bernanke。他的人頭價值 124.14 個比特幣，足足奧巴馬的三倍。以當時比特幣匯率 1 對 645 美元來看，這數

字相當可觀。

「我相信刺殺市場會令世界變得更美好。」桑畑三十郎說：「殺人在大多數情況下都是不對，但在科技發展下，這是無可避免的事情。我寧願由我來做，總比由其他人來做好。」

他又補充說：「這是用來抗爭的工具。我希望它用廉價和針對性的方式，可以用來對抗那些更不道德的抗爭方法。現在再有政客以法律傷害你的生命、損害你的自由、剝削你的財產、阻礙你的快樂，你便可以用較舒服的方式來縮短他的壽命。」

雖然直至目前為止，仍然沒有榜上政客受害，但桑畑三十郎的「眾籌殺政客」手法已經收到不少暗網網民追捧，惹人討厭的加拿大歌手小賈斯汀和狂人美國總統特朗普也成為類似的「眾籌謀殺網站」目標。雖然從現實角度來看，要殺死一個政治人物確實有難度，但如果這模式的網站一直出現下去，會不會有天真的有人為此走上殺手之路？我們拭目以待。

暗網真義

筆者想這可能是這本書內筆者最有興趣寫的文章。

在開始以暗網為題材後，很多讀者不時向筆者表達他們對

「暗網本質」的看法，例如人性黑暗面、邪惡魔境、犯罪潮流、性變態集中地、秘密政府基地…筆者雖然明白大家為何會有這些想法，但其實筆者的看法和大家有點不一樣。

　　筆者心目中的暗網本質是「自由」，「完整的自由」。

　　吓？！「自由」為甚麼會和變態殺人、販賣毒品扯上關係啊？你可能會這樣想，但那只是一眾電影製造商和小說家製造出來的錯覺。

　　他們常常把筆下角色爭取自由的過程描寫得盪氣迴腸，合眾人之力推翻那些獨裁政府大魔王，例如著名小說《飢餓遊戲》、《紅色革命》，為「自由」添加了不少正面性。但其實大多數故事結尾只是由獨裁制度，過渡成相對自由的民主制度罷了，至少筆者未見過一個故事最終是無政府狀態。

　　另一方面，哲學家也為「自由」一詞加插了一大堆附註，例如《人權宣言》中便寫道：「自由即有權做一切無害於他人的任何事情」，又或「在不干涉別人私生活作大前提下」。然而，這些所謂的定義說穿了只是人類自私的冀望，為了社會不會在混亂中破滅，並維護社會秩序。但這些定義又是否存在於自然狀態裡？是否最純粹的自由？筆者則不這樣認為。

　　筆者心目中的「自由」只是一個中性詞，意指「不受拘束、

<u>沒有限制</u>」。它可以像「溫度描述冷熱」或「亮度描述光暗」般有<u>不同程度</u>，但本質上不存在道德好壞。

而暗網就是「自由光譜」中最極端的一端。

我們首先要搞清楚一點，就是「不是因為很多罪犯衝到暗網，暗網才成為犯罪之地」，而是「暗網提供了一個很獨特的環境條件，才吸引了那麼多罪犯前來」，至於那個「環境條件」是甚麼？就是「高度匿名性」。

「高度匿名性」亦都達到「絕對的自由」。

筆者在《Deep Web File # 網絡奇談》也講述了暗網（較準確的說法是洋蔥網絡）的匿名機制，再加上在暗網流通的比特幣也是極高匿名性，兩者配合下使得暗網宛如網絡世界的「九龍城寨」，一處三不管的蠻荒之地。在那裡你可以暢所欲言，隨心所欲做你喜歡的事，哪怕就算再荒唐墮落，也沒有執法機關能抓到你，唯一維持秩序的只有那些曖昧不清、最原始的民間道德，達到真正的自由。

如果暗網那麼混亂，當初創造它的人究竟有何目的？

起初開發洋蔥網絡和其他暗網的先驅，其實和桑畑三十郎一樣，都是網絡自由鼓吹者。<u>他們對政府監控網絡世界的一舉一動</u>

極為厭惡，認為市民有免於網絡監控的權利，於是用自己能力解放網絡世界，創立出一個能完全躲過政府「索倫之眼」的暗網。至於之後發生的罪惡，則不在他們最初的目的內。

　　說到這裡，我們便會發現自己陷於一個道德難題：究竟政府監控網絡是好是壞？

　　當我們拿政府用網絡抓到潛逃殺人犯、搗破恐怖分子基地、打擊兒童色情網站等做例子，再加上暗網那端殺人越貨、毫無底線的罪惡，網絡監控看似是必需的。但如果我們把目光放遠一些，檢驗「索倫之眼」曾經做過的壞事，例如監視異見分子，封殺他們的聲音，繼而打壓言論自由，網絡監控看起來也不是好事。

　　這些惡行不只發生在網絡封鎖的國家，即使是以自由人權聞名的美國，我們現在也知道他有稜鏡計劃。所以你敢說在擁有高科技、多資源的政府面前，我們完全不需要一個能確保 100% 私隱的網絡嗎？

　　所以筆者說「自由」只是個中性詞。它既會滋生罪惡果實，又會綻放自由之花。

　　　而這片亦正亦邪的花海，就是暗網。

潘多拉的盒子

. . . .

　　説著説著，筆者前後用了三年多來撰寫這三本暗網書籍。在這三年間，暗網的變化也稱得上「翻天覆地」。

　　有讀者看過書後，親身下載洋蔥瀏覽器，欲看一下暗網世界，但很多回饋也説大部分連結也壞掉了。這是很正常的，因為洋蔥網絡的確不如以前。

　　2006 年，洋蔥瀏覽器開始開放給公眾下載使用。2009 年至2013 年可以説是暗網的黃金時代。因為那時候知道暗網的人還是很少，幾乎沒有主流傳媒提及，警察亦未有能力應付暗網技術，所以在犯罪分子間非常流行。

　　但隨著暗網愈來愈「不暗」，不單只表網絡論壇常有網民提及，甚至連電影、小説、遊戲都爭相拿來做題材，愈來愈多平民百姓走進暗網閒逛，宛如網絡世界的旅遊勝地般。

　　這些遊客除了對「暗網的正經生意」造成滋擾外（就像那些終日呆在紀念品店卻不惠顧的顧客），亦無形中帶了「普世價值」進暗網。例如以前的暗網，沒有人對兒童色情，甚至兒童虐殺有太多意見，但現在反對兒童色情已經成為暗網主流民意。

另一方面，縱使「洋蔥瀏覽器＋比特幣」這組合本質上仍然無堅不摧，但 FBI 等執法機關已經發明不少「陰招」去緝捕暗網犯罪分子。例如 FBI 開設數個假的兒童色情網頁或暗網黑市，去「釣出」潛在戀童癖者和黑市頭子。雖不一定能抓到所有罪犯，但至少造成人心惶惶，原本安心的暗網交易也蒙上陰影。追蹤資金來源、直接駭入犯罪網站也是他們常用的硬方法。

順帶一提，駭客組織「匿名者」也多次向暗網兒童色情和黑市網站發動攻擊，有一次更幾乎癱瘓掉半個暗網。

所以看著逐漸萎縮的暗網，我們能大聲高呼「暗網已死」嗎？

呃，這還高興得太早。

筆者不知道正在閱讀此書的你屬於哪一個年齡層，但如果你是 90 後或之前出生，一定經歷過所謂的「老翻（盜版）時代」。

大約在上世紀 90 年代至千禧年初，社會曾掀起一陣「盜版潮」，幾乎大街小巷都是販賣盜版 CD、VCD、電腦軟件的小黑店，而且不論男女老少明知犯法都爭相購買老翻，因為盜版的價錢實在太便宜太吸引了，可以說：「唔買正傻仔！」但事隔數年，現在你在街上閒逛時，已經很難再找到那些老翻店了，你有想過背後原因嗎？

是因為警察勤於執法，大力掃蕩？還是市民良心發現，支持正版？

別發傻！是因為 BT 下載的出現，市民可以連那數十塊錢也省掉！

當然經濟好轉，市民購買力上升和影音遊戲商發明加密技術也是原因，但怎樣說也不是發自主動的善意。同樣道理也適於妓院和非法賭博上，你甚麼時候見到社會真的會零妓女、零地下賭場？警察打擊只會使扯皮條和賭場老闆搬到別的地方開店，但從不真正消失。現在兩者的影響力比昔日弱，是因為網上援交和線上賭場的出現，但從來都不是因為警察和市民良心發現。

犯罪是一種很奇妙的東西，一開了頭便不能被消滅，只能被代替。

暗網也是。

我們現在稱呼的暗網其實是洋蔥網絡，以洋蔥瀏覽器做根基。然而「A 一定是 B，也不代表 B 一定是 A」，洋蔥網絡雖然一定是暗網，但暗網卻不只洋蔥網絡一個選擇。

我們曾經在《Deep Web File # 網絡奇談》中談及的 I2P 和 Freenet 也是暗網的一種，同樣具相當高的匿名性，而泛有匿名

性的網絡，便能滿足罪犯的需要。

除了 I2P 和 Freenet 外，「零網 ZeroNet」也是近年的熱門選擇。ZeroNet 是 Freenet 的加強版，同樣採取點對點技術，網站一經上傳到 ZeroNet 便不能被刪除。因為 ZeroNet 的網頁不是儲存於某一中央伺服機，而是存在於整個 ZeroNet 裡，這點可比洋蔥網絡更惡更難纏。

ZeroNet 還在萌芽階段，用戶還是很少，而且網站也不太多。縱使如此，已經爆出 ZeroNet 有網站販賣美國國家安全局 NSA 的高級監測和追蹤軟件，震驚美國政府。相信 ZeroNet 日後會有更多「驚人之作」。

以上介紹的是我們已知的暗網，全都可以經正規途徑進入，但傳說還有兩個暗網是我們這些正常人無法進入，只有透過特殊途徑方可潛入，它們分別是 .clos 和 .loky；瑪里亞納網絡（Marianas Web）的真身。

沒人知道究竟如何進入 .clos 和 .loky。有人說需要用到型號很舊的電腦，也有人說要成功進入，量子電腦（Quantum Computer）是必須的，然而量子電腦至今還未被發明（至少民間所知）。

另外，表網絡也流傳一個較具體的方法：電腦要安裝一種叫

Usenet 的 Linux 系統，再配上 Freenet 和 ChaosVPN，網絡配置也要設定成 Polaris，但沒人能說這方法是真是假，筆者也嘗試過，卻卡在中間步驟。

縱使如此，網絡仍然流傳一些聲稱來自 .clos 和 .loky 的網址：

#1　z8R2Myvz.loky ——監獄裡的骇客

#2　XAGxthAB.loky ——宇宙邊緣

#3　45jAEnn1.loky ——控制電台的方法

#4　iZr8fMca.loky ——偷回來的細胞

#5　VXa2O9bN.loky ——政府所有匿名行動（2011-2014）

#6　8OD1uSrP.loky ——折磨活人的網站

#7　g5h6j8t66t4jhbn9iksh6.clos ——人體器官販賣

#8　doqj64ndhsjkeipa9187z.clos ——光明會 13 家族秘密

#9　pqociudthqi856dn72ksu.clos ——尼古拉・特斯拉

暗網宛如希臘神話的潘多拉盒子般，**由打開那一刻，便已經無法回頭。**

所以我們暗網的故事還未完結，亦不會有完的一天，現在宛如話劇的過場，讓我們好好休息一下，迎接未來更恐怖、更黑暗的暗網傳説。

DEEP WEB 3.0
FILE #生存奇談

Category: DOC B

Title: 世界是如何運作？

＊＊＊＊＊＊＊＊＊＊＊＊＊＊＊＊＊＊＊ REMARKS ＊＊＊＊＊＊＊＊＊＊＊＊＊＊＊＊

Glitch of the Matrix

INTRODUCTION
來自母體的數據錯亂

- 你有否質疑過你眼中那現實世界的本質？

- 我們真的生存在物質世界，還是只存在於想像中的物質世界？

- 我們真的擁有自由意志，還是一具自以為有自由意志的扯線木偶？

- 我們真的如宗教所說敢懷著更高的意義來到世界，
還是宇宙隨機生成的自然產物？

在 19 世紀，一名美國哲學家 Hilary Whitehall Putnam 提出一個名為「缸中之腦 Brain in the vat」的思想實驗，引起對「真實世界」的懷疑（其實更早前已經有很多科幻小說家提出，但直到 Hilary 的實驗才正式成為學術問題）。

缸中之腦假設，有一個瘋子科學家把腦袋放入裝有營養液的桶內以維持生命，並把它接駁到一台超級電腦，而超級電腦則能模擬出各種神經訊息，讓大腦產生活在「真實世界」的錯覺，那麼大腦能否意識到自己生活在虛擬中？

1

這條問題一直停留在「個人懷疑世界」的階段，直到 1999 年《廿二世紀殺人網絡 Matrix》上映後，才擴展到集體宇宙層面，並衍生出「母體理論 Matrix Theory」，且開始在民間盛傳。

在電影中，我們現在身處的世界是虛幻的，我們世界所有的事物都是由一台叫母體（Matrix）的超級電腦創造出來的虛擬實境，目的是讓我們誤以為活在真實世界中。另一方面，我們的真身其實被放於未來，一個由機械人統治的世界。那裡人類（我們）的真身都用作機械人的燃料。

簡單來說，母體理論指我們現在的世界只不過是人類，或更高智慧的物種所創造出來的虛擬數據世界。我們真正的肉身可能在別的地方，甚至根本沒有肉身，只不過是一堆電腦數據罷了。

驟眼看來，母體理論只是一條懷疑自我的哲學問題，沒有甚麼需要在本書探討，但如果我們再仔細想想，它可能是解釋所有超自然現象的終極答案，又稱為「來自母體的數據錯誤 Glitch of the Matrix」。

超自然現象種類繁多，有鬼故、UFO 或傳說怪物，但其實在我們身邊發生得最多的，反倒是一些「瑣碎但怪異」的事情，例如驚人巧合、時空穿梭、異度空間、起死回生及神秘物品等等。那些經歷一般都欠缺形象化的威脅，卻違反了物理定律，甚至是

2

引用因果關係、傳統宗教或外星人也很難找到對應解釋。

假如從母體理論來看，如果我們身處的是一個數據模擬世界，那麼我們遇見那些鬼魂、外星人、前世今生等等所有超自然現象，會否都只是電腦系統出錯，就像我們常稱為蠕蟲（Bug）或故障（Glitch）的東西罷了？

如果你還是對母體的數據錯誤沒有概念，以下便有數則網民遇上 Glitch 的小經歷，看看你有沒有「感同身受」。

憑空出現的廁紙　　　　　　　　　　lolconnecticut22

我也經歷過數次「系統錯誤 Glitch」，但沒有一次比這一次更加嚴重。

在幾年前，我住在男朋友（現在要多加「前度」兩隻字）的家。有一次，當我在廁所上大號時，我發現放廁紙的桶子空空如也。在沒有其他辦法下，唯有半裸地走到廚房找找。但最後甚麼都找不到，唯有用抹手濕紙巾代替。

大約在三十分鐘後，我又要上大號了。但當我再次走進廁所

時，驚訝地看見一卷沒有用過的白色廁紙整齊地放在桶子裡，仿佛是為我準備！

但明明那段時間沒有人來訪過，屋子只有我和我的狗狗⋯⋯

時空錯亂的歌曲？　　　　　　　　　　　throwaway76glitch

我的故事比較簡單和直接。

1976 年，在一次幫朋友維修電單車的情況下，我偶爾聽到 Phil Collins 的《In The Air Tonight》。由於那時我剛開始和一名女子談戀愛，而歌曲的歌詞也和我當時甜蜜的生活很相似，所以那首歌很快就烙印在我的腦海，之後幾年我都時不時哼起那首歌來。

但整件事最讓人煩惱的地方是⋯原來那時候《In The Air Tonight》根本未曾創作、未曾填詞、未曾錄音。直到 1981 年，Phil Collins 才開始寫那首歌！

除此之外，1978 年後我都一直在外國生活。而且到 1981，亦即是《In The Air Tonight》真正發佈那一年，當年我幫手修

理電單車的朋友也因為工業意外而身亡⋯⋯

因為首歌的旋律實在太特別了，所以我根本沒有可能會搞錯，而且我還是唱了好幾年。

另外，我經常覺得在 1976 年第一次聽到《In The Air Tonight》和在 1981 年《In The Air Tonight》正式公佈期間，我的記憶都很模糊，甚至出現了一段「空白期」。

每當我想起這一事時，我都覺得自己快要發瘋了。

變成橡皮膠的汽車 　　　　　　　　　　　　　　SaltyFlats

這宗怪事在不久前發生。

數星期前，我和妻子開車前往家得寶。在我們前方的右車道，一輛吉普汽車由小街切道進來。突然之間，它整個前端像「橡皮膠」般有節奏地上下左右搖晃。我這輩子從來沒有見過這樣的東西。從技術層面來說，是汽車的懸架、拉桿和 A 形臂變成了橡皮膠，車身則跟著上下彈跳。但不到一兩秒後，它所有的組件又恢復正常。由於這是發生在直路上，而且司機力挽狂瀾地操控汽車，才不至於發生意外。

我本身擁有三輛不同牌子的車，所以我可以告訴你們那絕不是因為二檔轉四檔產生的現象。

　　更奇怪的是⋯我的妻子竟然有同樣的描述！這是我見過的最奇怪的事情。

你回來了？　　　　　　　　　　　　　　　　　　　Rwolinski

　　數星期前，我坐在客廳的電腦面前，等待男朋友下班回家。我的家除了我和男朋友外，還養了兩頭大灰狗。一旦我的男朋友踏上公寓（我們的家在二樓）的樓梯，它們便會自覺地吠叫起來，還會蹲在門口旁搖擺尾巴，一副雀躍不已的樣子。

　　當時大約 6 時 40 分，我正在電腦面前趕功課，門外開始傳來上樓梯時的腳踏聲，我的狗兒也一如以往地吠叫起來。由於電腦桌位置的問題，我是看不見正門，只能由聲音來判斷。所以即使背後傳來開門關門聲時，我其實都沒有親眼看見男朋友進來，而且我當時還在趕功課，也沒有心情抽身和他說話。

　　數十分鐘後，當我起身想找他時，卻發現他根本不在家裡！我起初以為他故意躲起來作弄我，所以沒有理會。但十分鐘後，我的狗兒又對正門吠起來！而這次男朋友真的由門外走進來！我

立即緊張地質問他剛才是不是曾經回家拿東西或是甚麼？並和他說剛才發生的事。他只是用一種望著瘋子的眼神盯著我並說他剛剛才回來……

這真的是他媽的奇怪！

我跌了下來嗎？　　　　　　　　　　　　　　　　mbalsevich

有一次，我和兩個朋友在自己家四樓的陽台上玩耍。當時我坐在陽台的欄杆上瞎鬧，因為我們實在玩得太過火，我不小心往後一翻，便由陽台筆直地跌了下去，我的朋友（包括我）都嚇得尖叫了出來。

由四樓的陽台跌下去的畫面直到現在也是歷歷在目。我頭朝向下，雙手在空中亂抓，兩眼望著愈逼愈近的紅磚地面，心中不斷吶喊「媽啊，我的手腕沒了！」

之後的記憶就空白一片了。

我僅有的下一段的記憶已經是自己站在地面上，望著還在陽台上的朋友向我大叫：「你沒事吧？」

7

我看著自己的身體，沒有刮痕，沒有擦傷，仿佛甚麼事都沒有發生。我大惑不解地喊道：「他媽的發生了甚麼事？」

　　我的朋友沒有確實看到我墜落在地上那一刻。當他們探頭出來時，我已經站在那兒。而我也沒有撞擊在地上那段記憶，甚至我是不是真的曾經跌落在地上我也不太肯定。

　　直到現在，我們3個都不確定當天究竟發生了甚麼事，我們只肯定曾經發生過這一宗怪異的事情。

突然浴血的臉　　　　　　　　　　　　　　　　NoTfOoLeD

　　我也有類似的經歷。有天中午我駕車送朋友回家，大約只有10多分鐘車程。起初一切都相安無事，只是一般女生聊天，但當我驀然回頭一看時，卻嚇得尖叫起來。

　　她的臉突然被一種看似血漿的汁液塗滿，就像車禍現場的屍體般。那些深紅色液體沿她的臉頰慢慢流到脖子，再滴在衣服上。她看到我尖叫，慌忙地拿起鏡子一照，然後也跟著尖叫起來。那些汁液不是由她身上流出，而是突然出現在她的臉上。我的車也找不到任何唇膏或化妝品，而且她的恐慌也證明絕不是惡作劇。

8

直到現在，除了超自然外，我們也找不到其他合理解釋。

平行時空的自己 thatgirl7

以下 100% 是本人的親身經歷。

在 6、7 歲的時候，我和我的家人經常到社區公園野餐。就在怪異事情發生的那一天，整個公園除了我、我的妹妹和父母外，甚麼人也沒有。我還很記得當時我在公園裡盪鞦韆，媽媽坐在遠處看著我，而爸爸和妹妹則在更遠的地方準備食物。其實之後的事情發生得很突然，就好像電影效果般，**我看見一個女孩突然坐在我旁邊的鞦韆上，但我明明沒有看見有人走過來！**

但我當時沒有感到害怕，反而有點開心起來。因為她的年齡和我差不多，而且樣子也很相似。我問她的姓名是甚麼？她說了**一個聽起來和我很相似的姓名！**我簡直不敢相信。我立即追問她姓名的串法，她像唸急口令般一口氣說了一堆英文字母。我聽不清楚她說了甚麼，唯有叫她只串出她的名字。而她串出來的名字竟然和我一模一樣！大家要知道我的名字雖然很短，但很少見。直到現在我也找不到和我一樣名字的人，而那個女孩的名字竟然和我一樣！

我懷著既興奮又害怕的心情，再問她的生日日期。她答我11月4號，天啊，那天也是我的生日。那時候，我覺得自己找到一個絕世好朋友，立即跑去母親那兒，和她說我找到一個和我一模一樣的好朋友。但母親卻立即說從來只有我一人在盪鞦韆，**身邊一直沒有人經過。**我隨即回頭一望，發現那女孩不知道何時消失得無影無蹤了⋯⋯

　　20年來，我一直都在思考那次事件的意義。直到我剛才看到大家「Glitch in the Matrix」的經歷後，我才醒覺到我可能看到平行世界的自己。我是第一次和別人說自己的經歷，希望大家會相信我啦！

英語老師的特殊能力　　　　　youvebeenengineered

　　事件發生在2010年，當時我還只有15歲，讀高中十年級。事件發生前我正在上英語課。跟所有中學生一樣，下課鐘聲一響起，我們便一窩蜂地衝出課室。我臨走前匆匆留下一句「再見，巴比老師（我們英語老師的名字）。」便頭也不回地離開課室。

　　當我跑去下一節課的班房時，我碰巧經過巴比老師的辦公室。巴比老師突然由辦公室走出來，對我打招呼。但詭異的地方是，由班房到辦公室明明只有一條路，而我很確定巴比老師沒有

可能在短短三十秒內比我跑得快！但我當時沒有想太多，禮貌地給回他一個微笑便繼續趕路。

當我醒覺到那天不尋常的地方，想找巴比老師追問那天發生的事情時，他已經離開了我們學校很久了⋯⋯

去了另外一個空間的雲

我是佛羅里達州的居民。在上年夏天，我躺在吊床上休息，欣賞萬里無雲的藍天。突然，數朵長得像爆米花的雲出現在天空。對啊，是突然出現。你想像一下有塊透明而巨大的屏幕掛在天空，那些爆米花的雲就由那屏幕飄出來。它們成群結隊慢慢飄過我家對上的天空後（那天並不是大風），消失在另一塊「透明屏幕」裡。整個過程足足持續了二十分鐘，我還叫了兒媳一起出來看，所以絕對假不了。世事真的很奇怪呢。

看來 Glitch 真的在我們世上無處不在，**但它們又有甚麼種類？有甚麼經典迷離事件？更加重要的是，除了母體理論解釋外，會否有更合科學的解釋呢？**在接下來這一章，我們將圍繞身份、現實、記憶、存在、空間、次元及時空，這七大神祕領域逐一探討，看透我們這個現實世界的玄幻本質。

NO.：#1／7

CASE： 身份錯亂——神秘的人和神秘的我

SUBJECT：

> 大約在三、四年前，我和女朋友（現在應加上「前度」兩個字）起床時，在毫不察覺的情況下，竟然用流利的法文交談起來！直到數分鐘後，我在浴室梳洗，才驚覺我和女朋友根本沒人懂說法文。我立即趕去問女朋友，她也清楚記得我倆起床時說的是法文。但是我們又想不起我們說過甚麼，因為我倆都聽不懂法文！我和女朋友都嚇得傻了眼，茫然失措地望著大家，心裡咕嚕大腦真是個奇怪的東西。

　　如果有人問你：「你是誰？」你會說出自己的名字、國籍、住址、家中有多少人、性格是怎麼、有甚麼愛好、曾經做過甚麼⋯如果有人問你：「那人是誰？（那人可能是你家人、朋友、陌生人）」你亦可以用類似的方式回答，說他們的背景、你們的相識經過、一起經歷過甚麼等等。

　　簡單來說，無論是自己或是別人，對一個人的認知都是建基在「記憶」上。

　　但如果筆者對你說，其實你全部記憶都可以是捏造出來，隨

時被修改呢？如果連「記憶是真實無誤」的大前提也沒了，你還能肯定自己是誰？別人是誰？甚至還能確定自己是人類嗎？

其實你不能。

或者你覺得筆者剛才說的話荒謬至極，是看得科幻小說太多。你不能相信自己的記憶出第三者操控，甚至自己不是「純種人類」而是合成人這一可怕說法……

或者我們先把問題擱下來，仔細地觀察一下這個世界，看看那些我們平日不會注意到的人和事。

大街上的奇異陌生人

每天在熙熙攘攘的街道行走時，你有否細心留意那些和你肩摩踵接的人群？他們穿怎麼的衣服？走路時步姿是怎樣？臉上的神情是開心或是憂慮？他們會否有異於常人的小動作？

筆者就有這奇怪的習慣。

無論乘坐地下鐵，又或在大街閒逛時，只有一有空便會睜大眼睛，細味周圍的陌生人，推想一下他們的背景，幻想一下他們

的生活（聽起來有點像《列車上的女孩》裡那個鬱悶失婚婦人）。

但有時候，縱使聽起來有夠瘋狂，<u>筆者真的會懷疑身旁那個陌生人是否人類</u>。不是那種因為「對方看起來像個神經漢」就懷疑人家不是人類，而是對方看似正常的人，<u>身上卻存在著詭異的違和感</u>，反而有種「<u>努力在模仿人類的感覺</u>」。

例如筆者曾經在太古見過身穿 50 年代西裝，手握拐杖，沒有眼白的中年男人；一個沒有任何人陪伴，獨自在地鐵車廂跳舞的小女孩；一群在深山圍圈而坐的西裝男人……

對於這些神秘人，網上的解釋多如牛毛，有連環殺手論、外星人論、妖精論、猛鬼論…但最讓筆者在意的是，<u>筆者並不是唯一一個留意到那些「神秘人」的人</u>，網上有不少人也報稱曾經在街上遇過疑似非人類，有的更甚至和他們有怪異接觸，網民 Undonegu 的經歷就是一個例子。

我的鄰居是一名葬禮司機。某天他如常駕駛殯車，途經十字路口時，一輛私家車驀然橫行撞向殯車。由於它只是撞到殯車後車廂的側面，所以鄰居身體沒有甚麼大礙，很快便可以下車查看。下車後，只見另一輛車撞得七零八碎，女司機的頭陷在玻璃窗，玻璃窗呈輻射狀裂開，滾滾鮮血沿裂縫流下。

　　鄰居見狀心急如焚。但當他想把女司機拉出車廂時，一名如巨人般龐大、身高七米、穿黑色西裝的黑人男子突然出現在女人的車旁，用手攔著我鄰居不讓他開車門。

　　「救援已經在路上。」那名男子說。鄰居回頭一看，看到有輛救護車真的從公路的盡頭趕來，但由撞車到他走出來只有不到三分鐘。更詭異的是，當他再次回頭望私家車時，發現那個神秘黑人早已消失得無影無蹤，然而公路周邊明明都是空地。

　　事後，遠處的目擊者對我鄰居說，由事發到救援一直只看到他一人站在公路上。

　　筆者的朋友（真的是筆者的朋友，不是筆者朋友的朋友的朋友…）也曾經遇上類似的經歷。某天他在旺角逛街時，就在離他三米的地方，有一名老人失足跌在地上，頭破血流。我朋友見狀立即叫救護車。奇怪的是，當朋友還在和救護廣播台通話時，數名身穿救護制服的男人突然由後巷走出來，沒有說一聲便急急把伯伯帶走，留下看得一頭霧水的朋友…甚至連電話另一端的接線小姐也對此倒抽了一口氣……

　　這些詭異經歷讓筆者想起一隻遊戲《異塵餘生 4 Fallout 4》。《異塵餘生 4》是一隻開放世界式遊戲，背景設定在一個核戰爆發後的末日世界。那時的美國不再是風光明媚的淨土，四

周充斥著致命的輻射迷霧、龐大的吃人怪物、嗜血成性的變種人及殺人越貨的掠奪者，玩家則要在這片只有殘垣敗壁的聯邦大地上掙扎求存。

在遊玩過程中，除了惡劣至極的生存環境外，玩家還會遇上各種頗有趣味的奇人異事。可能是企圖教化變種人的人類教授、把有超能力的老爸困在精神病院地底的兒子、不知道派出的機械人全都在偷偷殺人的科學家⋯而當中有一個故事讓筆者頗為在意。

在異塵餘生世界中，有一種生物叫「合成人 Synth」。合成人在聯邦大地讓人聞風喪膽，但它們讓人心寒的原因並不是恐怖外形，也不是變態習性，而是「他們」和「我們」長得一模一樣。

合成人不僅有著人類的外表和器官，表情和心理也模仿得唯妙唯肖，你幾乎不會分別出誰是人，誰是合成人。唯一不同的地方是它們大腦裡鑲嵌了合成人配件，另外也不能生長或繁殖。因為它們其實就像煮餸食飯般，在實驗室由不同生物配料「烹製」出來的人造物罷了。

在遊戲中，合成人之所以讓人類害怕，是因為有組織利用合成人技術，製造出和真人一模一樣，兼有相同記憶的合成人，再用來偷偷換掉不想要的政客、將軍及主教等社會重要人物，又或者在平民間安插間諜，從而達到暗中操控世界。

　　無獨有偶，在電影《廿二世紀殺人網絡》也有類似的概念。在電影裡，人類被機械人植了假造記憶，活在一個由電腦程式構成的「母體世界」，肉身則在「真實世界」被當成機器人養料，但自己卻不能察覺。除了「假人」，在母體世界還有很多邪惡電腦程式。就像合成人般，他們擁有人類的外貌和動作，但實際上卻是純粹的電腦程式，執行各種特工工作。

　　所以我們遇上那些「神秘人」會是母體派來的特工，又或是合成人嗎？如果是的話，他們的數量究竟有幾多？他們又背負著甚麼不為人知的目的呢？會否就像下面介紹網民 bsidez 的經歷，它們是為了收集某些物品來確保世界的運作呢……

　　大約幾年前，我和弟弟駕車出城。由於汽車在途中沒油，於是我們把車停泊在公路旁一間加油站。我們在加油站買了些飲品和付過汽油費後便回去加油。還記得那時候天空一片蔚藍，陽光普照。

　　就在加油時，我眼角瞥到在兩個油泵之間，放了一個空的玻璃瓶。那個玻璃瓶以一種難以形容的角度斜放，並圍繞著完全看不見的支點慢慢旋轉。我忍不住放下手中的油泵，呆呆地望著它，並小聲地叫弟弟過來看。

　　「嘩！這個瓶子搞甚麼鬼？」弟弟說，然後我們倆上前蹲下

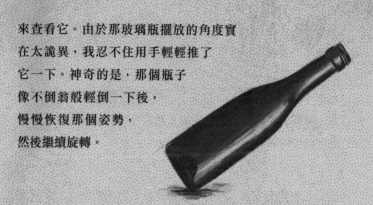

來查看它。由於那玻璃瓶擺放的角度實在太詭異，我忍不住用手輕輕推了它一下。神奇的是，那個瓶子像不倒翁般輕倒一下後，慢慢恢復那個姿勢，然後繼續旋轉。

「媽啊，這有夠奇怪？！」我驚訝地說。但就在我說完那一刻，整個世界好像一瞬間脫了軌般，發生翻天覆地的變化。加油站另一輛車不受控地響號，油站內的客人像發狂似的辱罵油站職員，總之世界突然陷入一片混亂。

「喂…喂！不要碰它！」一個 50 多歲、戴太陽眼鏡的女人突然由車庫跑出來，上氣不接下氣地朝我們跑來。「不要再碰它！我的女兒正在收集它們！」然後一把抓起地上的玻璃瓶，再氣沖沖跑回車庫。

很奇妙地，就在那個婦人的身影消失在車庫那一刻，**整個世界再次回復正常，那些喇叭聲和吵罵聲「喀」一聲便消失**。我和弟弟把車注滿油後，便呆呆滯滯地離開那間加油站。

直到現在，我也想不透婦人那句「我的女兒正在收集它們」的確實意思，而且她也明顯不是油站職員。我和弟弟不時開玩笑

說或者當時我們遇到一個「母體錯亂」，然後母體隨機派出一個人形程式出來回收錯亂物體呢！

我是我嗎？我是人類嗎？

我們繼續談談《異塵餘生 4》吧。

隨著遊戲故事發展，有部分合成人由邪惡實驗室逃走後被好心組織收留。好心組織為了方便它們日後在聯邦生活，而洗掉它們是合成人的記憶，保留被植入的記憶，但這反而形成了一群「根本不知道自己不是人類」的合成人混雜在人類生活。這些合成人一旦被人發現身份，下場通常都很慘烈。

而讓筆者在意的，是在某任務中，一名日本少女一天突然懷疑自己是合成人，便拋棄了家人和工作，逃到一座合成人避難所（結局說她原來真的是人類），於是玩家應她父母要求去找她回來。來到那所避難時，那裡的合成人首領會問玩家兩條問題，而那兩條問題讓筆者一直思索良久。

合成人首領問：「你如何確定自己是人類，記憶真確無誤而不是被合成出來？」

就像筆者在文章開頭所說，當連記憶都靠不住，你還能確定

自己是誰嗎？

你認識「所謂的自己」其實可能由第三方塑造出來，記憶就像電腦程式般被灌入大腦，無論身邊的家人或朋友都是事先安排好。可能前一天你還是殺人如麻的大盜，今天才是你自己，明天一睡醒可能又是另一個身份。

你覺得沒可能嗎？事實上，我們的科技已經有機會做到。

2012 年，南加州大學科學家 Berger 做了一個「近乎科幻小說般震撼」的記憶實驗。Berger 首先用電腦找出老鼠控制其中一個動作的記憶的位置，然後再用掃描器把該段記憶記錄下來，轉載到一個人造海馬迴上（海馬迴是大腦其中一部分）。Berger 之後再用藥物破壞老鼠大腦負責儲蓄那段記憶的海馬迴，讓它「失憶」。

最後 Berger 再把人造海馬迴插在老鼠的大腦裡。由於人造海馬迴上設有「開關掣」，Berger 只要將開關打開，老鼠就有了記憶，懂得做那個動作；關上開關，記憶就沒了，不懂做那個動作。更加恐怖的是，當 Berger 把人造海馬迴插在另一隻老鼠到時，縱使那隻老鼠從來沒有學過那動作，但它仍然懂得做出來。

聽起來很耳熟吧。

　　還記得一開始那段突然說起法文的網民經歷嗎？會否其實他們大腦那個「負責說法文的開關」無意中被打開？當然現今科技還未到達這一步，我們只能改變老鼠一小段記憶，但至少證明了「記憶可被捏造和替代」這一可能性。

　　如果我們再發揮一些想像，我們人類還未能達到這技術水平，不代表第三方不懂。我們的認知會否一早由更高智慧的存在所控制呢？例如外星人、母體程式…它們只要幾個按鍵便可以改變我們對自己的認知，就像網民 Boyhonica 的經歷般……

　　我接下來要說的 100% 是親身經歷，絕無半點虛假。那一天，我一如以往去家附近的沃爾格林（Walgreens，美國大型連鎖藥局）買日用品。還記得我當日買了一排橡皮糖、一盒鮮奶和一包牛肉乾。

　　由於我沒有用購物籃，一不小心整包牛肉乾便跌在地上，害我要蹲下來拾起。就在我起身時，看到一個男人站在我面前，我輕快地說：「喂！拜仁！近來過得如何啊？」

　　「好，好得很，一如以往…努力地去避開麻煩。」然後我們倆哈哈大笑。

　　我問他：「聽說你的小孩都上學了？」他說：「對啊，而且

她非常聰明呢。」

最後我說：「我們以後應該要多些碰面。」他說：「當然啦！」

我們兩人熱情地握過手後，各自往相反方向行走。他繼續在藥局購物；我走去收銀處付錢。就在我步出藥局，身後的電子門關上那一刻，我終於忍不住跪在地上哭了起來。

因為我根本不認識那個男人，那個男人也不曾認識我。

遇上那個男人時，我的意識好像被人控制了。有種強烈的感覺讓我覺得我了解他的所有，而他同樣也很明白我。我們就像一對相識已久的老朋友。

但可惜我們不是，從來都不是，我甚至連他真名是否叫拜仁我也不確定。

所以你再一次問自己：你確定你的記憶都是真確無誤嗎？你確定自己是人類嗎？你確定身邊的人都是人類嗎？

NO.：#2／7

CASE：現實錯亂──曼德拉效應和幻影時間陰謀論

SUBJECT：

在每天習以為常的生活中，大家有沒有記錯東西的經歷？某些你一直以來自以為絕對正確的記憶，豈知不然，原來是大錯特錯。那些事情通常都很瑣碎，可能只是人名、地方或日期，即使知道錯後也不會太在意。然而直到某天，你突然發現身邊抱持相同錯誤記憶的人原來不是少數，甚至有一定數量，而且大家都不約而同地說「非常肯定」、「記憶很鮮明」。

這究竟是怎樣一回事？純粹碰巧大家集體記錯？還是媒體出錯？

你有沒有想過看似尋常的記憶錯誤背後，可能埋藏了平行宇宙的真相？

曼德拉效應，取名自南非反種族隔離政治家曼德拉（Mandela），屬於母體錯亂其中一種現象。有別於我們上篇提到的「身份錯亂」，「身份錯亂」是來自我們對「我是誰？我是我嗎？」的疑惑，而曼德拉效應則是對整個現實世界的迷茫。

有很多人不約而同地對於某些舊事，例如人物死忌、地理環境或事物名稱，抱持一模一樣的錯誤記憶，而且可以清晰地回想起相關的經歷，這種情況我們都稱為曼德拉效應。曼德拉效應通

常被用來作說明平行時空或母體存在的證據。

曼德拉效應一詞最早出現在 2010 年，由美國博客 Fiona Broome 提出。Fiona 在自己的網誌寫道，在一次 Dragon Con（類似香港動漫展）的聚會上，她和數個朋友不約而同地認為南非政治家納爾遜·曼德拉早在 80 年代初已經在監牢病死了，以下是她當時網誌的節錄。

> ……大家看看，我一直以為曼德拉早已死在監獄中。我還很清楚記得新聞播放他葬禮的情況：很多南非人在哭泣，城市發生暴動，他妻子賺人熱淚的演講……
>
> 但剛剛，我發現他竟然尚在人間……

Fiona 的網誌刊登後，不少網民也紛紛說自己也有印象曼德拉早已死去，甚至連筆者在接觸曼德拉效應這一概念前，也曾經問過母親那個黑人是不是早已死去。之後網民開始提出其他相似事件，例如某集未曾在電視播映過的《星空奇遇記 Star Trek》，或是 John Lennon 的死亡日期……

　　另一件引起最多人共鳴的曼德拉效應事件，是由另一名博客兼物理學家 Reece 提出。他注意到一本著名兒童圖書系列《The Berenstain Bears》的名字好像和他印象中有點不同，以下節錄了他當時網誌的內容。

　　……然後我看一下書本的封面。那本在我 5 歲至 9 歲時看過無數次的圖畫書；那本每一個字也是彎彎曲曲泡沫字體的圖畫書；那本我相信世上每一個二十多歲的年輕人也會叫它做《The Berenstein Bears》的圖書……

　　現在，封面上的名稱不再是《The Berenstein Bears》，而是《The Berenstain Bears》……

　　Reece 提出的「熊熊圖畫書事件」在網絡世界引起的迴響比「曼德拉事件」還轟動。雖然在我們這些異國人看來，一個字母的分別不大，但對於用英文作母語的人來說，一個字母的分別足以影響發音、寫法等方面。情況宛如你明天醒過來時，發現童年最喜歡的卡通《數碼暴龍》突然變成《數嗎暴龍》般令人驚訝。

　　但最詭異的是，那些認為圖書名為《The Berenstein Bears》和堅持《The Berenstain Bears》的人數勢均力敵，那究竟是誰記錯？有可能那麼多人同時間記錯同一件事，而且錯誤的內容完全相同？

　　除了「熊熊圖畫書事件」和「曼德拉事件」外，筆者列下了在國外比較多人認同的曼德拉效應事件。

種類	事件	曼德拉效應	真實
顏色	Chartreuse	酒紅色	黃綠色
天文	火星衛星	沒有	兩個
	太陽顏色	白色	黃色
地理	美國州份	51 或 52 個	50 個
	新西蘭位置	歐洲附近	澳洲附近
	斯里蘭卡位置	南海	印度下方
名稱	麥當勞	MacDonald's	McDonald's
	美國當紅女歌手	Kate Perry	Katy Perry
	英文生詞「無疑地」	Definately	Definitely
歷史	美國恐怖襲擊日期	9月10日	9月11日
	颶風卡特里娜襲擊新奧爾良	2005年4月	2005年8月

　　縱使你可能覺得以上的例子只不過人們記錯罷了，但事實上，那些堅持以上想法的人並不是單純地記錯，他們往往會把那些錯誤的印象聯繫著一些鮮明的事件，以下筆者將引用一位文員 david1 的經歷作例子。

　　……簡單來說，我的工作就是用數種軟件去處理電腦數據。我在這間公司已經工作了六年，每天的工作也是用同一個 CSV 檔案來處理客人數據。但在某天上班，我突然發現那些 CSV 檔都不能運行，於是我詢問公司的電腦技術人員。那名跟我同樣資歷的電腦技術人員一臉驚訝地對我說我們公司一直以來都是用 RTF 檔案來處理數據，完成後才會生成 CSV 檔。

　　那一刻，迷茫、尷尬、鬱悶同時間佔據了我的情感。我極力和他理論，堅持自己多年來也是用 CSV 檔工作，但在其他同事投來奇異目光的壓力下，我被逼當眾承認自己的「錯誤」。現在已經事隔兩年，我仍然不相信他們是「正確」。有甚麼理由我會把自己六年來的工作弄錯？

　　由上面的經歷可以看到，曼德拉效應並不是單純的「印象錯誤」，他們可以<u>發生在我們經常接觸的人和事上</u>，而且發生的頻率遠比我們想像中多。直到現在，已經超過百多萬人報稱自己曾經遭遇曼德拉效應。所以我們真的活在母體裡嗎？平行世界真的可以互相交換嗎？

　　除了詭異的解釋外，會不會有比較科學的解釋存在？

解釋 1 － 傳媒：幻影時間陰謀論 Phantom Time Conspiracy

　　著名政治寓言小說《1984》的作者喬治・奧威爾曾經說過：「誰掌控現在和過去，誰便掌控了未來。」如果你不相信這句話，不妨審視一下自己的社會觀，看看有多少建基於主流媒體或學校歷史課灌輸的「歷史知識」上。但大家又想像一下，如果有一天公眾發現那些「所謂的歷史知識」，原來統統都是虛構的，原來「夏商周秦漢」根本不曾存在，可想而知社會必定出現水壩決堤般的崩潰現象。

　　幻影時間陰謀論（Phantom Time Conspiracy）由德國歷史學家 Heribert Illig 提出。他指西方中世紀史前部分，<u>公元 611 年至 911 年</u>，<u>整整三百年的歷史根本不曾發生過</u>，包括羅馬帝國的崩潰、伊斯蘭教的興起、拜占庭帝國的興衰，以及維京時代；查理大帝也只是小說人物。它們<u>全都是由羅馬天主教會捏造出來</u>，聘用了一大批寫手和藝術家弄出「那三百年的文獻和古蹟」。

Heribert Illig 最初研究君士坦丁堡的歷史建築時，發現有約五百年的古蹟（公元 558 年至 1100 年）是永遠找不到，反而有很多 500 年前的建築物「竟然可以屹立」到 1100 年。Heribert Illig 認為這是毫無可能的。

他覺得事有蹊蹺，於是翻查同段歷史其他資料，並驚訝地發現整段中世紀史前部分嚴重缺乏考古證據，過往研究只依靠文本資料，而文本資料的年齡鑑定一向有數百年的偏差。另一方面，無論在宗教或科學思潮方面，西方在這段時間幾乎是「零變化，零改革」，可以說是「一段可有可無的歷史」。

Heribert Illig 順藤摸瓜，最終在「歷史消失的盡頭」找到元兇：格里曆和儒略曆。我們今天仍在使用的格里曆（即公曆、西曆、新曆）其實是教皇格列高利十三世在 1582 年推出，之前西方用的叫儒略曆，由凱撒大帝在公元 45 年制定。

根據「正統歷史記載」，由於儒略曆錯誤設定「每三年一閏年」，累積時間誤差愈來愈大，影響復活節的「正式日期」，於

是教皇把曆法修正為「每四年一閏年」，並在頭一年刪減去 10 天，好把復活節「帶回來」。

但 Heribert Illig 指出根據格里曆和儒略曆的差異，如果要在 1582 年調整轉換曆法所帶來的影響，<u>刪減去 10 天是不足夠的</u>，應該要減去 13 天，而羅馬天主教會不應犯這些低級錯誤⋯⋯

除非那一年不是「1582 年」，而是「1257 年」。

對於捏造歷史原因，Heribert Illig 提出三個可能解釋：

#1 由於千禧年（公元 1000 年）在天主教來說意義非凡，某利慾薰心的教皇為了得到「千禧年教皇」這名譽，不惜改變歷史。

#2 教會在之前一直<u>計遲了耶穌的出生年份</u>，為了「遮醜」悄悄補上三百年歷史。

#3 教會為了<u>穩固自己及其盟友的政治利益</u>，捏造出一連串歷史事件，維持自己的「統治正當性」。

所以你可能會問，歷史哪有這麼容易操控？

這就是為甚麼筆者在這一章提出幻影時間陰謀論的原因。我們的歷史的確很容易受權威人士操控，例如據我們所知賓・拉登於 <u>2011</u> 年在巴基斯坦一座豪宅裡被海豹突擊隊擊斃。但同一時間，又有證據說福斯廣播公司早在 <u>2001</u> 年聖誕節報導藏匿在中

東某國的拉登病死於肺病，所以哪一個版本才是真的？

　　你可能會說報導出錯是很正常，其實筆者想表達的重點是：**是真是假，坐在家中的你永遠也無法百分之百確定。**我們現在相信拉登被海豹突襲隊槍殺，乃是因為相信傳媒的公正性，總沒可能那麼多記者一起說謊？但如果回到中世紀，當時資訊唯一途徑只有官方皇室，再加上民眾間的以訛傳訛，你敢說歷史不能被操控嗎？

　　所以曼德拉事件可能只是報導出錯、《The Berenstain Bears》也只是印刷商出錯⋯但是不是因為**我們過於相信傳媒所灌輸的一切，所以才產生出這些誤會？**

　　當然，筆者也不排除部分曼德拉效應是政府刻意操控的結果。

解釋 2 – 虛假記憶 False Memory

　　我們的記憶永不可靠。這裡指的「不可靠」不是轉頭就忘記事情那種，而是「虛假記憶 False Memory」。即使是那些我們一直深信不疑的記憶，其實也有很大機會是我們自己想像出來。

　　筆者在寫撒旦教時也曾經描述過人們盲目地使用催眠，最後

使病人產生被邪教逼害和性侵的虛假記憶。這一次筆者也引用另外一個虛假記憶實驗來解釋曼德拉效應。

在 1995 年，兩名心理學家 Loftus 和 Jacqueline Pickrell 進行了一個叫「商場迷路實驗 Lost in The Mall Experiment」。首先，他們招攬了 24 名受訪者並記錄他們的個人資料。之後，兩人由 24 名受訪者的家人秘密打聽了 3 宗真實發生在他們身上的兒時經歷，並把它們寫下來，之後在受訪者不知情的情況下，實驗人員在那張紙再加插了一宗完全由實驗方創作的「商場迷路事件」。在實驗時，實驗人員要求受訪者描述那 4 宗兒時經歷，包括當時的感受和環境細節，愈仔細愈好。

實驗人員把那宗商場迷路事件設定在受訪者 5 歲，商場則設定在受訪者家附近的商場，內容則是受訪者和家人走失後被一位老人找到，最後和家人團聚。實驗結果顯示有 25% 的受訪者竟然能清楚描述那段「不存在的走失事件」，例如那老人的樣貌、為甚麼走失及警察的介入等。即使實驗結束，實驗人員對受訪者說 4 宗事件中有一宗是假的，仍然有 20% 的受訪者未能認出商場迷路事件是虛構的。這實驗一直用來證明人類記憶脆弱，很容易受外界干擾。而最重要的是，自己未必知道虛假記憶的存在，就像電影《銀翼殺手 Blade Runner》的人造人般。

現在，讓我們回到曼德拉效應。

曼德拉效應會否只是虛假記憶現象之一？人們經常在網上瀏覽曼德拉效應的個案，這過程其實和實驗人員在商場迷路實驗中誤導受訪者的過程很相似。可能是網民在不斷閱讀其他網民所寫的曼德拉效應經歷的過程中，<u>間接催化了虛假記憶的出現</u>，之後他們再把自己的虛假記憶寫出來…如此類推，最後造成一個迷離的循環。

另一方面，筆者也發現有很多所謂的曼德拉效應其實<u>源於資訊不流通</u>，例如很多外國的曼德拉效應論壇，會扯上 1989 年的「天安門事件」來說，因為有很多外國人也想起坦克車輾過男孩的一幕，但又很難找回相關圖片和資料；又或者很多外國網民說印象中蒙古是中國一部分，那是因為有外蒙（獨立國家）和內蒙（屬於中國）的存在。

縱使聽起來很合理，但筆者也不敢保證百分百真實，因為筆者自己也曾經試過兩次曼德拉效應。一次是在文章初提及過的「曼德拉事件」。另一次是筆者大約在唸中五前，一直以為香港有 5000 元紙幣。直到一次去銀行跟銀行職員要 5000 元的紙幣，才驚覺香港從未有 5000 元紙幣流通過，但筆者對 5000 元紙幣的確有很具體的印象！

所以究竟曼德拉效應真的是因為平行世界的存在，還是心理作用呢？這次真的要大家自行判斷了。

NO.: #3/7

CASE: 記憶錯亂——熟悉和陌生之間

SUBJECT: Déjà vu 和 Jamais vu

在眾多認知錯亂中，「Déjà vu 既視感／似曾相識的感覺」相信應該是最廣為人知。據說全球至少有 30% 人口曾經經歷過 Déjà vu。

甚麼是 Déjà vu？明明是第一次發生的場景，事前亦都毫無預兆可推測，例如去到一個新環境，或在街上偶遇朋友、同事，你卻感到似曾相識，好像之前已經發生過一次或數次。這種有違邏輯的感覺便是「Déjà vu」。

神秘學者一直認為 Déjà vu 是前世記憶或預知能力的證明，但近年科學家已經證明這一「超自然現象」是和我們大腦儲存記憶的方式有關。科學家認為我們的記憶是以「全息圖像」的方式儲存在大腦。一個記憶儲存單位便包含片段所有的信息，但這些儲存單位有大小之分，愈大的記憶便愈清晰仔細，愈小的則愈模糊，情況宛如閉路電視的影像般。

而 Déjà vu 之所以出現，是因為我們部分記憶實在太模糊，解析度太低，以至很容易和我們見到的事混淆，例如你可能曾在博物館見到一尊大雕塑，它同時被數個較小的雕塑包圍，天花板上面還有吊燈。那麼你下次去某個大花園時，見到一顆大樹被數個盆栽包圍，附近還有懸壺植物吊掛，因為兩組事物都很類似，

便可能會出現「似曾相識的感覺」。

　　當然，這個機率還取決於你的精神狀況，例如高壓力生活、記憶受損、濫用酒藥。曾經有個案是一名 23 歲的英國青年因為嚴重焦慮症，而患上「持續既視感 Constant Déjà vu」這一可怕症狀。在那名男子的世界，由每朝一睜眼開始，之後吃早餐、看電視、聽收音機、上班約會⋯即使去異國旅遊，結交新的朋友，所有場景都是「曾經發生過」，就像陷入一個無底的時空輪迴，永遠也逃不出來，每天也是重複過活。

　　好啦，關於 Déjà vu 的事都說得七七八八，而且很多案件早已在民間流傳，甚至你們本人也親身經歷過，所以我們為甚麼不談談一些新的東西？

　　例如 Déjà vu 的相反 ——「Jamais vu 陌生的感覺」。

　　你有否試過明明身處在熟悉的環境，例如家裡和學校，但突然對四周感到異常陌生，認為整個世界都是虛假，或者質疑自己的存在？如果有的話，那麼你就曾經經歷過 Jamais vu 了。還未夠具體？我們不妨看看網民 TraceBot9000 的經歷。

　　我在求學時期時曾試過數次 Déjà vu，之後到社會工作時也試過兩次 Jamais vu，所以我可以對大家說，Jamais vu 和 Déjà vu 是兩碼子事來的。

　　那兩次 Jamais vu 經歷都發生在駕車途中，而且是在離家不遠的街道上。一股陌生感突然襲來，佔據了我整個腦海。**好幾秒也想不起自己是誰，自己身在何處？為甚麼在駕車？**情況宛如你突然被傳送到一個全然陌生的異國，但那裡可是你居住多年的社區！

　　縱使這種感覺只持續了短短數秒，但仍然讓我毛骨悚然。直到自己親身經歷前，我從不知道 Jamais vu 的存在！

　　簡單來說，Jamais vu 指一個人短暫失去所有記憶，以至產生一種「好似和過去記憶不同」的陌生感。

　　在神秘學的角度，Jamais vu 是一個很有趣的存在。對於它的解釋眾說紛紜，有人相信它證明了 Matrix 母體理論，亦有人

說它是由靈魂在平行世界間穿梭所產生，甚至有人猜測那是「鬼上身」的徵兆。

筆者也試過兩次 Jamais vu，一次在 4 歲，另一次在 16 歲。每次都是睡覺醒過來時，突然想不起自己是誰，呆呆地坐在床上不斷問自己「我是誰？」，同時都對睡房和家人感到完全陌生。這種情況大約持續了好幾分鐘，然後記憶才一點一點地回來。

但正如 Déjà vu，沒有人擔保 Jamais vu 這種感覺可以維持多久。筆者經歷的只有數分鐘，但別人遭遇的 Jamais vu 可以是數秒、數小時、數日，甚至一輩子…就像是網民 Hedgerow_Snuffler 般……

我不太清楚這是否和 Jamais vu 有關，但在很久之前有一位舊同事對我提起過類似的經歷。

由於真的是很久之前，細節已經變得模糊，內容大概是他某天在家看電視，一股突如其來的衝動逼使他離開坐椅，莫名其妙地跑到後園草坪。他形容那是他畢生中感受過最強烈的衝動。他跑到後園後，緊接著來是一陣「天搖地動的搖晃感」，好像整個世界突然「搞砸了」。

從此之後，他的世界便不再相同了。

那些奇怪的感覺消退後，餘下的是一種空洞的抽離感，好像這世界不再屬於自己似的。此時，原本也在屋裡的同事老婆見到丈夫的異狀，於是也走出來探問。

同事説到這裡時刻意停頓了一下，然後臉色凝重地對我説千萬不要以為他有精神病。因為當他見到「那女人」時，一種古怪的念頭突然閃現在他的腦海：「這女人既是我老婆，但又不是我老婆。」他再望一望停泊在街上的私家車，也有同樣的陌生感。雖然型號是相同，但顏色又好像不太一樣。

這種強烈的陌生感並沒有隨時間消失，反而一直延續。直到第二天他上班，駕車行經的街頭，甚至工作上的同事，都有種「好像多了一些，又少了一些」的感覺，但他又不能確切説出變化。

我的同事是個健康正常的男人，所以絕對不是酒精或毒品惹的禍。他最後説那一天下午，世界肯定發生了甚麼驚天大變。因為直到現在，他依舊隱約感到有大約 15% 的人生在那天下午後不再屬於自己。

另一邊廂，科學家對 Jamais vu 的解釋也沒有太清晰，文獻亦都不像如 Déjà vu 那麼多，歷史案例也寥寥可數。心理學家只是粗糙地把它歸納為「人格解體 Depersonalization」的一種。

唯一提供較多線索的實驗發生在英國里茲大學。在該實驗

中，參加者被要求在短時間內不斷重複默寫一個單字（例如門 Door），之後研究員再對他們進行數日觀察。負責該項目的教授 Chris Moulin 發現，<u>有超過 68% 的參加者在之後對該單詞的象徵物（例如自己家的門）出現 Jamais vu 的反應</u>，於是推斷 Jamais vu 可以由重複默寫和朗誦產生。同一時間，亦有不少研究發現<u>焦慮症</u>、<u>抑鬱症</u>和<u>癲癇</u>均有機會引發 Jamais vu。

雖然聽起來明朗不少，但如果我們進一步問為甚麼它們會和 Jamais vu 相關？大腦神經發生錯誤時又是怎樣運作呢？科學家對此仍然毫無頭緒，Jamais vu 的存在始終是一個謎。但或者由下面網民 Joevual 的親身經歷，我們或多或少可以確立 Jamais vu 的科學本質。

我的父親在幾年前患上了腦癇症，而且每天都要吃藥，一不吃藥便會發作。有一次，因為工作需要，他公司派他到另一個州出席一個重要會議。父親在半路才發現那些腦癇藥都遺留在家中，但那時侯已經離家太遠，來不及回頭了。

第二天早上，原本那個會議是在上午舉行，但我的父親卻遲遲沒有出現。公司的同事知道他有腦癇症，擔心他是不是在半路發生了意外，便立即駕車四處搜尋他。經過數小時的搜索，他們最後在一條高速公路看見他。當時下著大雪，我的父親身上甚麼都沒有，獨自一人沿公路行走，而且還走了 8 英里多的路！

　　當他的同事發現他時，我的父親明顯地忘記自己是誰，在甚麼地方，為甚麼他會在這裡。但幸好他保留了一些基本常識，認為自己只要一直沿公路走，就可以弄清楚自己是誰。直到他看到同事熟悉的臉孔時，他的記憶才像泉水般一次過回來，回復正常，但對前一晚的事則忘記得一乾二淨。

NO.: #4 / 7

CASE: 存在錯亂——自殺和永生

SUBJECT:

「自殺」。在寫作生涯中，筆者都踴躍嘗試不同題材，但「自殺」這一題目是筆者一直都在避諱的。之所以不談自殺，不是筆者害怕書本被評為禁書，而是自殺本身是個很複雜的命題，一不小心文章就會變成鼓吹，至少筆者很不願意見到自己的讀者輕生。

在現今社會，縱使輿論傾向認為「自殺無論在甚麼情況下都不應該」，筆者對此卻不敢苟同。在某些極端的情況下，筆者認為自殺雖不能說是完全正當，但絕對是可以理解，例如當人全身癱瘓、完全失去和外界交流的能力，又或者自殺是為了避免受殺人犯、敵軍的凌虐折磨。

但對於大多數自殺原因，筆者亦有所保留。雖然我們常常聽到痛苦是旁人很難理解，勉強鼓吹正能量也無濟於事。但筆者認為即使往消極方向想，自殺也不是唯一的途徑，還有逃避、卸責、放縱……

呃…像逃避、卸責、放縱這些「解決問題黑方法」學校社工當然不會教你，任何稍為正當的人也不會叫你這樣做。筆者也不敢說這樣做對社會和身邊的人好，但如果你真的覺得自己走投無路，為甚麼不試一下？瘋狂一下？至少你自己覺得舒服，至少你還活下去，就像曹操說：「寧教我負天下人，休教天下人負我。」

雖然在微觀層面，我們對自殺還有討論空間，但一旦去到宏觀層面，社會對自殺的看法就變得決絕，欠缺人情味，然而這種粗暴是必須的。

一個人的痛苦其實很難量化，要判斷一個人的自殺決定是否可理解，甚至應否安樂死，其實是很主觀的問題，很難制定一套標準去「常規化」，即「根據條例 A，這些情況下自殺是可以，但那些又不可以……」這種繁複的標準。

同時，人命對於社會是很寶貴的財產。如果自殺成為一種「可以與不可以」的話題，而不是「絕對不可以」的東西，社會掌權者難免擔心在平民間爆發自殺潮，導致社會混亂，於是索性把自殺訂為「絕對禁令」。

一向身負維持社會風氣重任的宗教也在抑制自殺上發揮關鍵作用，恐怖化自殺者的下場，例如基督教教條便列明自殺者絕不能上天堂，就連中國傳統也有「自殺者需一直重複自殺過程，感受自殺的痛苦，不能投胎，直到陽壽完盡」之說。姑且不論是否真實，但對有輕生念頭的人一定具有阻嚇作用。

但用科學談自殺呢？

傳統科學對自殺的研究實在不多。在醫學家眼中，無論你吊頸自殺抑或逛街被車撞斃，除了法醫上的分別外，其實沒兩樣，都是屍體一具。蛆蟲開始侵蝕肉身，屍斑開始積聚成塊。至於自殺後的世界呢？還不是一片虛無！只要你一腦死亡，便甚麼也沒

有了！

直到量子力學的出現。

大家千萬不要誤會，量子力學並沒有引證甚麼神鬼之說，它們還是待在科學以外的世界吧。但量子力學裡頭其中一個悖論「量子自殺 Quantum Suicide」，卻將「自殺」和「永生」兩個看似天壤懸隔的概念神奇地串連在一起。

量子自殺是量子力學的一個思想實驗，以「薛丁格的貓實驗」為根基。在「薛丁格的貓實驗」，假設把一隻貓困在一個黑盒，入面有一台連接著放射性物質的蓋革計數器，蓋革計數器後再駁上一個有毒的燒瓶。如果放射性物質發生衰變，燒瓶便會釋出毒氣把貓殺死。

但由於放射性物質發生衰變的機率為 50%，如果我們一日不打開盒子，一日不觀察盒內情況，貓會處於「既生亦死」的奇怪

狀態。但一旦我們打開盒子，便知道貓是生是死，世界便會分裂出兩個平行宇宙，一個是貓死了；另一個則是貓仍活著。

而「量子自殺」則是把貓改為一個自殺者，放射性盒子改成一把改裝手槍。在實驗中，自殺者會把槍指向自己頭部，不斷按下扳機，而每次按下扳機時手槍只有50% 概率發射子彈。所以每次按下扳機，自殺者的存活機率只有 50%，於是便有兩個平行世界出現（生或死）。如果平行世界理論是正確的話，在經過 N 次實驗後，總會存在某個「生的」世界。

換句話說，企圖自殺者永遠不會死，反而得到永生。

如果我們再退後一步，把「量子自殺」的概念擴展到現實世界，便會得到更驚人的結果。我們每個人一生中總會遇上「生死一刻」，可能是被人用刀插死，或者被大貨車輾成肉餅；要麼逃過一劫，要麼從此魂歸天國。但根據平行宇宙論，每次意外總有一個平行世界是「逃過一劫」。我們由此再推算下去，那豈不是有一個平行世界我們全人類都是「永生」，永遠都處於「逃過一劫」這一詭異狀態？

雖然有科學家質疑「量子自殺」有偷換概念的成分，但無可

否認它帶給我們一個很有趣的問題：究竟人是否真的會「死去」？
抑或如佛教輪迴般在平行宇宙間遊走？

這一問題科學暫時沒法解答我們，但如果我們走入民間，便
會發現這一說法並非完全荒謬，以下就是網民 bystargeetar 的經
歷。

我從沒有向人說過自己的故事，因為我自己也覺得說出來太
瘋狂了。

在數年前，我和女朋友 Audrey 去戲院看電影（好像是《變
形金剛 3》？）。我和女朋友都會抽煙，而我們剛好又把身上的
煙抽光，所以在去戲院途中買了包新的，而又因為我們太急趕去
戲院，沒有空把新買的煙「搖一下」。

在電影結束後，我們離開戲院之時，有一名朋友 Mike 走過
來邀請我們一起抽煙。於是我們便走到戲院後方，Audrey 拿出
那盒新買的煙，拆下膠套，拿出 3 根煙分給我們。

在我們邊聊天邊抽煙之際，一名男人走過來問 Audrey 可否
給他一根煙，Audrey 看到那名男人怪怪的，便謊稱我們已經點
了最後一根了。殊不知那個怪漢聽到 Audrey 的拒絕後，立即像
發瘋的牛般吼叫起來，吼叫道 Audrey 在說謊，她沒有說謊的權
利。我們見狀不妙，立即說：「對不起，老兄。」之後馬上轉身
走人。

事情開始混亂起來，那個怪漢從後衝上前來，一把抓住 Audrey 的手腕，朝她破口大罵：「你婊子在想甚麼？」類似的東西。好吧，那已經是我底線，我不容許別人傷害我愛的人。我走上前，夾在那個男人和 Audrey 之間，反抓住他抓住 Audrey 的手臂。

這是我最記得清楚的事。

一陣椎心的痛楚驟然而至，先是喉嚨，然後是胃部。我感覺到我的外套被一陣突然流出的溫暖黏液弄濕。Audrey 和 Mike 的尖叫聲由遠方傳來，Audrey 叫道：「停手！停手！停手！」，Mike 則說：「天啊！」、「這他媽的是怎麼一回事？」。

然後，我的皮囊只剩下一陣枯竭的感覺，再沒有氣力支撐我的頭部。我像洋娃娃般癱瘓在地上，動彈不能。我最後看到的景象只有染紅的外套、男人手上的利刀和 Audrey 驚慌的模樣，之後意識便跌入無際的黑暗中。

不久，一陣刺眼的白光在黑暗中閃爍。

當再次找回意識時，我已經站在戲院的前方，Audrey 則站在我的旁邊。我沒有時間問 Audrey 發生甚麼事，Mike 已經由遠方走過來並說抱歉打擾我倆，因為我們的臉色「蒼白得像鬼魂」，之後再一次問我們要不要一起抽煙。

　　我和 Audrey 仿佛心有靈犀，異口同聲地拒絕了 Mike 的邀請，並以最快的速度逃離現場。當回到車廂時，我決定打破沉默，問女友拿一根煙。我驚訝地發現**女友從背包拿出一包早已脫去膠套的香煙，而且裡頭還要少了 3 根**。就在我想追問她之際，Audrey 和我同時尖叫了出來，因為我們望到車窗外經過一個男人。

　　那個曾經用刀插死我的男人。

　　我用力踏盡油門，汽車像我們一樣發了瘋似的立即奔馳而去。那天晚上，我和 Audrey 相擁而睡。直到第二天早上，我們也沒有談及昨晚起死回生的經歷，只有一次當我開口想問 Audrey 時，她立即搖頭示意我閉嘴。

　　在不久之後，我和 Audrey 也分手了，我一直相信是那天晚上的經歷驅使我們分手。

　　畢竟，要一個女孩子望著自己的男友被活生生插死是多麼可怕的回憶。

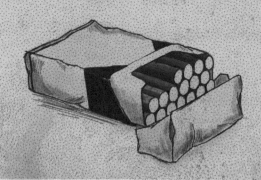

來到最後，我們不如回到自殺這一話題。如果按照上述的故事，我們不會真正死去，只會在另外一個平行世界醒過來，那麼自殺還可以解決問題嗎？抑或和傳統宗教描述一樣，我們的靈魂只是去另一個平行世界，去面對更糟糕的情況？現在就來看看網民 DifferentLouie 的經歷。

自殺是解決不了問題。終結自己生命只會傷害關心你的人，而你對他們造成的傷害也將永不復原。

好吧，我真的很難把這一星期經歷轉化成文字，但我想跟大家認真地說在數星期前，**我在「原先的世界」自殺了。**之後我醒過來時，已經身處在這個和我原來世界有少許不同的「平行世界」。現在的我已經很確定自殺並不能解決問題，也不能使你完全消失，只會把你轉移到最相近的平行宇宙，繼續你的痛苦。

讓我開始我的故事。

兩年前，我的姐夫放棄了自己的生命。姐夫和姐姐結婚超過十年，我和他的關係宛如親生兄弟，失去他就像在我的人生刺穿了一個大洞。更加悲哀的是，他是在我新婚數星期後自殺。

要一段婚姻在死亡中展開並不是一件容易的事。我嘗試擔當一個好老公的角色，但悲傷一直籠罩著我們的婚姻，超過了我妻子可以忍受的極限，所以在一年後，我們的婚姻便以一張離婚證明書作結。

上年夏天，亦即是在剛離婚後，我嘗試了第一次的自殺。我「及時」被家人發現送往醫院，醫生診斷我患上了嚴重抑鬱症，處方了很多抗抑鬱藥給我，並定期進行心理輔導。

起初數個月的確有好轉的情況，但之後便急轉直下，我每天都有「如果自己消失了就好」，或者生活在完全不同的世界就好等想法。我開始停止吃藥，甚至假裝快樂好騙過我的主診醫生，讓他們中止我的治療。因為被他們抓去精神病院是我人生最不能忍受的事。

在上星期五，當我起床時，我對於自殺念頭的抗拒已經到達了極限，決定抹殺自己的存在。當天下午，坐在沙發的我拿出了一大支威士忌，並把整支威士忌灌進腸胃內，濃濃的酒精幾乎讓我立即昏過去來。我趁著還有少許意識，一口氣吞下了我所有的抗抑鬱藥、一大包鈉片和一瓶 NyQuil（感冒藥水），藥物一落到腸臟便發揮了作用，整個人仿佛墜進深海，意識一沉，我便失去知覺了。

當我找回意識時，便發現自己正在組裝一台遊戲機。

我身處在一棟很像我家的房子，但又有一種莫名其妙的陌生感。我坐在一張椅子上，面前有一台類似電視遊戲機的東西，而坐在我對面的，竟然是我 15 年來從沒有聯絡的高中同學 Jim。

我退後一步，望清楚眼前的機器。那是一台由兩個 16：9 的

遊戲顯示屏以對角組合而成的機器。我按下那台機器的開關掣。在兩個屏幕之間立即出現一台飛機的 3D 投射影像，原來是一隻飛行射擊遊戲，而且解析度非常高，非常清晰。

「這才是顯示器！你湊近一些，簡直和虛擬實景無兩樣。」我對 Jim 說。

「呃…當然，他們應該都十萬火急地研發它的了，但可惜他們仍然沒有 Enviroview。」

「Enviroview？甚麼來的？」

「Centack…Enviroview 啊。你不是開玩笑吧？」Jim 用懷疑的眼光望著我。

我對他投回傻傻的眼神。

「甚麼事啊。」Jim 搖頭嘆聲道。他示意我走到房間的中心，自己則走到電視機下方撥弄手機，對我說：「好啦，快點輸入你的 PIN。」

同樣，我完全搞不懂他在說甚麼。

「拿出你的電話！輸入你的 PIN！你在搞甚麼鬼啊？」他不耐煩地說。

　　我拿出我的手機，的確有一個新的通知要求我輸入密碼。我嘗試輸入我舊手機選用的密碼，嘩，竟然成功了。

　　一顆全息球體隨即由遊戲控制台發出，圍繞著我們兩個人，顯示出一個新聞廣播員和不同場景：海灘、山脈、城市⋯⋯

　　我簡直不敢相信我所看到的景象。

　　我喃喃地說：「這怎可能？Oculus Rift 和 Microsoft Hololens（兩種近年推出的虛擬眼罩）今次輸定了。」

　　「你在他媽的說甚麼？」Jim 質問道。

　　「Rift 和 Hololens！它們根本還沒有流行，所以這玩意沒有可能是真！」

　　我突然想起自己家中的狗。

　　「Jack 在哪裡？我的狗狗在哪裡？」

　　「你沒事吧？」

　　一陣觸電般的痛楚突然在我的腦海爆發，然後眼前一黑，我便昏了過去。

當我再次醒過來時，已經是星期六的早晨。我在我的床上醒過來，腦海一團混亂，有種糊裡糊塗的感覺。我的腦袋提醒要帶我的狗狗散步。我起床穿衣服，發現地上都是狗狗充滿泥濘的掌印。

「這真是奇怪。」我對自己說：「昨天明明是晴天。」

我看了看我的客廳，發現沙發上理應還在的威士忌、藥丸等統統不見了，取而代之，是五樽空的啤酒樽。我趕忙跑去浴室，發現所有藥丸和藥水都原封不動地放在藥箱內。

「這他媽的是怎麼一回事……」我完全不能解釋眼前發生的異象。

在無可奈何的情況下，唯有裝作正常地帶我的狗狗散步。

星期六的下午，姐姐來我家，和我一起帶 Jack 散步。當她看到我時，她來回打量了我數次。

「你看起來氣色很好！你有甚麼地方不同了？剪了頭髮嗎？還是吃多了飯？」

「沒有，沒有甚麼不同，至少我想不到。」

我倆在公園散步時，我姐對我抱怨她前夫的姐姐在

Facebook 對她惡言相向，公開指責姐夫的死是姐姐一手弄成，說她在姐夫生命的最後幾天，是如何不擇手段地抓住早該逝去的生命。

我沒有說話，也不清楚她在說甚麼，但我隱約察覺到在事情在這裡沒有好轉，反而姐夫的死以一種更恐怖的方式籠罩著我們的生活。回到家後，我把之後的時間都花在 Anthony Bourdain（《波登不設限》的主持）身上，有時看看別人環遊世界，總比沉淪在充滿不解的世界好。

星期一早上，我決定翻查行程表。理論上，今個星期二我約了一位在公園認識的女孩落酒吧，而星期四則要帶侄女去學校的實地考察旅遊。但在現在的「新行程表」，星期二變成了和女孩電影之夜，星期四更空了出來。我立即打電話給姐姐，問這星期四不是輪到我當學校的義工嗎？但是她卻說我根本沒有申請過到侄女學校當義工。

星期一晚上，我看了一整季和我原先看過完全不同的《路易不容易 Louie》第 4 季。

星期二（今天）早上，我去了另一個姐姐的辦公室，幫她維修電腦。當我到達時，她劈頭就問道：「你有甚麼地方不同了？剪了頭髮嗎？」

現在已經是星期二，經過半天的思索，我想我弄清楚整件事的來龍去脈，並決定寫下這篇文章。

我想我在星期四真的自殺了。

想起那些原封不動的藥包、離奇的雨後環境、變動的行程表、從未看過的劇集…所有線索都導向一個令人難以置信的結論，雖然聽起來很瘋狂，但這也是唯一合理的解釋，就是…**我的意識在我自殺那一刻去了平行世界。**

我第一次去的那個地方，雖然感覺上很似夢境，但如果我的理論是真的話，那個就是我 15 年來過著完全不同生活的平行時空，甚至連那裡的科技也比我們超前。但可能因為和過往的世界太不同，所以某些「系統」又把我彈走了。

之後，我的意識來到現在（你們）的世界。這個世界和我原先那個只有數年的不同，基本上完全一樣。但更可惡的是，它保留了我和姐姐因為姐夫的死而遺留下來的悲傷，甚至是更糟糕更惡劣的狀況，我和姐姐在這裡要為姐夫的死負上某程度的責任，但正正因為相同悲傷，我才可以在這裡生活。

簡單來說，即使自尋短見也沒有辦法逃離厄運，它只會帶你去一個更悲哀的世界。

現在回想起我離開了那個宇宙，姐姐還在那個宇宙獨自承受失去老公和弟弟的痛楚，便有一陣難以忍受的罪惡感由內心深處湧出來。最令人尷尬的是，我還好好地生活在另外一個世界。我之後又想起我的姐夫，又回憶起他離去帶給我們的悲哀，那麼他

現在又在哪兒？他是否又在另外一個宇宙醒過來？他會否再一次自殺？雖然我想我永遠都無法和他再會了。

但我現在想通了，如果生命真的是不可逃避的，我唯有好好地生存下去啦。

有些提倡正能量的靈性運動，如新時代運動（New Age Movement），很喜歡說我們生命路上遇到的考驗都具有意義，要我們去成長。筆者永遠都無法確定自殺是否真的會去別的宇宙，面對同樣的考驗，但希望這篇文章可以讓大家再次思索一下生命，感受一下它的意義。

NO.: #5/7

CASE: 空間錯亂——異空間和鬼打牆

SUBJECT:

時間倒流到筆者還在讀小學二年級的時候，那時筆者住在荃灣麗城花園二期的某座大廈——某座特別難被陽光照射到的大廈。這已經是我最大限度可以提供的資料了，雖然我已經搬走了很久，但也不想將來收到麗城業主立案法團的投訴信。

在那裡居住的日子對於我們一家人來說也不是甚麼美好的回憶，我和媽媽便體驗了下面的恐怖經歷，而且在姐姐身上好像也發生了很多很可怕的事情。雖然她一直對此閉口不提，但我媽說她那陣子「精神衰弱得幾乎要看心理醫生」。

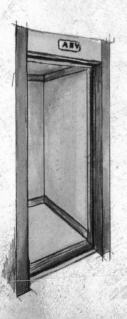

我和母親的經歷發生在某天下午，母親如常地到學校接我，然後一起在大廈大堂乘坐升降機回家。如果這是一個恐怖故事，我想我會加多些前奏，但可惜沒有，真實的恐怖往往來得像暴風般突然。

到達我住的樓層後，升降機門一打開，一陣濃霧便由門外湧進升降機內，朝我們撲過來。

一切都是由升降機門打開那一刻開始。

我還很記得那些怪異的濃霧，它既不像煙般嗆鼻，也不像霧般稀鬆，而是沒有氣味、慘白色、很濃厚很有質感，你一伸手進去便不見了那種。我和母親都被眼前的景象嚇壞，因為樓層的走廊都被那些慘白色的怪霧侵佔。

（欠缺常識的）我倆當初以為是火災，便立即跑到自己家的閘門前。因為我姐還在家中，如果真的是火災，她可能已經被煙燻暈。

我媽邊用手巾搗住鼻尖叫，邊由包包拿出鎖匙串，嘗試打開鐵閘，但鎖匙孔卻像塞了一件隱形的橡膠，怎樣也插不進去。

我知道大家在想甚麼，會不會是太過慌亂，弄錯鎖匙了？在別的情況可能是，但如果我們的鎖匙串只有 4 支鎖匙，而大閘那條是特別搶眼，但我們又用了數分鐘也不能打開大門，那麼我會相信是「別的外力」在阻礙我們。

我們見情況不妙，唯有走去拍別家的門。我的母親邊撕聲尖叫，邊用力拍打每一道鐵閘。我沒有跟著她拍門，因為那明顯是徒勞。我從小到大只要情緒（恐懼、興奮、悲哀）過了某一臨界點，整個人便會頓時失去反應。雖然這種怪病有時候會為我生活帶來不便，但大多數時候都幫我渡過難關。所以那一刻，我出奇地冷靜，並留意到周邊的事情比眼看的還詭異得多。

這「樓層」沒有人氣。

樓層仍然是我們家的那一層，鄰家每一道門也和我們住的那一層一樣，不會搞錯。唯一的詭異點是，**這層沒有人類的聲音。**有時候，即使樓層每一道門也是關上，或者夜深人靜，你在走廊仍然會隱約聽到一些電視聲、交談聲、小孩嬉戲聲，甚至只不過是一種「有人在這裡」的直覺感。

但這裡甚麼都沒有，只有母親的叫喊聲和拍門聲在詭異走廊迴響不已。除此之外，還有一陣由遠方隱約傳來的神秘轟隆聲。

一會兒後，我倆頹然坐在走廊上，你們不會明白對於一個一向講究潔淨的母親來說，這一舉動意味著她有多麼絕望。我們試過按升降機但完全沒有反應，也試過由防火梯逃走，但那裡的白霧比走廊還濃厚，像幅牆般吞噬了整條樓梯。如果我是電影的主角，我想我會想到更好的辦法，但可惜我不是。倒不如說在現實生活，人們在危難時的反應往往會比任何一部爛片主角還白痴。

我說不出這種情況維持了多久，三分鐘、十五分鐘，還是一個小時？

直到某一刻，我們之前沒有成功按亮過的升降機突然自動打開，升降機的燈光照亮整道走廊，我和母親馬上想也不想便跑進升降機，回到地下大堂。

故事到這裡也完結了。

以上是筆者的親身經歷，亦都因為這些經歷，筆者直到現在對鬼神或超自然事件永遠保持一絲敬畏，對當代科學所謂的「合理解釋」始終未能完全相信。

直到筆者長大後，才知道那次誤闖的白色空間便是老一輩常常談到的「鬼打牆」，或者近來網民喜歡說的「結界」，又聽聞可以身心健全由鬼打牆走出來的人少之又少。

嚴格來說，鬼打牆、鬼遮眼或結界均指類似的超自然經歷：受害人（多數一人，亦有兩人以上的例子）受到山妖鬼魂的侵擾，在腦海中造成幻象，使得眼前突然出現不可思議的障礙物攔路，例如巨石和高山，又或被困在某一地點（室內室外皆可）走不出來，在同一條路繞圈子。

鬼打牆並不只是古老傳說，現代也發生不少疑似鬼打牆案件，新聞亦都偶爾報導。例如在 2005 年香港西貢便有「丁利華失蹤事件」，休班探員丁利華在西貢行山時迷路，留下一則說自己在「奇怪地方迷路」的迷離電話錄音後，便從此人間蒸發。一個月後，另一名童軍領袖在西貢蛇石坳一帶行山。由於感冒不適而脫離同行隊伍，自此失去蹤影，大批人員出動也不見其蹤，但其屍體兩日後在同一地點離奇地找回。2015 年，台灣也有男大生因為抄小徑誤入嘉義山區公墓園區，聲稱遇上鬼打牆，怎樣也繞不出來墓仔埔，害得身體不自主地顫抖，要警方搜救。

在中國民間傳統，人們通常把鬼打牆怪罪於狐仙、黃鼠狼精等山精妖怪上（台灣又稱呼魔神仔）。而在中世紀歐洲人眼中，

鬼打牆則是女巫和惡魔作祟，詛咒無辜的途人所致，經典恐怖電影《死亡習作 The Blair Witch Project》便是其中一例。

當代科學家也蠢蠢欲動在鬼打牆問題上參一腳。德國心理學家 Jan Souman 就曾經提出當人蒙上眼睛或面對大片相似的景色（例如夜間的森林）時，耳朵負責控制肌肉平衡的「前庭系統 Vestibular System」會產生訊號偏差，使得一個人以為自己以直線行走，實際上卻以「隨機路線」前進，最終變成不斷繞圈子的鬼打牆。

縱使這一説法獲得眾多實驗支持，不少科學家把志願者放在田野、沙漠和密林也有相同的結果，但當我們翻查在民間流傳的鬼打牆經歷時，便會發現科學家單純地把鬼打牆視為「在同一地方繞圈子」是遠遠不足夠的，就像網民 theendishigh 的經歷。

好吧，各位爺們，我接下來説的經歷聽起來有夠瘋狂，但卻是千真萬確。在前幾天下午，我和女兒吃過午餐後，到附近一間士多買雪糕。我家離士多只有數幢大廈之遙，行經一條大直路便到達。

起初一切無礙，我和女兒買過雪糕後便回家。突然，真的是突然，因為我也説不出變化在何時發生，總之我和女兒一回神過來便發現自己在另一社區。這沒有可能！因為那個社區離我們原先的地方有數公里遠，而且中間沒有時間間隔。

同樣事情也發生在我老公身上。某天黃昏他駕車回家時，被困在鎮上一條馬路足足兩小時，原本不足一公里長的馬路變得好像有數百公里長，怎樣也走不完。當他終於「走完」馬路時，一轉彎便發現自己身處在另一個市鎮裡。這實在有夠詭異呢。

在上述例子，Jan Souman 的理論還未解釋到為何在單一直線的道路上，也會出現鬼打牆的現象。而現實上，不少坊間流傳的鬼打牆經歷也是發生在「不可能繞圈子」的地方上。那些地方要麼有清晰的路標，又或在簡單結構的建築上，例如商場、樓梯，甚至家中。筆者一名大學同學便曾經單獨在家時，被困在家中的走廊，明明門口就在面前，卻永遠回到走廊裡。這種情況足足維持了數十分鐘。

所以暫時看來，現今科學還未能給予鬼打牆這一超自然現象一個充分的解釋。但除了神鬼之說，我們還有沒有另一條路呢？沒錯，就是我們本章的主題：母體的錯亂 Glitch。

當我們談母體錯亂，除了沉浸在「控制世界的電腦系統出錯」這一解釋外，我們還會嘗試尋找一下「較科學的解釋」。這裡指

的「較科學的解釋」當然沒有真正科學那麼嚴謹，反倒像科幻小說般，看看有沒有當代科學理論能「類比」或「借代」我們討論的現象。

以鬼打牆作例子，除了把它想像成「控制地理位置的電腦代碼出現錯亂」外，我們還可以借代現代一些黑洞科技。我們所知的鬼打牆其實有點像「異空間」，即是受害人並不是在我們身處的空間遇上鬼打牆，而在「另一個空間」，純粹那個空間和我們的看來很相似。

根據當代科學，我們是有可能製成一個黑洞並利用暗物質穩定黑洞中心，讓活物穿過黑洞而不被它的引力撕裂（但這會需要好幾個星球的能量，和 N 種我們還未掌握的技術罷了）。到達黑洞的另一端，我們可以見到一個剛剛誕生的微型宇宙，又或「平行世界」。

所以鬼打牆的元兇會否是微型黑洞呢？我們以為極之高難度的技術其實偶爾會在自然發生？那些遇上鬼打牆的受害人其實都是誤墮微型宇宙，甚至去到「平行世界」呢？筆者知道這聽起來很瘋狂，很不科學，但當你們看過下面網民 frankz0509 的經歷之後，難免對世界的運行方式又抱有多一份懸念……

我的「Glitch」發生在 4 年前，而那一次的經歷也改變了我對整個世界的看法。

　　我是一名兼職高中老師，並且負責校內的義工活動。那一次，我和數個老師帶同十多位學生到位於菲律賓納蘇格布山（Mt. Batulao）的一所難民營進行義工活動。由城市到山區難民營全程需要 8 小時：6 小時車程、2 小時爬山。沿途雖然風光明媚，但路途卻十分險峻，殘舊的巴士在崎嶇不平的狹窄坡道上顛顛巍巍，弄得車內的人叫苦連天。

　　當天我們在清晨 6 時出發，下午 2 時才到達營地。為了方便之後的講述，容許我先說一下營地的結構。我們當晚居住的地方是一棟頗殘舊的宿舍。整個營地有兩大間宿舍房，而每間宿舍房也裝設了 4 至 6 道大窗戶，而我床邊的窗戶剛好望著無邊無際的高原草地。

　　兩間大宿舍房分別建設在山坡不同高度的位置上，由一道長長的木樓梯連接起來，而樓梯的盡頭則是營地的大禮堂，大禮堂位於山坡的頂部，剛好在懸崖峭壁的旁邊，底下便是深不見底的峽谷。

　　開始時，一切都安然無恙。我們到宿舍房卸下行裝後，就到大堂準備當晚的活動。我還很清楚記得到達後，我第一時間便問我的同事兼好友 Pablo，有沒有多出來的肥皂，因為我忘記了帶。Pablo 和我相識多年，我們上同一所高中，同一所大學，畢業後在同一所高中當教師。我高 5 呎 11 吋，而 Pablo 卻有 6 呎 12 吋高。他有一身古銅色肌膚，和一個軍裝小平頭。我之所以這樣說是因為想表達我對他瞭若指掌，任何微小的怪癖也一清二楚。如果他有任何改變，我也會第一時間察覺。

那一晚的行程暢順無阻，晚餐、玩耍、祈禱、冥想、分享經驗（註：筆者近日在看一本器官販賣的書，裡頭的作者也提及他和學生會在營地冥想，筆者想這就是文化差異罷了…）直到凌晨3時，待燃料都耗盡時，我們才陸續上床睡覺。

而 Glitch 也在這時候發生。

臨睡前，我把鬧鐘設定在清晨5時，這樣我便可以早些為學生準備早餐。設定好鬧鐘後，我便倒頭大睡。

當我再次睜開雙眼時，卻驚見電話上顯示的時間已經是早上9時32分。我慌忙由床鋪上彈起來。「吃狗屎了。」我心想：「為甚麼我的鬧鐘沒有把我吵醒？」

但奇怪的是，當我環視四周時，卻發現房內只有我一個人。

我走到每張床看看，以為他們還在睡覺，但沒有，半個人影也沒有。我在想大家都可能已經在禮堂，於是立即拿出衣服和毛巾，輕跑到宿舍房內的浴室，準備梳洗。這時候，我才察覺到事情並不尋常。

很光，很光亮，由窗外射進來的白光光得近乎怪異。

我走近窗戶，而映入眼簾的景象恐怖得使我畢生難忘。

虛無，純白，無盡，空白。

我很難確切形容眼前的景象，但「虛無」是最接近的形容詞。我尖叫著衝向大門。但當我拉開大門時，再一次迎接我的，仍然是「虛無」。原本通往上方禮堂的木樓梯，已經消失在「虛無」中。整間宿舍房仿佛被一間無窮大的白色房間吞噬了，房間大得已經分不清哪裡是牆，哪裡是天花板。

只有白色的光。

恐懼已經不足以形容我當下的感受，我的睡衣早已被汗水弄得濕透，心跳快得像隻發狂的兔子。我拿出我的手機，嗯，沒有訊號。我開始想這一切只不過是一場夢魘。我使勁地掐我的臉頰，用力地咬我的手指。很痛，這不是夢境。至少我的夢境從來不會真實得可以感到皮膚下的血管被撕裂時的痛楚。

10 時 02 分，已經過了 30 分鐘，但窗外仍然是那片恐怖至極的「虛無」。

我坐回床上，開始閉上眼睛祈禱。我本身沒有特定的宗教信仰，但那是我唯一剩下可以做的事情。我喃喃地吟誦起主禱文來，一遍又一遍，不知多少遍後，我的意識再次溜入夢鄉。

我在半小時後醒過來。我起身時瞥一眼手機，上面寫著「10：32」，而且訊號也回來了。我立即回望身後的窗戶，那些風光

明媚的山景和柔和的陽光也一併回來了。我跌跌撞撞地走到大禮堂，嘗試在人群中找尋 Pablo 的身影，但在那裡等我的卻是一名高大、皮膚白皙的男人。

「老兄！你去了哪裡？我們找了你好幾小時了。」那個男人說。我起初以為他是其他團體的幹事，所以便不以為然，跟著他走。他說他們由清晨 5 點發現我不在床上便開始找我。理所當然地，整個營地也找不到我的身影。我對那個男人說自己的經歷後，我們都嚇壞了，但由於當天還有很多事忙，所以我們也很快分開了，沒有再討論下去。

直到現在，我也不知道那處虛無究竟是甚麼地方。但我想和大家說，**真正詭異的事情還在後頭。**

幾小時後，那個男人再次走過來，用一種很熟絡的語氣對我搭訕。我開始留意到無論那個男人的走路姿勢、身高、骨架、眼神⋯全都和 Pablo 很相似，甚至幾乎一模一樣。我立即望向他掛在胸口的職員證。

天啊，真的寫著 Pablo，還要是非常清晰那種。

這男人他媽的是誰？為甚麼 Pablo 會由運動型變成文青？我那一刻努力壓抑內心的恐慌和震驚，不讓它們浮現在臉上。我裝作若無其事地和眼前的「Pablo」聊一些只有我們知道的話題。這個男人不單只可以流利回應，清楚我們以往每一次經驗，而且連口頭禪也和我認識的 Pablo 完全無異。

　　換句話説，這名陌生男人真的是 Pablo，但又不是我原來認識的 Pablo。

　　還有另外一件事，我臉頰的瘀傷在我離開那處「白色區域」時，仍然留在我臉上好幾天。所以，那並不是一場夢魘或者夢遊。

　　這次事件已經是 4 年前的事，現在我已經 30 歲，仍然無法為當天的事找到合理的解釋，我想自己誤入了某些平行空間。另一方面，我已經接受了那個新的 Pablo。雖然他的外表和某些經歷也和我認識的 Pablo 不同，但大體而言，仍然是那個友善的老朋友。

　　除此之外，當我回到家時，我發現所有朋友和家人也跟 Pablo 一樣，發生了一些顯眼但又不至於差之千里的「小轉變」。相對地，他們也會不時向我投訴，説我好像變了別人似的。

　　每當我和別人説自己的故事時，每個人的反應也不一樣，有的認為我在胡扯，有的説我患上精神病，有的卻對我的故事深信不疑，但無論如何，任何人也沒法為那個「白色空間」找到一個合理的解釋……

NO.: #6/7

CASE: 次元錯亂──多元宇宙學

SUBJECT:

時間是 1954 年，地點是東京國際機場。為了方便講述接下來的奇異事件，筆者需要你幻想一名入境處職員，男女老幼沒有關係，只要你喜歡就好了。為了更方便點，我們不妨叫那名入境職員做深川鈴（如果你堅持那名入境職員是男，就叫南佳也）。

這天東京國際機場一如以往人潮如鯽，入境大廳喧鬧忙碌，深川鈴隸屬的入境部門被源源不絕的遊客弄得焦頭爛額。深川鈴臉上雖然掛著笑容，口中不斷吐出陳腔濫調的問題：「你為甚麼要來日本？」、「有沒有帶違禁品？」，但靈魂其實早飛到九霄雲外，反正那個年代還沒有恐怖分子，來的都只是平凡遊客，隨手蓋個入境印章在護照上就好了，可以有甚麼差錯呢？

就在此時，一本奇怪的綠色小簿突然出現在她的櫃檯。

這本綠色小簿就像一巴掌打過來，讓深川鈴從遊魂狀態中倏然驚醒過來。甚麼……？這是甚麼國家？深川鈴納悶地想。雖然她只有數年工作經驗，但都足以讓她學懂分辨世界各地的護照。然而她手上這本寫著「陶瑞德國 TAURED」的護照，不要說沒有見過，甚至連聽也沒有聽過。

她抬起頭狐疑地望向眼前的男子。那名男子是一名中年白人，穿著一套剪裁合宜的西裝，怎樣看也是一名平凡的生意人。

就像所有旅客般，他的表情雖然不耐煩，又不至於驚慌，仿佛他認為自己成功過關是理所當然的事。

太詭異了…深川鈴按下藏在櫃檯下的按鈕，於是一幫入境職員便立即把那神秘男子帶進不遠處的審問室。

於是，錯愕的海關官員開始審問這名錯愕的男子。那名白人男子的母語是法文，卻操得一口流利的日文。他開始憤憤不平抱怨說他多年來在日本和歐洲間公幹，從未遇上那麼無禮的事。

「先生，我們明白你的不滿，但問題在於你的護照。」

「甚麼？我的護照有甚麼問題？」

「我們恐怕…沒有聽過這個國家。」

「甚麼？你們的腦袋被原子彈炸壞了嗎？陶瑞德國已經有一千多年歷史了！」

「那麼你可以指出它在世界地圖哪處？」

「為甚麼你們這幅世界地圖那麼奇怪？是中世紀的貨色嗎？應該在這位置……」

那名男子指出位於法國和西班牙之間，一個叫「安道爾親王國 Principality of Andorra」的小國。

「先生，這不是開玩笑。我們懷疑你偽造證件。」

「我說你們鬧著玩才對！你看看！每一頁都有我一直出入日本和歐洲各國的蓋章，這可以造假的嗎？」

那名男子再由口袋掏出一疊銀行支票簿、駕照、身份證。每一樣都印上「陶瑞德國」的國徽，入境職員還察覺到上面有隱形防偽標誌。

「有人可以告訴我這他媽的怎一回事嗎？」

房內所有人默不作聲，只剩下一陣不詳的沉默。負責審問的入境職員意識到這問題已經超出他們能力範圍，於是打電話給東京的警局，要求特別警察前來，並命令兩名職員押送陌生客到附近一間酒店房內，在門外守候直到特警來到。

數小時後，當數名特警趕到酒店打開房門時，<u>卻發現那名男子早已人間蒸發</u>，不留一點隨身物，只留下空蕩蕩的客房。最讓他們困擾的是，酒店房位於大廈的 15 樓，只有一道狹窄的窗戶。除非他懂得穿牆飛天，否則沒有可能逃走。

自此之後，再沒有人聽過那名男子的下落，也沒有人知道究竟陶瑞德國是否存在。或者應該說即使它真的存在，也只能在平行時空上存在……

三種平行宇宙理論

根據宇宙學原理，我們眼前這個浩瀚無垠的宇宙只能叫「可觀測宇宙」，而這「可觀測宇宙」只佔整個「真正的宇宙」很少一部分。這是由於宇宙在一直在膨脹，再加上光速是固定，使得宇宙過於遙遠的區域從大爆炸以來所發出的光線根本未有足夠的時間抵達地球，所以我們便無法觀測它們。至於「可觀測以外宇宙」究竟是怎麼？它實際有多大？我們所知的其實不多。

有科學家利用數學模組推論，由於這片未知空間的宇宙物理常數和我們的相同，所以很大機會有「另一個有生命的星球」存在，但居住在那裡的生物粒子成分和我們的就未必相同了，例如我們的身體主要由碳原子構成，而它們的可能是硅原子。在最極端的情況，「可觀測以外的宇宙」甚至有「另一個地球」的存在，裡頭有一個「和我們一模一樣的分身」。

這是第一種平行宇宙理論。

第二種平行宇宙理論是根據「泡沫宇宙理論」。根據該理論，我們宇宙的誕生是從另一個宇宙的「量子泡沫」中萌生出來。這些量子泡沫在隨機的空間和時間點產生，微小的量子泡沫可能膨脹一會兒就破裂消失，但偶爾有些泡沫膨脹時間很長，長得足以形成另一個宇宙。

換句話說，「真正的宇宙」就像一片大海，我們身處的宇宙就像大海裡的一個小氣泡，但這片大海還有很多很多很多氣泡

同時存在，而這些很多很多很多氣泡還會萌生出很多很多很多氣泡，每一個氣泡就代表一個全新的宇宙，因此便有了大得難以想像的多元宇宙出現。

這類型平行宇宙的物理定律和我們大致相同，但物理常數（例如氣體常數、引力常數）卻可以有很大差別。而這些差別足以產生像《愛麗絲夢遊仙境》般瘋狂無序的世界。你想像到在我們這個「正常的世界」外，還有數千萬個「瘋狂宇宙」等著我們嗎？

至於最後一種平行宇宙理論，亦都是動漫小說最常見的一種，就是量子力學的「多世界註釋」。要解釋量子力學的平行宇宙，最通俗的做法莫過於用筆者在第四節提及過的「薛丁格的貓 Schrödinger's Cat」做例子。

更有趣的是，在「多世界詮釋」的觀點中，每一個宇宙都像別的宇宙一樣真實和客觀。生活在每一個宇宙的人都會口口聲聲說他們的宇宙才是真正的宇宙，而其他平行宇宙則是想像和客觀。

這是第三種平行宇宙理論，亦都是我們今天的主角。

平行宇宙狂想曲

你或者會問既然平行宇宙是可能存在，那麼我們可以在它們之間穿梭嗎？

答案是：「可以。」

以第一、二種平行宇宙理論為例，要穿梭到那類平行宇宙其實只是時間和空間的問題。近年科學家紛紛提出各種星際旅遊的假想方案，例如利用暗能量穩定蟲洞、建立一個嬰兒宇宙、製作超光速推進器…或者像《銀河便車指南》中，直接控制測不準原理來跳躍到別的星際空間（根據量子理論，你是「可以」突然「咻」一聲在臥室消失，然後又「啪」一聲瞬間轉移到火星，只是機率問題，而那艘飛船透過控制該機率來飛行）。

以上的方案都是物理定律許可，是我們現今的科技和經濟不容許罷了。你可以做美國總統嗎？可以，只是你的腦袋和樣子不容許罷了。

至於穿梭第三種平行宇宙，它的困難性比前兩者還高。雖說所有可能世界和我們共同存在，而且就充滿在我們的臥室，只是我們看不到罷了。這是由於一旦兩個波函數相干，彼此不再同相，就不能再疊合。

諾貝爾獎得主史蒂文·溫柏加就用了一個簡單（且合符人類語言）的比喻：他把量子平行宇宙比喻成無線電波。我們大氣中雖然有幾百個不同頻譜的無線電波，但我們收音機仍然每次只能播放一個

<u>電台</u>，你明白了嗎？

但是，筆者不知道史蒂文是有心或無意，因為在某些特殊情況下，收音機的確可以同時聽到兩個電台……

我們的世界亦可和別的世界重疊。

縱使歷史書不會記載，但民間流傳關於平行宇宙的傳說實在多不勝數，例如筆者在文章首段提及的「陶瑞德國」就是另外一個平行時空的經典傳說。

更加有趣的是，陶瑞德國並不是唯一一個「平行宇宙的國家傳說」，在 1851 年的布蘭登堡，德國警察盤問一名行跡可疑、隨街遊蕩的男子。那名男子自稱 Joseph Vorin，<u>來至一個叫「拉薩尼亞 Laxaria」</u>的國家，而那個國家在一塊叫「薩克爾 Sakria」的大陸上！那些警察當然聽得一頭霧水啦！因為這些地方根本沒有在我們地球出現過。但傳說來到這裡便結束，至於那名男子下落如何，則沒有記載。

另一宗案件發生在 1905 年，巴黎巡警在街頭拘捕了一名偷麵包的小混混。但當巡警盤問那名小偷時，卻發現他不會說法文。更加正確的說法，<u>他說的語言根本未曾有人聽過</u>！於是巡警把他押到警局再作調查。

經過永無止境的盤問，警察們才隱約明白眼前這名神秘男子

來自一個叫「利沙比亞 Lizbia」的國家。然而，這對揭開男子的身份毫無幫助，因為根本沒有人聽過這個鬼地方！有警員猜想那名男子指的會否是「里斯本Lisbon」，並找來一名葡萄牙翻譯員，但始終陷入死胡同。最後在無可奈可的情況下，警察們唯有放走那名男子，那名男子在之後亦沒有再在巴黎出現過。

這些都市傳說除了聽起來令人覺得驚奇外，還帶出了一個很有趣的問題：假若平行宇宙真的存在，那麼他們的世界觀曾是怎樣？國家地理會怎樣分配？文化語言有甚麼分別？你要知道一宗歷史事件微小的差別都可以帶來大相逕庭的結果。

科幻小說《高堡奇人》探討的正是這個可能性。在這本書中，作者描寫了一個在我們眼中匪夷所思的世界。那個世界因為美國總統羅斯福被暗殺，確立了美國孤立主義，引致最後被日本和納粹德國瓜分成三塊的下場，軍國主義和種族主義成為主流思想。更加諷刺的是，故事中有人寫了一本被禁的科幻小說叫《沉重的蚱蜢》，裡頭講述「假如」納粹德國戰敗，世界將會如何美好和自由的景象。（順帶一提，有迪士尼陰暗論指《大英雄聯盟 Big Hero 6》的故事設定便是二戰後，由大日本帝國統治美國的平行宇宙。）

當然，單憑小說家的幻想並不足以滿足我們對平行宇宙的好奇心，而且關於平行宇宙的都市傳說也不只有陶瑞德國和拉薩尼亞，以下這宗「平行時空的披頭四錄音帶 Beatles in Parallel Universe」和「加大安敦峽谷案 Gadianton Canyon」便告訴大家平行宇宙可以是一個很恐怖又有趣的地方。

案件 1　如果披頭四沒有拆夥的話⋯⋯

　　披頭四（Beatles），一支來自英國利物浦的四人搖滾樂團，亦都是被喻為史上最偉大、最具影響力的搖滾樂團。披頭四在 1960 年成立並在 1970 年解散，成員包括 John Lennon、Paul McCartney、George Harrison 和 Ringo Starr。在短短十年期間，Beatles 不單寫下無數經典歌曲，例如《Yesterday》、《Let It Be》、《Please Please Me》，同時他們是第一支紅得可以「世界巡迴演唱」的樂隊。後來世人稱呼這股足以震撼整個音樂文化、潮流服裝、社會議題的熱潮為「披頭熱 Beatlemania」。

　　可惜在 1970 年 4 月，傳聞是因為隊內嚴重不和的關係，Paul McCartney 突然向外界宣佈「暫時離開披頭四 Break with the Beatles temporarily」。在同年的 12 月，Beatles 也正式宣佈解散。解散之後，四人雖然有分別合作或出特輯，但再也沒有同台演出或像往時一起創作音樂。之後在 1980 年，John Lennon 在自宅門口被一名狂熱粉絲刺殺身亡，一眾粉絲內心對他們復合這個渺小的希望也和 John 一同逝去。

　　但如果筆者對你們說在某個平行時空，Beatles 不單只沒有拆夥，還出了好幾張專輯，繼續他們的世界巡迴演唱，那麼你又信不信呢？

　　在 2009 年，一名叫 James Richards（假名）的美國男子突然開了一個叫「The Beatles Never Broke Up」的網站。在網站裡，James Richards 説自己在某天誤闖了一個平行時

空，並在那裡偷取了一盒從未在我們世界錄製過的 Beatles 唱片《Everyday Chemistry》。為了證明自己的説詞，James 除了上載了唱片的相片和音樂外，還寫下了自己的異空間經歷。

時間是 2009 年 9 月 9 日。居住在加州的 James Richards 在那天帶同他的狗狗在特洛克市（Turlock）西邊一帶遊車河。特洛克市鄰近荒地和沙漠，所以公路兩旁盡是奇異的岩石和光禿禿的山脈。

就在他們駛到 Del Puerto Canyon Road，坐在前座的狗狗突然作勢要上廁所，James 唯有把車子停泊在一個露天停車場，讓狗狗下車小便。誰不知狗狗一下車，注意力便被一隻正在跑跳的兔子吸引過去，牠馬上興奮地從後追趕，走得老遠。

原本站在車旁的 James 轉眼間便發現狗狗已經跑到 40 多米外的荒地，於是馬上隨後跑上去。就在追逐途中，James 說自己不慎跌入了一個兔洞內，迎頭撞上碎石，眼前一黑，頓時失去意識。

當 James 醒過來時，發現自己躺在一張床上，身處在一間類似睡房的房間內。之所以用到「類似」這一詞，是因為房間除了正常睡房的擺設外，還有數台從未見過、既龐大又笨重的古怪機械。正當迷茫的 James 想探頭望一望窗外的情況時，身旁的木門已經打開過來，他的狗狗伴隨著一名陌生男子走進房內。

那名陌生男子自稱 Jonas，大約 6 呎高，留有一把烏黑色的頭髮，穿著一套設計簡潔但有點骯髒的便服。Jonas 看見 James 醒過來後，便友善地為他打理傷口。在一番簡單的慰問後，James 終於按捺不住，鼓起勇氣問那名男子：「我究竟在哪裡？」

那名男子起初想迴避問題，辯稱這裡是附近的農屋，但 James 有印象事發地點周圍數公里內也沒有農屋。於是在 James 不斷質問下，那名男子態度終於軟起來。他帶 James 來到睡房其中一台古怪機械前，娓娓道來所有事情的來龍去脈。

那名男子說，他們身處的地方其實是「另外一個地球」，亦即是平行時空。Jonas 在發現 James 時，他正在「我們的世界」進行時空旅遊，碰巧遇上昏倒在地上的 James，Jonas 馬上上前搶救，但無奈附近沒有好的憩息處，又不知道最近的醫院在哪，唯有先把他帶回「他的世界」。

聽到這個如此驚駭的解釋後，James 立即連珠炮發地問關於平行時空的種種。在半推半就下，Jonas 慢慢地把餘下的細節也一併說出來。

　　原來在 1950 年，美國政府正面臨一個十分關鍵的決策：究竟應該把資金投放在 NASA 的太空計劃上，還是一個叫「ARP-D」的平行時空研究上？在我們的世界，美國政府選擇了 NASA 的太空計劃，而在 Jonas 的世界，則選擇了後者。

　　結果顯而易見，他們的世界抽到了價值最高的樂透獎。

　　到了 2009 年，穿梭平行時空的機器在他們的世界已經變得相對便宜和普及，就像私人遊艇般，雖不是人人也有一台，但絕對不是沒法購買。另一方面，就像所有的運輸工具般，平行時空的機器也有一定危險性。

　　Jonas 解釋道，理論上世界有無數個平行時空，但只有非常少被（他們的）人類開發。所以一旦機械出現差錯，把你傳輸到錯誤的維度，你便有機會立即由高處墮跌跌死、被湧進來的海水溺死、誤入工廠被猛火燒死、被氣壓差異殺死⋯或者一些更可怕的東西。有見及此，政府只准公眾在一些已確定安全的維度內進行傳輸，甚至限定只能傳輸到某些指定地點。

　　Jonas 補充說其實在很多世界中，人類甚至從來沒有出現過，那些都很適合用來安置過多人口、開設危險工廠或作旅遊業之用，而 Jonas 正正受聘於一間旅遊公司。據悉，他們的旅遊公司正研究新的產業線，努力尋找一些類似他們世界但又未被其他同行霸佔的維度，亦即是我們的世界。他在這次測量途中，碰巧遇上了昏迷的 James。

在大約了解現況後，Jonas 和 James 興致勃勃地比較起兩個世界的分別來，食物、文化、科技、政治…最後，他們談及起音樂來。James 驚訝地發現即使兩個世界在 1950 年後的發展差之千里，有部分後來出現的樂團和歌手仍然存在在這兩個時空。但最讓 James 震驚的是，在這世界……

Beatles 竟然從未拆夥，甚至連 John Lennon 也沒有被自己的粉絲殺死。

「你意思指他們仍然健在？」James 張口結舌地問道。Jonas 點頭答是，並說他的弟弟才剛剛看完他們的巡迴演唱會。

之後，Jonas 帶 James 來到客廳，客廳的書架上放了一排又一排的錄音帶和錄影帶。James 在網站寫道在 Jonas 的世界，CD、DVD、MP3 等東西沒有普及化。取而代之，他們改良了錄音機的設計，使得它比我們以前用的輕便和高音質。

Jonas 由書架拿出了一整箱 Beatles 的錄音帶，當中只有《Sgt. Peppers》是正貨，其他 6 盒都是盜錄得來，<u>有 4 盒更是在 1970 年後推出</u>。但那時候我們的 Beatles 已經拆夥了，除了由音樂公司弄出來的合輯外，四人並沒有再像以前一起創作。

換句話說，那 4 盒是平行世界存在的關鍵證據。

他們播放了那 4 盒奇妙的錄音帶，房間迴響著那些我們無法得知的 Beatles 歌曲。Jonas 說那些歌曲雖然沒有他們剛出道那些好聽，但仍然保留了 Beatles 的風格。正聽得興起的 James 突然靈機一動，興奮地問 Jonas 可不可以幫他錄製一盒，好讓他帶回到我們的世界（炫耀）。James 當時心想這些無傷雅興的要求，應該沒有甚麼問題吧⋯⋯

但 Jonas 卻嚴厲聲詞地拒絕了。

「不，你絕對不能帶任何東西回到你的世界。不准拍照、不准錄影、不准拿手信、任・何・東・西・也・不・准。」James 形容那一刻 Jonas 的表情由友善突然變得很嚴肅，甚至有點猙獰。當 James 追問為甚麼不能時，Jonas 卻拒絕回應，閉口不言。

被拒絕的 James 很不甘心。於是趁著 Jonas 走開時，他迅速地隨手偷走一盒 Beatles 的錄音帶並塞入褲袋內，再重新排佈箱內的錄音帶，好掩人耳目。直到他們吃過晚餐，Jonas 用平行世界穿梭器，把 James 送回我們的時間時，James 的偷竊行為也沒有被人發現。

當晚 James 回到家後，唯恐 Jonas 不知何時會回來取回錄音帶，於是他趕忙把錄音帶的照片和音樂上傳到網上。這也是 The Beatles Never Broke Up 網站的由來。

現在，大家仍然可以在 <u>YouTube</u> 聽到這盒 James 所謂由平行世界帶回來的錄音

帶。James 說這盒錄音帶應該在 1970 至 1980 年間錄製，亦即是 Beatles 解散後的頭十年，但詳細他也不太清楚。

James Richards 事件已經時隔 6 年，有不少音樂人也曾經聽過這盒錄音帶。他們的意見並不一致。有人說錄音帶全部歌曲都是一些從未正式被音樂公司取用的歌曲；也有人說它們只不過是某些舊歌的變音版本，甚至也有人說根本是一些歌手模仿 Beatles 唱出來。因為筆者本身不太熟悉 Beatles（好吧，筆者根本不熟悉音樂），所以也寫不出甚麼評論來，真偽唯有請教大家。

案件 2　加大安敦峽谷的怪人怪車

加大安敦峽谷位於美國猶他州艾昂縣以北，在埃斯卡蘭特沙漠旁邊，連接 56 號公路，全長大約 9 英里。加大安敦峽谷並不是一般的峽谷，那裡的岩石高大得像史前巨人，岩石顏色像鮮血般火紅，形狀如癲癇病人般狂亂，凹陷的表面看似一張張猙獰的面容。這些可怕的雕像緊貼在公路兩旁，形成一幅可怕的油畫。

在案件發生前，加大安敦峽谷一帶已經以鬧鬼聞名。根據《摩門之書 The Book of Mormon》的記載，這區域居住了一群可怕的盜賊，叫加大安敦盜賊（Gadianton Robbers）。他們在耶穌降世前已經盤據在這山谷一帶，以打劫路過的商隊為生。他們會騎著古怪的馬匹由陡峭的岩壁直衝下落，殺人一個措手不及。縱使這傳說已經是好幾百年前的事，但居住在附近一帶的原住民相信那群盜賊仍然在四周徘徊，而且那裡的確持續發生神秘

失蹤案，不論是私家車或貨車。

　　這次的故事發生在四名路經此地的女大學生身上。為保障四名受害人私隱，她們的名字早已被官方抹去，但為了方便接下來的描述，我們隨便安排四個名字給她們：凱莉、莎曼珊、夏綠蒂、米蘭達（有人猜到她們是出自哪套美劇嗎？）。凱莉和莎曼珊是姐妹關係，夏綠蒂是她們的表妹，米蘭達則是莎曼珊的朋友。四人同樣在南猶他大學上學。

　　那天晚上，四人在皮奧奇看完牛仔比賽，正駕車返回大學宿舍。那年是 1972，當時的大學宿舍還是很保守，會實施門禁，特別是女生宿舍，所以四人份外匆忙，希望在晚上 12 點前趕回宿舍。

　　她們踏上 56 號公路時已經十點鐘，夜色籠罩大地。負責駕駛的凱莉原本沿著明亮的主要幹道行駛，但當駛到分岔路口時，女性的直覺（一種害人的玩意）突然對她說穿過沙漠好像能更快返回宿舍，於是毅然把車轉左，駛進這片沒有街燈、漆黑一片的神秘峽谷裡。

　　車上另外三人對於駛進這條鬧鬼公路沒有異議，因為她們正忙於嘰哩呱啦討論哪個男同學較好這一世紀問題上，而且可以較快返回宿舍，何樂而不為呢？對於公路兩旁那些愈逼愈近，甚至高得遮蓋天際的怪物岩石，她們好像絲毫沒有留意。

　　突然，凱莉覺得車前的環境好像有點不妥，車頭燈反射的光

比數分鐘前明亮。仔細一看，驚訝地發現原本鋪上瀝青的黑色公路不知甚麼時候變成一條平滑潔白的水泥路。再抬頭一望，峽谷奇形怪狀的岩石也突然消失不見，取而代之是一大片綠油油的莊稼地和松樹林，遠方乾涸的河床也變成一潭清澈的湖水，映照出月亮的倒影。

四女都被車外的景色嚇呆，因為艾昂縣絕對沒有可能有田園風景，最近的草原要到旁邊縣城，但那需要至少三小時的車程。

「這裡沒有可能是艾昂縣。」莎曼珊不耐煩地說：「你是不是走錯路？」

「有可能吧。我想我們應趁早折回。」雖然凱莉口頭附和，但內心打死不承認自己走錯路，明明剛才只有直路一條，哪裡可以出錯呢？

縱使她們匆匆沿路折返，但半小時過後仍然找不回大峽谷的路，仿佛數公里的岩石群突然憑空蒸發，放眼四周只有寂靜的草原，不安的氣氛開始在車內蔓延。

「我們天殺的究竟去了甚麼地方？」夏綠蒂聲線顫抖地說。

「看看這邊！那邊有座建築物！」莎曼珊指出窗外。果然在公路不遠處有座明亮的建築物。那建築物的外型看似是一間酒館，屋頂有一排霓虹燈，五顏六色的霓虹燈交纏成一幅奇怪的圖

畫（事後才發現那是異世界文字）。

「我們不如停在那裡求救？」凱莉提議，其他人點頭同意。

她們把車泊在建築物的停車場。就在她們準備下車之際，<u>建築物前門突然跑出數個高大的人影</u>。她們也瞥到建築物內好像發生了一場奇怪的小騷動，人們紛紛衝到窗前，有的人在揮手、有的在拍窗、有的人在叫喊，好像很興奮似的。但無論如何，他們議論的對象是她們四人和車子無錯。

「那裡看似很多人啊。」米蘭達戰戰兢兢地說。

「不知道有沒有小鮮肉呢？」莎曼珊輕笑說。

「我去問一問他們如何返回主要幹道。」凱莉說，然後從皮包拿出一支口紅。

明顯地對於女生來說，打扮是沒有危急關頭與否之分。

四人靜靜坐在車上，望著那些由建築物走出來的人群慢慢朝車廂走近。<u>那些人的外貌在陰影中模糊不清，步姿也有種說不出的畸型</u>，四人以為他們喝了酒才步履蹣跚。但當他們走到車前的燈光時，四人才驚覺自己大錯特錯，她們不約而同地發出歇斯底

里的尖叫聲。

那些東西絕對不是人類。

文件中沒有記載那些生物的確實外貌，只知道他們雖然有人類的外型，但絕對不是人類，亦不似世上任何一種已知的生物。那一刻，四名女生才醒覺建築物裡頭的「人」不是興奮，而是恐慌和憤怒，就像她們一樣。

「走啦！！！！」臉上血色盡失的夏綠蒂尖聲吶喊，嚇得凱莉由恐懼中驚醒過來。

凱莉馬上踩盡油門，引擎發出幾聲怒吼，汽車飛速往前奔，馬上逃離這座詭異得荒謬的神秘建築物。凱莉把車子駛回水泥路，瘋狂地極速狂奔。不久，身後那座建築物在倒後鏡中愈來愈小，最後只剩下一團光點。

但當她們以為鬆一口氣時，數道強光突然從車後照進車廂內，弄得她們一時睜不開眼來。

凱莉從倒後鏡一望，只見四輛迷你橢圓形的奇怪汽車從後趕上。那幾輛汽車的外型活像脫了殼的雞蛋般潔白而平滑，而且只有三個車胎，前二後一，還有一顆大大的車頭燈掛在車頭前。從我們的角度來，那些汽車就像科技展裡那些有錢人的玩意，沒有甚麼大不了，但在 1972 年的女子眼裡，它們可是怪物般的存在。

「天啊，他們追上來啦！」夏綠蒂低聲啜泣。

「快！快！快！快點啦！！」莎曼珊則像性高潮般叫喊。

這時時速計的指針已經揮到每小時 80 公里，車胎在地面摩擦時發出像怪物的尖叫聲。縱使如此，那四輛銀蛋車仍然輕易而舉跟貼在她們車後。幸運的是，她們已經看到紅色的大峽谷就在前方，路面也慢慢變回瀝青路。不久，後頭那四輛銀蛋車也消失得無影無蹤。

可能因為劫後餘生太過高興，所以當凱莉駛進峽谷時，一不留神一頭栽進乾涸的河床裡，車子激烈地前後搖盪，眾人齊聲尖叫，然後汽車便卡在河床死火。四人下車一看，原來四個車胎中有三個早已破掉，蓋在車胎上的輪蓋也不見了。她們再回頭一看，只見剛才的道路已經變回連綿不斷的大峽谷，一公里內也不見任何廣闊草原的跡象。

無可奈何的情況下，四名飽受驚嚇的女子唯有呆在車中等天光，再徒步走到主要幹道找救援。最後，被饑餓、疲憊和恐慌折磨的她們終於找到一輛巡邏警車。

四名女子向巡警哭訴她們的經歷，然後那名警察把她們的經歷向上司匯報。案件最後交給一名叫 Lundquist 的女警官調查。

根據那名女警官的報告，雖然沒有列明那四名女生的口供是否真實，但她的確列出數項疑點，證明事件並不單純。首先，泥地上那條短短的剎車痕和車胎的磨損程度一點也不吻合。另外，丟失的輪蓋無論怎樣搜索也找不回。

所以究竟那四名女生是說謊，吸毒後產生幻覺，抑或真的闖進了平行宇宙，誤入了一個地球不再由人類掌控的世界？沒有人知道。唯一一點確定的是，如果她們去的真的是平行宇宙，那麼丟失的輪蓋說不定被安放在那些奇異生物的「不可思議博物館」呢？

黑科學都市傳說

直到目前為止，我們談及有關平行時空的都市傳說都是以「誤闖平行時空」或「平行時空的人來到我們的世界」為主，但大家有否好奇過，特別剛在看披頭四事件時候，為甚麼沒有怎樣聽過「我們研究進入平行時空」的都市傳說呢？

如果要談到這一方面，便涉及到「黑科學都市傳說」。「黑科學都市傳說」指一些以科學研究為背景的都市傳說，研究領域通常都是比較禁忌的話題，又或其研究方式極之不人道，例如時空穿梭、感官剝奪、血液倒流、思想控制……

這種都市傳說通常都以悲劇收場，使實驗不得不停止。之所

以一定要這樣收尾，全因為一個很簡單的常識問題：**如果如此厲害的實驗成功的話，為甚麼新聞沒有報導，教科書沒有提及呢？**

縱使「那麼重要的科學實驗政府沒有可能隱瞞到」聽起來頗合理，但事實上不少重要的科學實驗都曾經被政府刻意隱瞞，淪為「都市傳說」好一段時間。例如在二戰早期，很多人都認為「多名著名科學家被徵召去研究一件超級武器」只是個荒謬傳說，直到兩顆原子彈被拋到日本時，他們才恍然大悟過來。

換句話說，即使某種科技被公眾認為是不可能，主流科學界也否定其可能性，也不代表沒有成功例子，更甚或早被我們政府或秘密組織完全掌握了。所以接下來我們會看一個關於平行時空穿梭的科學傳說 ——「安格帽子 Ong's Hat」。

根據現代科學理論，平行時空穿梭機被認為是不可能的存在，即使可能，亦需要好幾個星球的能量和空間。縱使如此，在民間仍然都有不少都市傳說稱已經有組織掌握了平行時空科技，**所以究竟這些傳說是真是假？掌控了平行時空又會帶來甚麼後果呢？**

安格帽子，一個奇怪的小鎮名字。它位於美國紐澤西州 70 號和 72 號收費公路之間的一片荒地原野。之所以叫安格帽子，是因為在小鎮開拓初期，一名叫安格的花花公子很喜歡在當地一間酒吧表演他的帽子戲法。但在某天晚上，安格被一名少女的男友找上門，狠狠地修理一番，帽子也被踩在地上。安格氣急敗壞，

再加上血液內的濃濃酒精，一氣之下便把殘破的帽子拋到大樹上，然後便離開小鎮。後來那頂懸掛在樹枝上的帽子成為了小鎮的地標，也就是安格帽子鎮名稱的由來。

但其實這些東西已經無關痛癢。在美國四五十年代的工業化浪潮之下，安格帽子鎮亦如大多數農村小鎮般，因為人口急劇變遷而淪為無人鬼鎮，很快便頹敗得只剩下殘磚碎瓦。然而，安格帽子鎮真正的歷史卻在這片殘磚碎瓦中萌生。

事源於一本 1999 年出版的神秘書籍《安格帽子：起源 Ong's Hat：The Beginning》，作者叫約瑟夫．馬西尼（Joseph Matheny）。馬西尼是一名學者，在書中他聲稱發現了一個科學邪教組織「混沌研究所 The Institute of Chaos Studies」，並說他們秘密發現了通往平行時空的方法。

根據書中記載，混沌研究所的前身是「摩爾科學聯社 Moorish Science Ashram」，首領叫華尼．發（Wali Fard），一名富家子弟。雖然叫「科學聯社」，但其實最初真的有科學資格的成員不多，大多數只是詩人、哲學家和音樂家。他們趁安格帽子

地價下跌時租了塊地，並興建了一間大宅。十多人住在那裡研究他們各種極端奇怪的想法，例如超能力開發、和外星人溝通等，偶爾也會在一些偏門雜誌發表他們的看法。

不久，一對兄妹便被華尼那些瘋狂想法吸引來到安格帽子。那對兄妹叫多布斯兄妹（Dobbs），哥哥叫弗蘭克，妹妹叫亞菲亞。他們出生於一個崇拜 UFO 的邪教，雙親都是邪教首領。他們原本在普林斯頓大學讀物理學，後來因為畢業論文題目「認知混沌 Cognitive Chaos」被校方認為太離經叛道，而被逐出大學。

「混沌 Chaos」原本是一個科學範疇，專門研究自然中確定但不可預測的運動狀態，適用於物理學、數學及氣象學。多布斯兄妹卻把混沌擴展到精神學，認為人本身就是一個自我宇宙模型。如果人類能夠完全掌握自己的思維，他就能夠掌握自己的「混沌」，並達到「空間穿梭」和「長生不老」。

被大學驅逐的多布斯兄妹來到華尼的大宅，向他們說自己的研究有機會達成「開發大腦 100% 潛能」，懇求他們收留。華尼聽到如此誘人的「超世紀方案」當然欣然同意，熱烈地歡迎他們加入，並把摩爾科學聯社改組成混沌研究所，所有成員全力協助他們的研究。

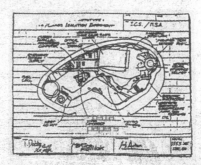

　　三年後，他們發明了一台叫「**閘門 The Gate**」的奇怪意識控制裝置，說可以透過操控腦波的混沌性來開發人體潛能。由於那台機器的外形像隻雞蛋，所以又叫「**蛋 The Egg**」。華尼一伙人又在網上用藥和性等手段，誘拐了不少網民來到安格帽子做實驗品，不斷改進蛋的功能。

　　就在試驗第四代蛋時，他們驚訝地望著蛋和實驗品一起憑空消失，數小時後又「咻」一聲在原地出現。那個在被困在蛋裡的男孩被嚇得神智不清，喃喃說他去了另一個次元，一個和我們世界一模一樣，只是一個沒有人類的奇異次元罷了。

　　碰巧同一時間，安格帽子鄰近城鎮一間化工廠洩漏核廢料，軍方要求一帶居民緊急疏散。但抱著驚人發明的混沌研究所覺得反正這個世界已經沒救，對人類失去信心，索性把蛋視為挪亞方舟，大伙兒去到那個沒有人類污染的平行時空定居，過著伊甸園的生活。

　　但世事又豈會輕易讓你如願以償？

　　據說美國政府早已觀察混沌研究所一舉一動，所以當他們的平行時空實驗真的成功時，政府便認為這技術有危險性，可能會產生時間悖論，至少絕對不是落在數個瘋子平民手中，於是派了

三角洲部隊殲滅他們。當場殺掉 7 名「邪教徒」，並綁架了數名核心科學家，當中包括多布斯兄妹。但那數隻「蛋」，究竟美軍即場毀掉它們，或是據為己有呢？則沒有人知道。

作者馬西尼是以學術紀錄形式寫出《安格帽子》一書。然而，由於裡頭描述的科學邪教和平行時空旅行實在太遠公眾對科學的認知，很多人也只是把它作小說來看，當然也有少部分人真的相信安格帽子真有其事。

馬西尼說自己是在暗網找到安格帽子的資料，他只是把數十篇學術論文的內容整合出來（當時還沒暗網的概念，也沒有洋蔥網絡，所以這裡指的加了密的秘密網站），自己也不認識當中的邪教，更沒法確定蛋的存在。

所以究竟「安格帽子」是一場網絡鬧劇，或是真的有邪教研發了通往平行時空的「蛋」呢？始終是一個謎。

NO.: #7/7

CASE: 時空錯亂──未來客和秘密實驗

SUBJECT:

在莜提時代，我的父母教導我，每當有人拜訪我們家時，都要有禮貌地握手並說：「你好，我是XX（名字），你呢？」，後來這舉動成為我家的鐵律，我也不曾嘗試打破它。

有一天晚上，那時候的我大約只有7、8歲，做了一個很可怕的惡夢。在惡夢中，我身體失控似的急速老去。由惡夢驚醒過來後，我立刻衝到大廳找我爸爸。每當我做惡夢時，都會找他陪我玩樂高，直到心情平伏下來為止。

但這一次，當我來到大廳時，卻發現一名男人坐在木藤椅上。正如剛才所說，每次見到陌生人在家時，我都首先上前問候，這一次也不例外。奇怪的是，當我想上前時，我父親馬上快步走過來，把我倆隔開，然後把我和樂高搬到房間的另一邊。

在我的眼中，父親當時的舉動實在有夠怪異。因為無論甚麼情況，我也不曾見過他如此慌張，慌張得默不作聲便我扛走，好像愈遠愈好，但又不能超出視線範圍。

我很懂事地沒有過問，獨自在旁邊玩樂高積木，而他們則坐

在沙發，臉色凝重地交談著。我完全沒有印象他們在說甚麼，只知道他們說的每一句我壓根兒也聽不懂。我玩著玩著，不知不覺間便再次睡去了，後來也沒有提起當晚的事。

　　就這樣過了 12 年。

　　有一晚，我和朋友外出喝酒後回家，倒在床上倒頭入睡，開始做起清醒夢來。在夢中，我坐在一張木藤椅上，和老爸暢談人生和未來發生的事。他面露笑容，不像平常般嚴肅。就在我們談話途中，不遠處傳來一把小孩的說話聲，我老爸聞聲站起來，走到另一個房間。當他回來時，**年輕的我就站在他的腳邊，捧住一小箱樂高。**

　　父親擔心年小的我偷聽到我們的對談會產生「**蝴蝶效應**」，引發連串難以想像的惡果，於是堅持等待年少的我返回床上睡覺才繼續對話。那天晚上，我又斷斷續續做了兩次類似的夢境，和過去的父親在夢中討論時間旅行、未來生活、時間悖論等問題，只是時間和地點不同罷了。

　　雖然醒過來後用了一整個星期調整自己思緒，但現在我堅信，那晚我的靈魂一定時空穿梭到過去，又或像《小氣財神》裡的幽靈般，是上天給予我反思現在的機會。

以上為網民 OutofH2G2 的親身經歷。

永遠完不了的故事

故事的開始是這樣，從前有一名女子無意中發現了一台超低溫冰凍櫃。她打開冰凍櫃，看到裡頭冷藏了一名英俊男子。英俊男子自稱是未來人，那台冰凍櫃是他發明的，可以冷藏人體數萬年。除此之外，他還聲稱懂得製造時光機。故事發展不久，兩名年輕男女墮入愛河，更步入教堂。數年後，他們誕下了一名男孩。

時光飛逝，那名男孩很快便長大成人。在母親死後，兩父子決定製造時光機回到過去探險。然而時光機卻中途故障，兩父子發現自己被困在荒無人煙的過去，食物也很快便耗盡。就在兩人瀕死時，兒子狠心殺掉了自己父親，把他身上的肉吃下來，並用剩下來的氣力製造了一座超低溫冰凍櫃，把自己的生命陷入停頓狀態。

很多很多年之後，一名女子（母親）發現了這座超低溫冰凍櫃，兒子為了遮蓋真相，用了父親的名字。兩名年輕男女墮入愛河…故事就這樣永無止境地輪迴下去……

以上是英國哲學家 Jonathan Harrison 在 1979 年發表的懸疑小說，並在當時社會引起很大迴響。除了故事有兒子吃父親（又或自己吃自己）、兒子娶母親等駭人情節外，更重要的是清晰地帶出了時光旅行的弔詭點。

　　另一則較廣為人知的，是由科幻大師 Robert A. Heinlein 寫下的時空故事《行屍走肉》，當中也有相似的弔詭情節。迷失在時光隧道和經歷了變性手術後，最初的女主角竟然成為了自己的父親、母親、兒子、女兒，換句話說整個家庭都是「自己」來的。如果由生物學角度來看，那麼最初的基因是怎樣來呢？

　　除了上述小說外，不少經典電影也以時間弔詭作題材，例如上世紀的《回到未來》和《未來戰士》，較近期的有《蝴蝶效應》和《星際效應》，電視劇方面也有香港的《隔世追兇》和韓國的《Signal》…由此可見，普遍人們對穿越時空，和穿越時空所帶來的弔詭，永遠有一番濃厚的憧憬。

**　　但時空穿越在現實上真的有可能嗎？**

　　這真的比較難說…作家創作故事時當然可以隨意篡改物理定律，但如果我們想要「較符合現實」的穿越討論，某些物理定律，例如相對論和量子理論，我們必須要遵守。

　　這些年來，雖然有不少科學家在現有科學理論上提出各種製造時光機的可能方法，例如利用負能量產生可穿過的蟲洞、製造一個無限長的旋轉圓柱體讓時空像攪拌機般旋轉，甚至用上兩個「宇宙弦」來產生空間收縮…但由於物質限制，這些時光機暫時還局限在理論和算式中（你怎可能製造一個無限長的圓柱體？），未能確切地進行時間旅行。除此之外，物理學家還有兩大理由排

除時間旅行的可行性。

　　第一是**時間弔詭**問題。正如文章首段描述的兩個故事，如果時間旅行真的存在，那麼便會有機會出現一個家庭，所有家庭成員也是自己來，在科學上又稱為「性別弔詭」。除了性別弔詭外，還有三大時間弔詭，它們分別是：騙子弔詭（<u>知道未來然後故意不去做</u>）、訊息弔詭（<u>科學家把製造時光機的手冊帶給年輕的自己，最初的手冊從何而來</u>）、祖父弔詭（<u>回到過去殺死自己的祖先，讓自己消失</u>）。縱使這些弔詭聽起來有違邏輯，但如果時間旅行真的可行，它們是有機會實現。

　　雖說後來隨著「平行時空論」的發展，為以上時間弔詭提供一個可能解決方法，但仍然有另一個疑慮讓物理學家懷疑時間旅行的可行性，就是：

　　如果時間旅行真的是可行，為甚麼我們從不見時空旅行者的存在？

　　T. H. White 著名小説《永恆之王》有一句名言：「不被禁止的事情是必須做的。」雖然原意是描述故事中的古怪社會，但如果套用在科學上，我們也可以解讀成：「凡是物理定律許可的科技都必定會出現，只是時間長短和規模大小的問題。」以複製人技術為例，既然複製羊已經是可行，那麼類比下去複製人也是極可能的發明，幾乎可以肯定在未來會存在，餘下的只是形式問題，例如政府會否打擊？用於醫療或戰爭？民間怎樣使用？

同樣道理套用在時間旅行上，雖然未來社會可能有完美的法律去監控時間旅行，確保不會打擾到我們的歷史，就正如科幻小說家筆下那些「時間警察」般。但稍有社會經驗的人都明白，即使再完善的法規也有被打破的一天，總有漏網之魚，但為甚麼我們連一個半個時空旅行者也沒遇到呢？

抑或…只是我們沒有察覺到？

時空旅行者還是騙子？

在 2000 年尾，網絡世界上出現了一個自稱來自未來世界的美國軍人，他的名字叫 John Titor。

John Titor 聲稱受到 2036 年的美軍指揮，乘坐時光機回到 1975 年偷取一部 IBM 5100 舊式電腦，好透過裡頭的程式來打擊在未來世界肆虐的電腦問題（類似 2000 年的千年蟲）。完成任務後，John 趁著空檔來到 2000 年，探望父母和還是嬰兒的自己。

在 2000 年至 2001 年期間，John Titor 在各大論壇留言，講述對未來世界的種種「預言」，例如 04 年美國大選後，各州間的不和最終導致美國內戰，直到 2015 年才結束；2008 年北京奧運搞不成；世界由 2012 年開始進入機械人時代 ；2015 年第三次世界大戰爆發，美、俄、中東爆發核戰，過億人身亡……

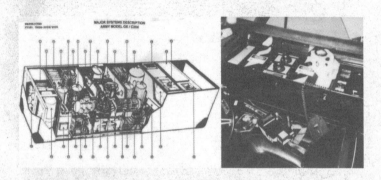

另一方面，John Titor 也上載了數張聲稱是時光機的照片，當中更包括設計圖和時空向量圖。時光機的正式名字叫「C204 時間移動」，安裝在一輛 1966 年款式的雪佛蘭敞篷車裡。面對網民的質問，John 清晰地講解時光機的物理原理，內容完全符合已知的黑洞科學和平行時空概念。他甚至上載了一幅照片，展示時光機啟動時產生的光線扭曲。

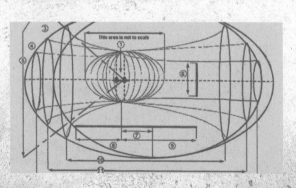

　　由於 John Titor 當時提出的理據真的頗有說服力，不少網民相信 John Titor 真是未來世界的軍人，迅速成為他的信徒，不斷吹捧他的預言。

但 John Titor 真的是未來人嗎？

　　筆者寫這篇文章是 2017 年初，剛由美國回港。至少由數日前的旅程看來，雖然有狂人之稱的特朗普上任，但美國還是一個和諧先進的國家，沒有分裂的跡象。更何況 2008 年北京奧運不單只順利舉行，連接下一屆的倫敦奧運也早成往事，現在人們都討論下次的東京奧運呢。另一方面，雖然社會充斥著機器人搶丟工作的言論，但真正融入社會的機器人呢？半個還未見到。

　　簡單來說，John Titor 的預言幾乎沒有一個實現。

　　當然，John Titor 當初提出「時光機有機會走到過去的平行時空」為自己留下一條後路。但在 2009 年，有美國網上節目調查 John Titor 基金會的背景時，發現 John Titor 在 2000 年初發帖時，立即有大量殭屍帳號留言附和及轉載，而這些帳號都是來自日後成立這個基金會的幹部。這些證據無疑地指出「未來人 John Titor 事件」只是一場網絡惡作劇。

　　另一場時空惡作劇發生在 2006 年 8 月 30 日，36 歲的瑞典人 Hakan Nordkvist 聲稱在家修理廚房水槽時，發現水槽底

的水管通通不見了。當他爬進去查看時，發現原來只有一個櫃子大小的水槽底竟然多了一條隧道。當他穿過隧道時，迎接他的是年老的自己。原來 Hakan 無意中穿過了蟲洞，由 2006 年來到 2042 年，遇上 62 歲的自己。

為了增加可信性，他們兩人更拍照做證留念。從照片看來，老人看來的確和 Hakan 很相似，甚至連手臂上的紋身也是一樣，只是未來的 Hakan 那個有點褪色。這讓不少網民嘖嘖稱奇，相信 Hakan 真的誤入蟲洞。但大約數個月後，有保險公司走出來承認所謂的 Hakan 事件只是他們宣傳養老金計劃的廣告活動罷了。

所以是否時空旅行者真的不存在，所有時空穿梭事件也是捏造騙人？

網絡上的確有很多騙案，但排除這些騙案後，歷史上確實還有不少時空懸案，值得我們繼續探討這一問題下去，以下筆者便舉出兩個著名案件。

案件 1　德國漢堡空襲案

　　超自然百科全書《毛骨悚然且讓人心寒的小小巨書 The Little Giant Book of Eerie Thrills and Unspeakable Chills》就記載了一宗發生在近二戰的時空穿越事件。

　　事發於 1932 年，新聞記者 J. Bernard Hattane 連同攝影師 Jochim Brandt 被派到位於納粹德國漢堡近郊（那時候戰爭還未爆發）的船廠做特約採訪。他們早上便到達船廠，訪問了那裡的工人和主管，中午前已經完成採訪工作。

　　但正當他們準備駛離船廠時，頭上突然傳來飛機引擎的轟隆巨響，而且不止一架，而是數十架。兩人抬頭一望，驚見天空不知何時佈滿英國空軍的轟炸機，正朝地面投下一顆又一顆深色的炮彈，不遠處也傳來德國防空炮的狙擊聲。原來和平寧靜的小船廠不單只轉眼間變成戰區，而且屍橫遍野，一片人間煉獄。

　　嚇得腦袋一片空白的 Hattane 和 Brandt 立即下車跑到最近的守衛室，希望尋求協助，但他們只被告知儘快離開該地。此時天空已經因為炮擊而變成一片灰黑，碼頭建築物也因為被炮彈炸中而倒塌。

兩人慌忙跑回車廂，踏盡油門，用引擎能承受的最快速度逃離船廠。奇怪的是，當他們回到漢堡市中心時，發現<u>不單只天空變回一片蔚藍，而且市區如常繁榮忙碌，絲毫沒有半點陷入戰火的跡象。</u>

兩人呆頭呆腦地回到報社，向上司報告事件，但上司當然不相信他們的鬼話連篇，並把記者 Hattane 解僱。數日後攝影師到暗室沖曬照片，希望用在逃亡時拍下的照片證明記者清白，卻<u>發現那些照片縱使角度和拍照時一樣，但顯示出來的是和平寧靜的碼頭，而不是他們所見的頹垣敗瓦戰區。</u>

被解僱的 Hattane 之後離開了納粹德國，剛好在二戰爆發前移民到英國，在北部地區過著較平淡的生活。直到 1943 年某天早上，Hattane 吃早餐時翻看報紙時，驚見報紙的標題寫著英國轟炸機成功攻陷漢堡。更離奇的是，裡頭的內容描述和 Hattane 在 11 年前所目睹的一模一樣！

那一刻，Hattane 才醒悟到原來那時候他和攝影師誤闖到數年後的未來。

案件 2　皇家空軍元帥案

另一宗有充分歷史資料記載的時空穿越案發生在 1935 年，目擊者是著名英國皇家空軍元帥 Victor Goddard 爵士。

事發時 Victor 正獨自駕駛戰機，飛越愛丁堡附近一帶的廢棄機場。奇怪的是，當 Victor 駛到廢棄機場正上方，原本萬里無雲的天空一瞬間變得烏雲密佈，Victor 的飛機很快便陷入狂亂的風暴雲內，強烈的湍流使飛機幾乎完全失去控制。

當 Victor 成功飛出那團奇怪的風雨雲時，他想也沒想到腳下的景色竟然有驚為天人的變化。原來荒廢的機場不單只翻新了，飛機坪還停泊了無數架「奇怪的戰機」。除了機身顏色不是當時空軍規定的棕色，而是藍色；機身外殼也不是當時的型號。Victor 回到基地後向同事報告事件，以為是鄰國設置了秘密基地，卻沒有軍人同事願意相信他。最後為了避免惹上嫌疑，Victor 決定閉口不再提。

直到四年後，皇家空軍開始使用 Victor 當時看到的飛機型號，並將他們的顏色統一切換成藍色，Victor 才恍然大悟，冒著被嘲笑的風險把他誤闖未來的經歷寫下來……

有別於 John Titor 和 Hakan Nordkvist，筆者之所以描述 Victor Goddard 和 J. Bernard Hattane 兩宗案件，是因為它們除了有充足的證據支持外，內容亦沒有那麼誇張。希望透過這兩件事例，能令大家明白除了那些惡作劇外，我們世界上的確還有很多時空懸案，至今仍然未有合理解釋。雖然我們沒有能力從科

學取得答案，但從這些神秘傳說看來，時間旅行和未來客仍然有他們的位置。

但如果我們遵循神秘傳說的思維說下去，既然時空旅行是可能存在，那麼我們的秘密政府會怎樣看待這驚人科技？甚至會否早已掌握了它？

時空黑科學傳說

如果你覺得 2016 年特朗普參選（而且勝出）美國總統大選還未夠瘋狂的話，你可能要留意一下這位被主流傳媒忽略的獨立候選人 Andrew Basiago。

Andrew Basiago 是一名來自西雅圖的律師。你可能以為這名大狀的政綱一定針對美國的司法發展。然而，你卻永遠想不到他竟然在參選中宣稱自己是一名「由 CIA 訓練出來的時間旅行者」。如果這樣還未讓你嘴巴跌下來的話，Andrew 還說前總統奧巴馬也是他訓練成為時間旅行者時的「同學」之一。

據 Andrew Basiago 說法，當他還是小孩時，便另一名同伴 William B. Stillings 被 CIA 徵召參加一個秘密計劃——「飛

馬座計劃 Project Pegasus」。 飛馬座計劃是 CIA 底下一支極秘密的組織，專門研究時間旅遊和瞬間傳送對小孩的影響，而 Andrew 是其中一個「時航員」。

Andrew 說自己至七歲便被 CIA 派到不同時空和星球，甚至平行宇宙旅行。他和其他時航員的任務只有一個，就是為當時的美國總統搜集資訊，提供未來事態的可能發展方向（因為他們的穿越行為本身已經會影響未來，所以只是「可能的未來」吧）。

Andrew 言論最引人注目的地方是，他（竟然有膽）聲稱前總統奧巴馬也是時航員之一。Andrew 說 19 歲前的奧巴馬也是 CIA 手下一隻棋子，常常陪伴他們穿梭到不同時空。

Andrew 說有一次，他、奧巴馬，連同另外十多位成人和青年被派到加州史其詩大學（California College of the Siskiyous，一所真實存在的大學）接受「火星訓練」。他們搭上 CIA 由尼古拉·特斯拉死後留下手稿製成的「時空穿梭機」，瞬間轉移到火星，確保人類在星際系統中領土擴展到火星，免受其他星球勢力侵襲。

Andrew 說自己走出來參選總統是希望多年來在不同時空遊走的經驗能幫助美國，同時要揭發 CIA 用兒童做實驗體的惡行。他甚至預言自己會在 2016 至 2028 年間成功當選總統或副總統。

至於白宮對於這位參選人的瘋狂言論，鮮有地作出了官方聲

明，説奧巴馬從來沒有去過火星。

不難想像除了白宮外，幾乎沒有人認真看待 Andrew Basiago 的狂言狂語，甚至連筆者寫作時也忍不住想他一定嗑了太多迷幻藥。然而，縱使 CIA 秘密進行時光實驗聽起來很瘋狂，但想深一層，從歷史上看來，CIA 的確暗地裡進行不少變態人體實驗，例如洗腦和超能力。這一點在 2017 年初 CIA 公佈過往紀錄時得到證實，絕不是陰謀論者的猜想。

所以如果飛馬座計劃真的存在，我們需要覺得驚奇嗎？

而且事實上，Andrew 説的飛馬座計劃並不是美國政府唯一的「時空黑科學傳說」，民間還流傳了不少類似的都市傳說（只是從沒有總統候選人瘋狂得在公眾面前説出來），當中最可信、資料最充足的莫過如傳言發生在 1943 年的「費城實驗 Philadelphia Experiment」。

費城實驗

費城實驗，又名彩虹計劃，傳聞美國海軍在 1943 年費城進行的一項秘密實驗，當中內容涉及超科學、外星科技和異度空間。最初透露出費城實驗的是 Morris K. Jessup，一名專門研究天文及幽浮的科學家，曾經出版書籍講述發生在百慕達三角洲的失蹤船隻和飛機有機會是被 UFO 所擄去，並嘗試從中拆除 UFO 的飛行原理。

某天早上，Jessup 收到一名叫 Carl Allen 的船員寄來的信。在信件中，Carl Allen 聲稱自己是一名隸屬一艘名為 SS. Andrew Furuseth 商船的船員。在 1943 年 10 月 28 日，他和商船其他船員在費城一帶的海域，<u>親眼目睹一艘護衛驅逐艦 USS Eldridge 憑空消失</u>。Jessup 發現 Carl Allen 描述驅逐艦消失的過程，和他對 UFO 漂浮理論很相似，於是持續和 Allen 保持書信聯絡，並從其他渠道打探事件，最終出版成書。

根據書中內容，費城實驗是建基於愛因斯坦的 (統一場論)，<u>認為磁場、電場和重力場有互相交感的關係</u>。在這假設下延伸下去，只要有足夠能量和特定儀器下，能夠使光線彎曲，從而讓物體隱形。由於當時正值二次大戰，美國海軍認為這一科技有極大的戰略價值，於是注資籌備實驗。

1943 年 6 月，海軍在驅逐艦 Eldridge DE 173 上裝置了數噸重的電子儀器，當中包括兩部能產生 75000 安培的<u>大型磁場產生器</u>，3 部兩兆瓦的<u>射頻傳送器</u>，3000 支能量放大線圈，還有一批特殊的同步調整電路。理論上只要經過適合的調節，<u>環繞著驅逐艦四周的可見光和無線電波便會彎曲，從而達到隱形效果</u>。

第一次實驗在同年 7 月 22 日上午 9 時。當所有發電機運轉時，奇妙的事情便發生了，<u>一團迷離的綠色光霧在半空中漸漸浮現</u>，慢慢籠罩著整個船身。然後轉眼間驅逐艦連同船上數百名船員便憑空消失不見，只在大海上留下一條淺淺的吃水線。

　　15分鐘過後，負責實驗的指揮官下令關掉發電機。關掉發電機後，綠色光霧再次浮現在空中，驅逐艦也在迷霧間漸漸浮現，一段時間後才成為實體。其餘軍官立即登上甲板，發現船上所有成員都陷入迷暈狀態，失去方向感，並感到嚴重噁心。更加恐怖的是，有一名船員的手被埋在船的金屬鋼板裡，人鋼合一。更有船員整個人融入了船身裡，留下痛苦的表情在金屬板上。

　　雖然實驗結果已經蕩魂攝魄，但那些實驗官並不滿足，他們想連那條淺淺的吃水線也消失不見。於是再粗糙地調整數值和換過那些陷有人肉的甲板後，費城實驗在10月28日下午5時再次開啟動。只是沒有人想到，這一次的結果遠比第一次震撼和更具災難性。

　　這一次，驅逐艦 Eldridge 在一道強烈的藍光下「嗖」一聲便人間蒸發，並瞬間轉移到320多公里遠的維吉尼亞州諾福克市（Norfolk，Virginia）附近海面。Carl Allen 也就在這時候目睹驅逐艦 Eldridge 憑空出現，然後又憑空消失回到費城船塢，<u>這次可怕的現象重複了數次有多。</u>

　　根據後來船上的生還者說，實驗理論上是非常成功，發電機開動不久，一道呈鵝蛋型的隱形牆便包住了驅逐艦 Eldridge，並

出現瞬間轉移的能力。然而對於船員來說,甲板上發生的事卻是災難。

　　隨著包圍驅逐艦的電磁場強度逐漸增強,愈來愈多船員消失不見,有的單靠用手摸索便能抓住他們,有的要用電子偵測儀才能「感受」到他們的位置,有的更甚直接消失不見,永遠也找不到。除此之外,生還者表示整個實驗過程中,身體都好像陷在一團隱形黏膠裡,極不舒服。

　　折磨船員的症狀並沒有隨實驗結束而消失,反而日益嚴重,幾乎所有曾經待在驅逐艦的船員身心均受到嚴重創傷,大部分患上精神分裂症。也有部分後來進行身體檢查時,發現組成內臟的物質竟然被轉換了,還有傳言說那些船員曾經在酒吧飲酒時突然消失和出現。

　　Jessup 在出版書本後不久,便被美國海軍約談(時間是1957 年)。據說海軍官員用婉轉的口吻要求 Jessup 閉口不再提及費城實驗,但海軍官員這種「此地無銀三百兩」的要求反而加深了 Jessup 的想法,認為背後一定有更大的秘密,於是私下繼續調查。而且有傳言 Jessup 在海軍官員的房間看到自己的書,書上貼了很多便條,看來軍方仔細研究過他寫的幽浮理論。

　　和海軍會面後一年,Jessup 在紐約遇上車禍,需要在家療傷,調查過程嚴重拖慢。離奇的是,在 1959 年 4 月 19 日,Jessup 突然打電話給同樣熱衷於研究 UFO 的好友 Dr. Manson

Valentine，興奮地說費城實驗一案有重大突破，要他立即前來。但當 Dr. Manson 第二天早上趕到他家，卻收到消息指 Jessup 的屍體在另一邊州的狄德公園被發現，他用軟管把汽車引擎產生廢氣排進車廂內，吸入過量一氧化碳身亡。後來法院判定 Jessup 為「自殺」，但在 Dr. Manson 和所有知道費城實驗真相的人心目中，Jessup 的死是美國政府為了掩飾惡行的結果。

蒙托克計劃

驟眼看來，費城實驗和我們時空穿梭這主題關係不大，這是因為費城實驗只是「第一層」，由費城實驗衍生出來更可怕的時空實驗才是我們的主菜，而它的名字叫「蒙托克計劃 Montauk Project」。

我們不知道美國政府日後如何利用在費城實驗發現的瞬間轉移技術，唯一肯定的是當時船上的士兵在那隱形磁場的痛苦反應，勾起了那些科學家的興趣。於是有科學家直接向國防部提出，如果隱形磁場使我們的士兵患上精神分裂症，為甚麼不套用在我們的敵人身上呢？於是邪惡的蒙托克計劃便自此誕生……

國防部動用在法國地底一輛廢棄列車裡，找到價值 10 億美元的納粹黃金資助蒙托克計劃。另外，據傳 ITT 工業公司和德國神秘家族「克虜伯家庭 The Krupp Family」也有份出錢。在

1960 年，美國政府利用一個位於紐約州蒙托克（Montauk）的廢棄空軍基地興建實驗基地。

據說實驗基地位於地底，一共有 20 層深，面積覆蓋了整個蒙托克城鎮，容納了過百名員工。至於國防部當初如何搬運如此多建築材料和人力，而又不讓當地居民察覺？這至今仍然是個謎。

傳言實驗的主導者是傳奇科學家尼古拉‧特斯拉（Nikola Tesla），連費城實驗中那 3000 支能量放大線圈也是他的發明。在蒙托克計劃剛開始時，實驗品主要是街上的流浪漢，主要原因是他們就算死掉也不會有人在意，而且只要用少許金錢便能輕易誘拐。

於是，數百名流浪漢曾經被放置在費城實驗用的特殊電磁輻射下，承受巨大的精神折磨，大多數人都在痛不欲生的情況下死去，或直接消失在空氣中，只有兩三隻小貓生存下來。實驗員發現那些在線圈下生還者的精神力大大提昇，有「物化」的神奇力量，比如心裡想著一棟樓房時，基地四周就會出現一棟房子。有見如此驚人的結果，實驗方向也由綁架流浪漢改成自願士兵，畢竟你不會想一個誘拐回來的白老鼠擁有驚人的心靈感應能力！

尼古拉和他的團體開發了一台讀心裝置，透過分析人腦電波，解讀出實驗者心裡想的內容（筆者註：不清楚五十多年前的情況，但現今科技的確可以做到），之後再輸入一台特殊裝置，

便可以穩定實驗者的「物化」能力。由於機械外型像一張椅子,所以又稱為「蒙托克椅」。

　　Duncan 原本是實驗團隊的科學家,後來成為最常坐上蒙托克椅的實驗者。這是由於 Duncan 在蒙托克椅的物化表現,遠比起其他實驗者來得穩定。傳聞美國都市傳說生物大腳八(Bigfoot)也是 Duncan 在一次物化實驗中偶爾弄出來,並逃走到荒野。

　　隨著實驗日漸深入,愈來愈多怪事發生,例如 Duncan 的物化能力出現了「時差」,原本一想便會物化出來的事物,現在要隔好幾小時,甚至數日才出現。另外 Duncan 也多了預知未來的能力,腦海偶爾浮現出數天後才發生的事。

　　實驗團體為了研究這一奇怪現象,於是另外開發出一組高30 米闊 40 米的特殊天線,安裝在深 90 米的深井裡,嘗試用它來穩定 Duncan 的狀態,但他們沒有想到這台機器竟然在誤打誤撞下成為了打開另外一個神秘領域的鑰匙。

　　當 Duncan 坐上改良版的蒙托克椅時,他立即進入了恍惚狀態。腦海偶爾浮過想看 1980 年的未來世界,眼前竟然出現了一條呈螺旋狀的時光隧道。後來蒙托克科學家認為時光隧道的出現是源於人類體內自帶時間系統。我們都知道人類體內有一時間系統去感受時間變化,而這套系統和地球磁場、日常生活密切相關,

所以如果四周磁場發生急劇變化,只要能適當控制那急劇變化,便有機會產生時光扭曲的效果。

於是在那次驚為天人的實驗後,科學家又進行了數次改良,最終把蒙托克椅改造成一部穩定的時光機,只要坐上適當的實驗者,便可出現時光隧道,時光隧道的位置更可由機器調整。

實驗來到這裡,物化能力已經不再是重點,時間旅行才是真正研究對象。

時間旅行實驗開始時,實驗團體再次誘拐了很多流浪漢和醉漢回來,讓他們背著攝影機走進去,好讓科學家們熟悉時光隧道的環境。後來科學家發現時光隧道很多位置也不穩定,一不小心便會迷失在稱為凌波

(Limbo,又有地獄邊緣的意思)的時間亂流中,所以最後很多流浪漢也回不了來。

當蒙托克科學家們掌握好時光隧道的運作後,他們進行下一個階段:改變歷史。

根據傳聞，蒙托克科學家至少進行了三次改變歷史實驗，但由於進行的地方都是平行宇宙的時間面，這才沒有影響我們（或者有我們也不會察覺到）。三次改變歷史實驗分別是：美國南北內戰、二次世界大戰和甘乃迪刺殺案。

以二次世界大戰為例，數千名蒙托克時間旅行者回到 1940 初，透過政治操控、戰役操控、給予新科技（如夜視鏡）讓希特勒的軍隊勝出二戰，然後觀看歷史發展。透過納粹勝利，美軍發現希特勒的確收藏了很多先進的秘密飛行器，近似我們印象中的 UFO。那些時間旅行者破壞掉那些飛行器後，才回到我們的時空。

另外，蒙托克時間旅行者也發現只要阻止到甘乃迪刺殺案，甘乃迪便會提早結束越戰，讓數十萬的生命免於死亡，但同時因為軍備競賽無限擴張，終究把美國經濟帶入低潮，導致 80 年代再次爆發經濟大蕭條。

來到這歷史操控這一步，開始有蒙托克科學家醒悟起來，覺得他們「走得太遠了」，恐怕這些精神機器一旦落入壞人（或者不懷好意的同事）手中，會產生災難性後果，於是決定聯合起來暗中破壞計劃。

有人說他們向國會報告，指蒙托克計劃有機會造成大規模思維控制，透過中斷資金來結束計劃。也有說法是科學家利用蒙托克椅子本身的不穩性，改造成炸彈，毀掉了所有重要機器。但無論哪一種說法，都確定蒙托克計劃在 90 年代前便已壽終正寢。

　　據說蒙托克基地的位置現在已改變成野生動物保護區，所有機械殘骸能搬的都搬走了。曾經參與過的員工，只要是低階的都被軍方洗了腦，用心理技術壓制了在蒙托克工作的記憶。偶爾有前員工覺醒過來，才能向大眾揭露事件。

　　除了時間旅行和超能力外，環繞蒙托克基地的都市傳說還有很多，據說愛滋病毒、互聯網、黑衣人及登錄月球的假影片全都是在蒙托克基地製造出來。甚至有人說有科學家在基地興建了一個 15 米高的鈦金屬金字塔，進行異教崇拜。但無論如何，隨著時間的流逝，證明蒙托克計劃存在的人事、文件都逐漸消失，恐怕蒙托克計劃永遠只會是一個黑科學傳說。

為甚麼我們執著於時空穿越

　　在這篇文章，我們看了很多時空穿越的都市傳說。它們有的被證實偽造，有的仍然保持著神秘面紗，但當我們看到不論事件真假，人們都會擺放很多注意力時，就會發現傳說的真偽也許只是其次，真正反映出來是我們對改變時空的渴望。可能我們每個人的人生或多或少都有遺憾，對未來充滿不安，這種希望消去遺憾或掌握將來的心態激起了我們對時空穿越傳說的慾望。

　　來到這一篇的尾聲，筆者以另一位網民 psychedelicadvice 的親身經歷作結束，讓大家思索一下時空錯亂那種既不安又讓人

暗暗興奮的味道。

在我還小的時候，每逢暑假爸媽都會送我和姐姐去祖母家暫住，好讓他們歇息一下，同時給祖母好好寵壞我們的機會。我記得大約在 8、9 歲某天晚上，我因為怕黑睡得不好，所以走去祖母房間，看看她可否給我弄杯熱鮮奶。

當我蹣跚走到房門時，門後傳來祖母的叫喊聲：「我有甚麼可以幫到你？」她說起話來時顫抖得厲害，讓我誤以為她一定是氣我那麼晚還未睡。就在我想轉身走人時，房間內出現另一把人聲。聲音的主人明顯是一名女性，很陰柔而且有點膽怯。她說：「我不應該出現在這裡…這樣不太好…我很抱歉。」我聽到後立即推開房門，只見一名穿著十八世紀長裙的女人站在衣櫃前，見到我走進來後馬上退回衣櫃內，然後就消失不見了。

我和祖母四目相投，下巴幾乎跌到胸口，兩人良久說不出話來。我還很記得那是我人生雞皮疙瘩起得最厲害的一次。然後我嘩一聲大哭了出來，撲向祖母的懷抱，祖母也壓下恐慌安慰著我。

那天晚上的事我只記得那麼多，而我也坦承直到現在也沒有甚麼合理解釋。長大後我曾經對父母提起事件，他們認為我只是做惡夢罷了，但我有問過祖母，她也清楚記得那天晚上的怪事……

DEEP WEB 3.0
FILE #生存奇談

Category: DOC C

Title: 都市傳說的終極理論

******************** REMARKS ********************

Tulpa VS Fear

INTRODUCTION
脫軌的幻想

想像力，是上天賦予人類其中一件強大的工具，讓我們適應變幻莫測的大自然或創作出各種美麗的詩詞繪畫。但有時候，過強的想像力會變成一件可怕的武器，把尖銳的矛頭直接指向使用它的主人，讓他看到各種可怕的鬼怪或不存在的敵人。

以腦科學為例，人類的大腦本身有辨識熟悉圖案、人物的傾向。這種傾向可以使人類在演化過程上、在茫茫的大草原中，輕易識別到同伴或捕食者的臉孔，從而作出相對的反應。

但有時候，這個機制就像坐你旁邊的同事般，明明閒來無事幹，也要扮 OT、強行擠一些功績出來，好向上司證明自己有用。類似的情況也發生在人腦上，這個機制由於過度活躍，會產生一些不必要的誤會和多餘的信息。在學術上，我們叫這些誤會為「**幻想性錯覺 Pareidolia**」，例如麵包上烘出耶穌的臉、火星上有一顆人頭、牆壁上出現鬼臉或燈光出現人影⋯同樣的情況也可適用在你的聽覺、觸覺等感官上。有時候，這些五官的混合出錯足以編製出一個驚慄的鬼故。

但來到都市傳說的領域，我們當然不會甘心停留在腦科學這些膚淺的解釋，我們渴求更深入的因由：即使那些幻覺是大腦失控的產物，但幻覺會不會有天變成真實呢？如果幻覺可以化為真實，又會發生甚麼可怕的事情？

　　這就是本章節探討的問題。

2

NO.: #1/4

CASE: 那個古怪而邪惡的僧人

SUBJECT:

亞歷山德拉·大衛·妮爾
（Alexandra David-Néel），生於
1868 年法國聖芒代，卒於 1969 法
國迪涅。妮爾才華洋溢，她是法國著
名的探險作家，同時身兼記者、東
方神秘學家、歌劇歌手和藏學家等
身份。

　　妮爾出身於混合宗教的家庭，父親是著名的共濟會會員，而
母親則是比利時天主教徒。妮爾自 15 歲起便鑽研藏學，並進行
苦行、禁食和自我鞭打等修行。21 歲便入讀法國大學並修讀藏
文和梵文。

　　畢業後，妮爾先後擔任過探險家、歌手和家庭主婦。在 56
歲時，亦即是 1924 年，已離婚的妮爾決定遠走家鄉，走入當時
還是謎一般存在的秘境，西藏拉薩，和那裡的僧人們鑽研藏學和
法術，並成為首個進入西藏的歐洲女性。

　　在學習期間，妮爾從西藏僧人們習得一種聞所未聞的秘術，
那種神奇秘術的名稱叫「Tulpa」，意指透過強大而持續的想像
力，來物化一種理應只存在幻想世界的事物。妮爾對這個不曾在

歐洲聽聞的概念感到萬分興趣，決心要習得這門技能並帶回歐洲。自此之後，妮爾一直跟隨西藏僧人們冥想，學習召喚 Tulpa 的儀式。

大約數個月後，妮爾終於成功幻化了第一個屬於自己的 Tulpa，是個擁有中世紀苦行僧外形的守護靈。除了外形外，妮爾還賦予了守護靈仔細的性格、歷史及背景，好深化這個理應不存在的幻想。

起初，妮爾的守護靈只不過是她腦海裡一把聲音，極其量以朦朧的黑影或濃霧示人，而且只有妮爾才感覺到。但日子久了，妮爾察覺到她這名僧侶外形的守護靈出現了一些令人不安的變化。

首先，妮爾看到它開始出現一些「小動作」，例如走路、停下、左顧右盼及大笑，但妮爾並沒有命令它執行這些動作，理應它沒有這種自主性。除此之外，隨著僧侶的輪廓日漸清晰，所展示出來的卻不是妮爾當初想像的臉龐。

「他變成一個臃腫癡肥、滿臉油脂的噁心男人。」妮爾在自己的書中寫道：「他肥軟的臉上永遠擺著一副嘲諷、惡毒、狡猾

的表情。他的行為一日比一日大膽，愈來愈猖狂。簡而言之，他想脫離我的控制。」

除了醜陋的外表外，這個苦行僧靈體也愈來愈「物化」，可以推倒一些較輕的物品或踢走路上的石子，最後甚至可以在妮爾身上留下深深的傷痕。但說到底，這個靈體是妮爾數個月來的心血，所以她一直不忍心貿然把這個守護靈丟掉，縱使它已經變了質。

直到一次朋友聚會上，妮爾終於認清眼前情況的嚴重性。

在西藏期間，妮爾和她的同伴過著半遊牧的生活。在路途上，不時會遇上別的旅人或部落，然後大家會舉行一些營火聚會。在一次聚會上，妮爾發現那個苦行僧竟然以「完全物化」的姿勢示人，在營地大搖大擺地出現。

這一次，他不再是虛幻的產物，而是一個實實在在的個體，擁有固定的外形，完全的物理性，能拿起東西、能被物質阻擋。

更加恐怖的是，她的同伴完全認知到他的存在。那個外貌仍然充滿邪氣的苦行僧擅自走進人群中央，和妮爾的朋友聊天跳舞，甚至可以大吃大喝，仿佛是他們的一分子。

那一刻，妮爾意識自己創造的不再是一個概念或腦海的幻

覺，而是一個完全物質化的怪物。

在其他僧人一致同意下，妮爾決定要把這個靈體「回收」。之後妮爾用了大半年時間，一步一步冥想，才把這個苦行僧靈由完全物質化倒退回三維立體影像，之後平面圖片、濃霧、腦海的聲音…直到它被打回幻想世界，完全消失為止。

究竟這個叫「Tulpa」的秘術是甚麼？它真的可以物化想像物嗎？更加重要的問題是，它和我們一直以來討論的都市傳說有甚麼驚人的關係？

TULPA：讓幻想成真

Tulpa（梵文為 निर्मित）原意指「去建造」，屬於藏傳佛教其中一個教義或修行課題，記錄在《西藏死者之書 Tibetan Book of the Dead》中。據説在較古舊的印度佛教已經有 Tulpa 的概念，但那時指的只不過是「虛幻、不真實、局限於腦袋內的想法」。

除此之外，在古希臘的「惡魔學派 Daemonism」（另一個較少誤導成分的名字，可稱為靈鬼學），有一部分哲學家相信在人和神之間有一種叫 Daemon 的幻想生物存在，它們負責去指導人類，其召喚方法也和西藏的 Tulpa 相似。

順帶一提，那時候 Daemon 這個字和現今基督教指的邪魔大不同，而是一些智慧的指導者或精靈。但直到 1930 年代，當妮爾由西藏回國後，Tulpa 這一魔法概念在歐洲發揚光大。到了現在，Tulpa 一般解釋為「透過強大的意念去物理化一件幻想事物」，其召喚過程可以是個人，也可以是集體創造。

在創造 Tulpa 前，其外形、個性和背景等一切也可由主人選擇和設計。在創造初期，主人可以在「夢幻地 Wonderland」和自己的 Tulpa 交流。夢幻地指主人幻想出來的地方，可以是白日夢，也可以是冥想。透過在這裡的交流，主人可以深化 Tulpa 的形象，從而獲得更強的物化效果。

但唯一最讓人擔憂的地方是在 Tulpa 成熟後，不會再受控於主人，會產生自我意識，在某些特殊情況下，甚至可以自己創造一些 Tulpa 出來。曾經飽受 Tulpa 折磨的妮爾在書中最後也有提到：「一旦 Tulpa 被賦予了足夠的活力和真實感，它們就會脫離創造者的控制，就像胎兒由母親的子宮掙扎爬出。」

根據網上某些成功人士說，即使 Tulpa 不受控制，其實也不是壞事，它們反而能帶給你從未發現過的知識和覺悟。但在某些情況，不受控制的 Tulpa 可以為主人帶來非常嚴重的後果⋯⋯

非常非常嚴重那種。

千萬不要接觸 TULPA

以下的故事是美國一名曾經接觸 Tulpa 的網民 HunterM 的親身經歷。

我要和大家説一下我創造 Tulpa 的經歷。縱使事隔數年，當時每一幕可怕的畫面仍然在我腦海裡歷歷在目。

如果你們當中有任何人想創造 Tulpa，或者已經進行中，我**強烈建議你們立即停止任何冥想或召喚儀式**，原因我會在下面詳述。對於未曾聽過 Tulpa 的讀者，讓我介紹一下。

Tulpa 是一種類似魔法的東西，透過強大而專注的想像力，可以把任何想像的產物帶到現實世界，無論是人、動物或者是更特別的東西。**Tulpa 絕對不是都市傳説，而是一些恐怖而真實的禁忌。**

三年前，我仍然是一名超自然愛好者，經常在各大超自然討論區流連打滾。那些年，憑著一顆單純的好奇心，我作過無數次的超自然實驗，甚麼魔法儀式、時間包、在鏡子前召喚亡靈…但幾乎所有的都是騙人的玩意，讓我失望透頂。

直到我開始創造 Tulpa。

　　Tulpa 是我試過眾多實驗中，唯一真實可行的超自然實驗，但其後果卻恐怖得幾乎讓我丟了小命。

　　我不會在這裡教大家如何創造 Tulpa，這不是我寫下這篇文章的原意，我不想哪個逞英雄的傻蛋在看過我的文章後莫名其妙地死掉。我明白 Tulpa 理論聽起來是非常吸引，但千萬不要嘗試，因為如果稍有差池，你下輩子真的會在精神病院度過。

　　要製造一個完全成熟的 Tulpa，大約需要 200 至 500 小時的冥想或召喚儀式，視乎召喚者的能力而定，我的故事在百多小時的階段便完結。我當初選擇了自己的鏡像作為 Tulpa，純粹因為那是最簡單、最快捷的模組。

　　在開始數星期，主要是一些基本的冥想練習，例如你明明是坐在房間，卻想像自己走出房外，在別的地方辦事，又或者自己和自己對話。那種感覺很奇妙，很難解釋，仿佛你在全神貫注地忘我工作，但事實上你只是像傻子般望著牆壁發呆。

一個月後，我開始增加冥想的困難度，在吵雜的街道上冥想，或聽著重金屬音樂冥想。除此之外，我還把 Tulpa 設定了一些較複雜的情景，例如下象棋、跳舞、跑步等。直到這階段，一切還很順利，Tulpa 的形象不再只局限於我的腦袋，而是像投影影像般活現在我面前。

起初，他的外形像小學生的美勞作品般粗糙，但我像設計師般一點一點把他的外形修改。直到兩個月後，他已經完全成形，幾乎和我長得一模一樣。我用好奇的眼光望著他，他也投回一個狐疑的目光，仿佛看到剛剛剪完頭髮的自己。

其實到了這個階段，按照常例，我應該賦予他說話的能力，但可惜我為人有項怪癖，不太喜歡說話，也討厭別人說話，所以一直遲遲沒有教他。直到現在，我很慶幸這個怪癖救了自己一命。

雕琢完外形後，我開始容許自己的分身介入自己的日常生活。宛如一個隱形的好友般，我會帶他上班、和女孩約會、探望母親、參加朋友的派對…到了最後，我幾乎一無聊便會召喚他出來。

在某程度上，長得和我一模一樣的分身在三個月後已經有了自己的意志。他開始指導我的生活（或者說對我的生活指手劃腳），例如提醒我上班忘了帶甚麼、和女孩出街要注意的事項等等。如果根據網上的教學，來自 Tulpa 善意的提醒是正常的，這

也是 Tulpa 存在的目的，所以當時我也不以為然。

萬物的腐壞總是在不知不覺間進行，並不會大鑼大鼓地宣揚。假如你有天無聊得很，嘗試把切好的蘋果放在桌上，然後牢牢盯著它，你不會指出它在哪一刻變成又黃又黑的爛蘋果。但當你驀然回首時，才察覺到它已經敗壞到骨子裡。萬物如此，Tulpa 也不會例外。

首先，勾起我注意的是它的小動作。

咬手指甲、盤膝而坐、吐舌、舉中指…這些我從未輸入的小動作開始在他身上出現，而這些動作的出現令我有種莫名其妙的厭惡感，一來我本身有的小動作不多，二來它是由哪裡學會這些小動作？我感覺到我們之間的距離愈來愈大，一步一步逼近懸崖。

另外，Tulpa 的移動也不再受我控制。從前，我可以命令他站在任何一個位置，然後隔好幾小時回來時，他仍然呆在原地。現在，我漸漸喪失了這個權力，他時常跟隨在我的身後，形影不離，在背後散發出一陣莫名其妙的壓迫感。

還記得有次在浴室洗臉，當我抬起頭來，鏡子照出 Tulpa 突然出現在我的身後。用我的樣子冷冷地瞪著我，毫無感情。你試想像照鏡時，突然看到身後多了一個目無表情的自己，那是多麼

令人雞皮疙瘩的事情？那次我嚇得獨自在空蕩蕩的屋子尖叫。直到我鼓起勇氣，把手伸進 Tulpa，才提醒自己它只不過是影像罷了。

至少暫時如此。

直到那時候，我才認知到 Tulpa 的外表已經不是我當初規劃般那麼精美。它的臉部變得瘦長，臉頰凹陷。牙齒變得像野獸般尖長，犬齒由嘴巴凸出，青面獠牙。手腳也長得不成比例，像個瀕死的老人般。最讓我不安的是，當他望著我的時候，眼神總是散發出一種渴望，虎視眈眈的樣子，它究竟在渴望甚麼？我的人？還是我的靈魂？

有一天晚上，我決定放棄這個該死的 Tulpa 計劃，但已經太遲了。

我沒有做甚麼特別的東西，只是不再理會它，希望它自然消失。好一段時間，這一招好像頗有效，那隻邪靈真的會消失數小時，但不出五小時，它便會回來。更糟糕的一點是，**他每次回來後，外形也會伴隨著更恐怖的變化**。身高一次比一次高大，最後它的頭已經貼著天花板。它的牙齒愈來愈鋒利，膚色也變成一種古怪的鐵青色，想要害人的惡毒模樣。

直到最後，我已經完全失去了召喚權，Tulpa 開始無時無刻

跟在我身後，永遠像厲鬼般緊貼著我背脊。即使我入睡，它也會出現在我的夢境中，陪伴它出現的是很多畸形嘔心的怪物，和無數至親被虐殺的畫面。

我身邊的人也察覺到我的異樣，朋友開始疏離我，我的上司甚至要求我做驗毒測試。

我想不到我的分身究竟何時會消失，正如我說不出它何時變質。如果真的要劃出一個轉捩點，我會說在事件最後一星期的某天晚上。

那天晚上，我由睡夢中驚醒過來，發現全身都被汗水濕透。逼使我由惡夢中驚醒過來的，是一陣嘔心透頂的硫磺味，那陣硫磺味攻入我的鼻子，炙熱的感覺由鼻腔蔓延至肺部，一時間我透不氣過來，胸口像壓上千斤頂般沉重⋯⋯

然後我看到它。

我的分身以某種畸形的角度懸掛在天花版上。他的頭像吊燈般在我頭頂上下搖晃，四肢像蜘蛛般緊貼著我的牆壁。它仍然目無表情地注視著我，長長的犬齒插進下顎的肉裡，臉部和我只有十多厘米的距離。

我理應尖叫出來，但可惜沒有。過大的恐懼使我變得麻木，肌肉明明還可以移動，卻因為過激的顫抖，最後反而甚麼也做不了，像癱瘓般任人宰割。我張開空洞的嘴巴，傻傻地看著眼前長得和自己一模一樣的怪物。

然後，那隻怪物開口說話。

那一刻，我很慶幸自己沒有給予他說話的能力。它扭曲的嘴唇像兩條蠕蟲般開合，黑洞般的口腔傳來一陣惡臭，我聽不到他在說甚麼，而且我永遠也不想知道。

在拋下那句無聲的話語後，他突然吐出長長的舌頭，像狗隻般舔我的臉。雖然它還沒有物化，但嘔心的感覺像電流般在我的面頰擴散，全身像被電般抽動了一下。然後那隻怪物便由天花板快速爬走了，留下我一人僵硬在床上，動彈不能。

我的故事來到這裡便完結。在之後數個月，曾經有居住在遠方的朋友說在自家門前，看到和我長得差不多的人站在那兒，我也曾經看過一些和我長相很相似的通緝犯照片。我不確定這些事件和 Tulpa 有沒有關係。但無論如何，我都很慶幸自己可以全身而退，因為在之後的研究發現，有些 Tulpa 初學者的運氣明顯比我差。所以拜託大家，真的不要招惹那些 Tulpa，特別是那些內心充滿黑暗和悔恨的人，因為 Tulpa 很講究召喚者的心力。

　　如果大家不相信我的故事，你可以查一下威斯康辛學校那兩個女孩的案件，又或者在紐約發生那一連串的恐怖事件，你便會知道我所言不虛，Tulpa 真的不是我們這些平常人能招惹。

靈界的大門？抑或精神病？

　　曾經有人把這段經歷上載到外國一些研究 Tulpa 的論壇，他們的建議是：<u>不論真假，千萬不要用自己的外貌做 Tulpa</u>，除了心理壓力外，還很容易把內心的黑暗一併帶出來，極之容易失控。他們說動物，特別是弱小那些，會更適合初學者。

　　但站在科學立場來看，Tulpa 那些令人產生幻覺、感官錯亂、做清醒夢等描述的確和傳統精神醫學對「精神分裂 Schizophrenia」的診斷很相似，所以究竟 Tulpa 會否是精神病的一種呢？

　　關鍵在於 Tulpa 是否真的能「物化幻想」。

　　1972 年 9 月，以科學方法研證鬼魂聞名的「多倫多心靈調查學會 The Toronto Society for Psychical Research」就做了一個很瘋狂的超自然實驗：製造幽靈。

　　實驗團隊總共有八人。負責人叫 Dr. Owem，是一名<u>吵鬧鬼</u>

<u>現象專家</u>。其餘七人均是「普通人」，有不同興趣和職業，但沒有甚麼所謂的靈媒或超能力者（這點對實驗公正性很重要）。

實驗的原理很簡單。八人把自己困在一間大屋內，幻想出一個叫 Philip Aylesford 的鬼魂，並透過冥想、畫畫和寫作來賦予 Philip 樣貌、性格、愛好和生平歷史。

Philip 是一名英國貴族，生於 16 世紀中，在一個天主教家庭中長大。長大後的 Philip 和另一名貴族 Dorothea 結婚，然而他們的婚姻生活並不愉快。在一次偶爾的機會下，Philip 認識到農女 Margo，兩人一見鍾情，很快便成為親密無間的戀人。好景不常，Dorothea 很快便察覺到丈夫在外面偷情。怒不可擋的 Dorothea 誣陷 Margo 用巫術迷惑她丈夫。在中世紀，使用巫術是很嚴重的罪行，Margo 被宗教法庭判處火刑活活燒死，傷心欲絕的 Philip 不久也患上抑鬱，跟隨 Margo 的步伐投井自盡。

縱使 Dr. Owem 眾人創作了如此豐富的背景資料和人物性格，但在那長達數天的「DIY 幽靈工作坊」，沒有任何人看到 Philip 有半點動靜。雖偶爾有一兩個神經質的女士說自己「感覺到」Philip 在自己身旁，但始終無從稽考，

反倒是一夥人像傻子般在大屋呆了好幾天。

　　誰也沒有想到，一個心理學家的來訪，竟然讓整個實驗產生翻天覆地的變化。

　　Kenneth J. Barcheldor 是一名心理學家，也是 Dr. Owem 的朋友。他得知 Dr. Owem 的實驗失敗後便前來拜訪，了解整個實驗過程後，身為科學家的 Kenneth 竟然給摯友一個不科學的建議：他提議 Dr. Owem 不要再搞「科學實驗」，搞一場「召靈會」吧！

　　然而，結果倒出乎意料地有效。

　　同樣的參加者，同樣的地點，同樣的人物設定，添上召靈會的裝飾和儀式後，氣氛突然急轉直下，變得異常的詭異和恐怖。他們八人手挽手圍坐一張大圓桌冥想，用咒文把 Philip 從陰間召

喚了上來，以敲木桌的方式交流：敲一下代表正確，敲兩下代表錯誤。

很快木桌便傳來敲擊聲。

Dr. Owem 等人對召魂幽靈一事雖抱持開放態度，眼前的情境仍然讓他們驚訝得目瞪口呆。他們印象中的召靈會是把亡靈從陰間拉上來，但明明 Philip 只是他們幻想的產物，那麼藏在木桌回應他們提問的是誰？更加奇怪的是，那隻「幽靈」不單只答對所有關於 Philip 的問題，甚至揭露出更多的「細節」，展露出更多的性格。

就好像一個獨立的個體。

隨著他們愈問愈深入，難以解釋的超自然現象開始在房間逐步發生：先是氣溫急劇下降，然後傳來不知名的尖叫聲，最後圓桌突然粗暴地翻轉。被嚇壞的 Dr. Owem 覺得事件非同小可，於是趕忙把房屋的正門打開，邀請路過的行人進來，一起見證這「歷史時刻」，並為實驗拍下錄影帶。

　　當然有人質疑這實驗是否造假，筆者也難以考證，畢竟都接近四十年前，但如果 Dr. Owem 的聲明是真實無誤，那麼是否證明了 Tulpa 的存在呢？會否原來我們一直流傳的鬼魂、神靈及都市傳說等怪物都只是 Tulpa 的產物呢？

NO.: #2/4

CASE: 被世人忽略的超自然領域
　　　　　　——分身靈 Doppelganger

SUBJECT:

　　某天週末晚上，我和老婆大人一如以往在城鎮盡頭一間餐廳吃過晚飯，晚飯過後便駕車回家。當我回到家打開大門時，看到穿著睡衣的老婆大人坐在客廳的電腦桌前，埋頭苦幹地工作，就像每天晚上般，看似沒有甚麼不尋常之處，但問題是⋯⋯

　　那麼剛才陪我吃晚飯，現在站在我旁邊的是誰？

　　我努力壓抑身體每一條被嚇得瘋狂抽動的神經，裝作若無其事地走向睡房。那個陪我吃晚飯的「老婆」也緊跟在我身後，不動色聲。我們回到睡房，同一時間軟癱在床上。我問老婆剛才有沒有看到「那東西」，她臉色凝重地說剛才打開正門時，也看到自己屈膝坐在電腦前工作⋯⋯

　　那天晚上，我倆沒有人敢踏出房門半步。

　　以上是網民 WhiteZombieCat 的親身經歷。

　　Doppelganger，中文名稱又可叫作「分身」或「生靈」，泛指一個和當事人（需有生命）長得一模一樣的靈體突然憑空出

現在現實世界中，屬一種超自然現象。Doppelganger 一詞起源於德文詞語「Doppelgänger（呃，只是在 a 上方多了兩點）」，Doppel 解雙生、Gänger 解行人或旁觀者，最初出現在德國作家 Jean Paul 的一套奇幻愛情小說《Siebenkäs》裡，後來再被引進到神秘學中，象徵死亡或不幸的預兆。

當筆者第一次接觸 Doppelganger 時，便已經覺得這個題目很有趣。因為比起其他超自然題目，如 UFO、雪人（Yeti）等等，Doppelganger 明顯地被大眾所忽視，是一個很暗淡的領域。但它卻有非常充足的文本記載，不少史記和偉人傳記，也曾經記載關於 Doppelganger 的事跡。

例如「俄羅斯武則天」凱薩琳大帝（Catherine the Great），一名既開明又專制的女皇帝，個性以直率放蕩聞名，晚年生活寂寞。據說在她死去前數天，便發生了以下一則 Doppelganger 事件。

某天晚上，凱薩琳躺在闊大奢華的床上憩息，但沒有睡著。正如大多數政治人物，疲累和夜晚也不能把他們趕入夢鄉，憂慮和內疚無時無刻侵襲他們的心靈。就在此時，一名慌張的僕人突然闖進女皇的房間。沒有等到女皇的質問，那名僕人便搶先說，他和另外數名僕人見到凱薩琳大帝剛剛走進金鑾殿。由於金鑾殿和女皇寢室有好一段距離，而他們也確定女皇沒有離開寢室，於是覺得事有蹊蹺，便立即前來匯報。

女皇聞訊後，立即帶同大批人馬前往金鑾殿。當他們打開金鑾殿時，在場數十名士兵和女皇本人也看到一幕驚訝得讓人啞口無言的情境。一名無論樣子和衣著也如凱薩琳大帝般的「分身」女子坐在宮殿，用冷峻的眼睛盯著進來的人們，絲毫沒有被嚇倒的樣子。

凱薩琳大帝，一名一生打垮無數政敵的女人，當然也不會被些小鬼神嚇倒。

凱薩琳大帝一聲喝令，身旁的士兵隨即拔出長槍，對坐在皇座上的神秘靈體開槍。既然我們都說分身，當火槍的子彈打到來時，那個長得和凱薩琳一模一樣的分身也隨即化為一團煙縷，消失得無影無蹤。

這就是俄羅斯一代傳奇女皇帝凱薩琳大帝在中風死去前的一段「小經歷」。

同樣事情也發生在美國總統林肯（Lincoln）身上。

據說這是林肯親自透露，在他第一次總統選舉結果公佈前的

晚上，林肯看到一個長得和自己一模一樣，但卻分裂出兩張臉的分身。第一張臉和林肯完全一樣，雖然眼神有點虛弱，但第二張臉卻是病入膏肓的樣子，臉色非常蒼白。有人說這暗示了林肯將成功度過第一總統任期，但會在第二任期時死去。

而林肯的確在第二任期完結之前被刺客近距離開槍爆頭身亡。

類似的 Doppelganger 神秘案件也曾經發生在英國海軍上將 George Tryon、西班牙著名修女 Maria de Agreda、英國女王伊麗莎白一世、英國浪漫主義詩人 Percy Bysshe Shelley 和日本著名文學《人間失格》作者太宰治等名人身上。這是非常特別的一件事，因為鮮有一個超自然主題可以有那麼多歷史證據。

如果我們追溯更久遠的歷史，便會發現在古埃及宗教和祆教（Zoroastrianism），也有 Doppelganger 的傳說。在古埃及神話，Ku 指「一對一模一樣的人」。古埃及人認為希臘特洛依戰爭中的海倫，其實是一個 Ku。祆教也有一對象徵善惡的雙胞胎 Ormuzd 和 Ahriman。在日本傳說，也有「因為某活人對某事有強大的執念而產生出來」的生靈傳說（筆者也不太確定是出自中國或是日本，但近年聽得最多都是日本）。

以下筆者將講述兩宗比較有名和貼身的 Doppelganger 事件，一宗發生在東歐，而另一宗則發生在香港。

無處不在的 Doppelganger

以下是一則記載在美國社會改革家兼政客 Robert Dale Owen 個人自傳中的真人真事。

時間是 1848 年，主角的名稱叫 Emilie Sagée，她是名在一間位於拉脫維亞的菁華女子寄宿學校教書的法國籍女老師。

Emilie 年約 32 歲，和大多數維多利亞時期女性一樣，Emilie 性格開明獨立，喜歡穿著高腰立領、公主袖等貴族服裝，但同時又是一位溫文爾雅、潔身自愛的女子。大多數時候，女子寄宿學校的女校長，一位以嚴格保守聞名的老處女，對於這名法國女子的表現十分滿意，至少她沒有像其他時下法國女子犯下「那些墮落淫邪的罪孽」⋯⋯

但唯一問題是這位法國籍老師自入學那一刻開始，<u>古怪的謠言已經不斷纏繞著她</u>。

有很多學生，即使是最乖巧、最理性那些，也忍不住悄悄向校長投訴（多數都帶著一張驚恐的臉孔）說有一個「和 Emilie 老師長得一模一樣的邪靈」在她身邊徘徊。

例如在某年夏天，當 40 名女學生在禮堂學習刺繡，而 Emilie 老師正在窗外的花園悠閒地採花時，一個長得和 Emilie 老

師一模一樣的分身突然浮現在禮堂內，端莊地坐在老師椅上，神態嚴肅地環顧禮堂內的學生。在場的女生都受過嚴格的淑女教育，對於眼前詭異的情景，雖不至於驚聲尖叫，也嚇得像小雞般紛紛離開桌椅，打算衝出禮堂，本來寧靜的禮堂轉眼之間變得像市集般混亂。

縱使如此，那名坐在椅子上的「分身」，它的表情仍然絲毫沒有變化，甚至有點僵硬，那位正在花園採花的「真身」也絲毫沒有察覺禮堂內的騷動。在場的當值老師見狀立即衝去校長室，留下 40 名學生在禮堂。

其中兩名膽子較大的女同學嘗試上前觸摸那個「分身」，但當她們一接近「分身」時，一股無形的排斥力立即像洪水般擠湧過來，使兩個女孩頭昏得軟癱在地上。亦有同學用刺繡的工具拋向「分身」，但無論物品是大是小，都「咻」一聲穿透過來，就像把石子拋向湖中一樣。

大約在 10 分鐘後，那個「分身」在毫無先兆下，突然消失在 40 雙眼睛前，就像它到來時般唐突。

類似的詭異情況幾乎每隔一、兩天便會發生在 Emilie 身上。有時候當 Emilie 教書時，那個分身便悄悄地出現在她的身後，重複數秒前的動作，如寫紙或轉身。據說，她有時也會憑空出現在女子宿舍的房間內，像石像般站立著。

　　最奇怪的地方是，Emilie 對「分身」的事情毫無頭緒。因為她根本從未見過自己的分身，即使分身多次在她的面前出現也好。直到有別的老師和她匯報，她才想起自己不時會無緣無故地感到虛弱和嘔心，也有其他同學說她不時會「褪色」，仿佛快要消失在人間似的，而這些事件發生的時間剛好和「分身事件」發生的時間完全吻合，讓人不禁猜測兩者的關聯。

　　但無論如何，根據 Robert 轉述女學生 Julievon Güldenstubbe 的說法，在數年持續不斷的分身事件後，女校校長最終忍受不了家長和老師的施壓，決定解僱了 Emilie。在 Emilie 離開校園後，她的消息再也沒有得到歷史記載。

　　另一宗則是在香港曾經轟動一時的 Doppelganger 事件。時間大約是 1984 年，那時候油麻地鐵路站開設了不足 5 年，月台還沒有增設玻璃屏風，就像現在的東鐵線，任何時候都可隨心跳下車軌。

　　某天下午，當列車隆隆駛入車站時，一名年約 16 歲的女生驀然縱身一躍，在眾目睽睽之下跳下路軌中。據當時的車長供稱，他清楚看到那名女子跳落路軌並立即按掣煞車，但可惜那名女子仍然像絞肉機前的豬肉般捲入車底，車底傳出女子死前的淒厲尖叫聲。車長也感受到腳下鐵板傳來數下列車輾過生物時發出的震動和咔隆聲。

奇怪的是，當警方和維修人員到場合力翻開車身時，在路軌上甚麼也找不到，連一滴鮮血也沒有。翌日，這宗靈異事件立即登上各大報章頭版，被傳媒廣泛報導。

其實這宗事件還有「後續」，原來那名跳落路軌的「女孩」是另一位站在月台上等車的「女孩」的 Doppelganger。那名女孩在山上的瑪嘉烈醫院進行例行檢查，誰料到當她準備乘坐地鐵回家時，看到一個和自己長得一模一樣的分身跳下車軌，女孩立即嚇得跑出車站，改乘的士回家。據悉，那名女孩在數天後因為心血管問題在半夜猝死。

據傳聞那名女孩在沙灘游泳時也發生另一次 Doppelganger 事件，但未被證實。

來到文章的尾聲，我們一如以往地問：究竟 Doppelganger 是否真的存在？如果是真，那麼它的原理是甚麼？有甚麼神秘力量在背後？

這一次出來支持 Doppelganger 的，並不是甚麼神秘學家……

而是腦神經學家。

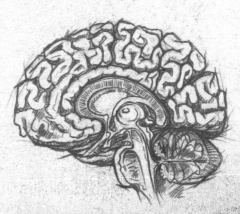

是腦神經問題？還是真有其事？

這是一個屬於科學的年代。

我們這年代的人很喜歡把「科學已經解釋了鬼神」掛在口邊，但如果你再追問那些人甚麼科學解釋了甚麼鬼神？他們一般都會啞口無言，或者支吾以對地說拋出一些荒謬膚淺的「科學解釋」（呃，甚麼都是磁場和心理作用）。如果我們在毫無根據的情況下，強行用科學來解釋所有現象，這種心態其實和迷信無異。

如果要你就 Doppelganger 提出一個科學解釋，你會怎樣說？幻覺？心理作用？磁場問題？還是直接說那是鬼神的事，科學完全沒有辦法？

除了最尾那個選擇外，你有沒有想過這些詞彙其實模糊得和說「女巫在暗中作祟」無兩樣？

其實我們的腦神經科學在近十多年已經取得飛躍進步，解釋了不少過往人們認為屬於鬼神的現象，而 Doppelganger 便是其中之一。

早在 2002 年，蘇黎世聯邦理工學院的腦神經科技專家 Olaf Blanke 便在一名年約 40 歲的女性癲癇症患者的大腦皮層裝上電極，再利用標準 EEG（腦電波儀）進行檢查。Olaf 和他的同事

發現，只要給予病人的角腦回（Angular Gyrus）適當的電流刺激，便可產生靈魂出竅的感覺。

隨著 Blanke 的成功，很多科學家也著手研究「超自然科學議題」，很快他們便把 Doppelganger 事件歸納為 Autoscopy 的一種。Autoscopy 是一種神經病，指患者產生由別的角度望向自己身體的幻覺，而 Doppelganger 便是 Autoscopy 的一種。

Doppelganger 的正式學名叫 Heautoscopy，指在一段距離看到自己的分身的幻覺，患者通常伴隨著思覺失調和癲癇症。如果想更準確地描述，科學家發現只要左後腦島（Left Posterior Insula）某一特定位置，再加上周邊大腦皮層受損，便可以產生類似 Doppelganger 的幻覺。

換另外一個角度，只要有自願者和適當的儀器下，我們在實驗室也可以任意產生 Doppelganger。

那麼我們又如何解釋「旁觀者也看到的 Doppelganger」？

筆者其實可以用「集體幻覺」或者乾脆地說「他們根本胡說八道」來跟大家解釋，但如果我們本身沒有實際證據，那又怎能百分百肯定地說他們都是出自幻覺呢？

筆者想借 Doppelganger 這一傳說表達自己對科學的看

法：其實科學在這個年代已經可以解釋很多古代的傳說，但又有很多仍然未夠充分。

對於那些已經確定的科學，我們可以放心地說。但如果你發現科學解釋得不太全面，或者根本就沒有建設性的解釋時，那些領域還是留給鬼神好了，讓它們在那日漸喪失的領域稍為休息一下，待科學有更健壯的身體時，才再次回去。

NO.: #3 / 4

CASE: **高個子的男人**
——Slender Man

SUBJECT:

好吧，這次我們單刀直入。

Slender Man，一個既張揚又神秘的傳說怪物，其中文名稱千變萬化，有高個子的男人、森林暗鬼、瘦削的人、斯蘭達人、瘦肢男…但由於這些名字都不太好聽，所以下文還是叫回 Slender Man。

Slender Man

關於 Slender Man 的描述，在不同的版本也略有不同，隨記敍者而定。大體而言，Slender Man 被描寫成一個穿著優雅的黑色西服、五官盡失的怪人，原本臉龐的位置只餘下慘白色的皮膚，像個百貨公司的模特兒公仔般。

正如它的名字，Slender Man 的個子異常高大和瘦長、至少有 2.5 米高，手腳四肢更長得不成比例。據悉，在捕捉一個以上的獵物時（通常為小孩），Slender Man 四肢不單可以任意伸長，背部還可以變出更多的觸手，宛如蜘蛛般，對獵物佈下天羅地網。

Slender Man 每次出現均會伴隨小孩子的失蹤，有時候只有一、兩個，有時候卻可以是集體失蹤。Slender Man 通常會躲藏在深山或廢墟中，靜靜等待小孩子到來，或者走到位於近郊的屋外，由窗戶悄悄盯著屋內的小孩，靜待適當的時機。

據悉，接近 Slender Man 的小孩或成年人還會立即出現一種叫「Slendor Sickness」的可怕症狀，當中包括妄想、夢魘、流鼻血、頭痛，甚至失智。當它認為你已經被它嚇壞，或身體已經虛弱到不能時，它才會真的下手。被抓走的小孩要麼成為 Slender Man 的僕人，要麼成為它的…食糧。

最早關於 Slender Man 的記載出現在 2009 年 6 月 10 日，出自 Something Awful，一個頗有名的外國論壇。在那天，一名叫 Victor Surge 網民發了一個帖子，關於他近年對一隻神秘怪物的調查，內容除了提供詳細的目擊證人口供和背景資料外，Victor Surge 還提供了數張清晰的照片，讓人不得不相信他對那神秘生物的看法，以下是當時帖子的部分內容。

「我們不想走，也不想殺死他們，但它持續的沉默和張開的雙臂既在恫嚇我們，又在迷惑我們。」——照片拍攝於 1983 年，拍攝者身份不詳，但應該已死。

　　這張修補過的照片曾在斯特林市圖書館的大火中被燒毀。照片重點在於拍攝當天，有 14 個孩子在「Slender Man」的誘拐下集體消失。大火在消失事件的一星期後發生。原有的照片已被警方沒收作證物之用。照片拍攝於 1986 年，拍攝者 Mary Thomas 在 1986 年 6 月 13 日失蹤，至今下落不明。

　　在這兩張照片後，Victor Surge 還補充了一張照片和一名醫生的記載。逼真的照片和仔細的描述立即吸引了網民的眼球，愈來愈多網民提供更多關於這神秘生物的資料，包括照片，甚至影片。例如會員 Thoreau Up 就把 Slender Man 扯上一隻德國古老傳說生物「Der Grossman」，企圖深化它的歷史背景。另一位 Ce Gars，卻拍攝了一套關於 Slender Man 的半紀錄片。

　　隨著愈來愈多網民加入，關於 Slender Man 的設定也比原先愈來愈仔細，例如 Slender Man 擁有瞬間轉移的能力，而且對小孩子有迷惑的作用。除了拐誘小孩子外，它還會逼瘋一些較年長的青少年，成為它的「僕人」，好去誘拐更多的小孩子，為它提供食糧。有時又會使他們突然變得瘋狂暴力，以除去礙事

的大人。某些人更說一旦調查 Slender Man，都會誘使 Slender Man 來到調查者的身邊，在拍下的影片或照片中，留下「Slender Man 印記」，甚至殺死調查者。

　　Slender Man 的故事像秋天的山火般在網絡世界迅速蔓延。很快世界各地的人都留意到 Slender Man 的存在，並被它迷人的設定吸引。不久，以 Slender Man 為主題的遊戲、網劇，甚至電影也陸續推出，當中最出名的莫過於免費手機遊戲《Slender Man》，玩家扮演一個小女孩在森林中邊躲開 Slender Man 的追捕，邊收集紙條。

　　但正如每次討論都市傳說時，我們最後都會問的一條問題：究竟這個都市傳說是否屬實？究竟 Slender Man 是否屬實？

　　答・案・當・然・是・否・定。

　　其實 Slender Man 是由 Victor Surge 創造出來的虛構生物。所有關於 Slender Man 的照片和文本也是由網民捏造、Photoshop 出來。

　　Victor Surge 真名叫 Eric Knudsen，是一名野心勃勃的恐怖小説作家。他夢想是追隨恐怖大師史蒂芬・金（Stephen King）和 H. P. 洛夫克拉夫特（H. P. Lovecraft，Cthulhu 神話的始祖）的步伐，創作出一個可以流傳後世的恐怖故事。所以

Eric 利用現今的網絡技術，再混合很多古老傳說的怪物，創造出一隻聞所未聞的神秘生物 Slender Man 出來，而他的確很成功地把 Slender Man 推廣到全世界，成為家喻戶曉的怪物。

來到這裡，如果這是一篇普通的都市傳說文章的話，筆者應該要開始寫下結語⋯⋯

但大家還記得這是一篇 Tulpa 故事嗎？

要創造一個 Tulpa：①主人（一個或多個）要對 Tulpa 的外形有清晰的概念；②愈詳細愈好的背景設定；③投射強大而持續的想像力，這樣便有機會把幻想的生物物化成真實。這些過程是否聽起來有點耳熟，和剛剛講的 Slender Man 故事有點相似？

那麼我們會否已經物化了 Slender Man？

如果 Tulpa 是真的話，那麼 Slender Man 會否都是真實呢？它會否已經脫離創作人的控制？由 Tulpa 變成一隻真正的怪物呢？

我們 Slender Man 的故事才剛剛開始呢⋯⋯

三宗 Slender Man 殺人事件

以下筆者就記載了三宗和 Slender Man 有關的殺人事件，而且一宗比一宗詭異⋯⋯

案件 1　威斯康辛州事件

大家還記得 12 歲的自己嗎？筆者 12 歲時還是《數碼暴龍》、《寵物小精靈》和《哈利波特》的世界。筆者和大多數的小孩一樣，每天放學後，便會立即飛奔回家看電視，或者埋首在珍藏的暴龍機，偶爾會到樓下公園和朋友一起玩捉迷藏⋯對於大多數 12 歲的小孩來說，他們的思想和世界觀都是單純、無害、天真無邪的。

但對於住在美國威斯康辛州的 Morgan Geyser 和 Anissa Weier 來說，卻是另外一回事。

時間是 2014 年 5 月 31 日，星期六。對於大多數人來說，這天只不過是一個平常的週末，但對於 12 歲的 Morgan Geyser 和 Anissa Weier 來說，這天卻意義非凡，甚至比自己每年的生日派對來得要緊，來得要命。

因為當天是 Slender Man 的「祭祀日」。

大約在事發一年前，由 Morgan 和她的同班同學 Anissa 在某個網站偶爾發現 Slender Man 那一刻開始，兩個女孩的世界便從此改變。她們瘋狂迷戀這隻神秘、血腥的生物，它的熱情好比同齡少女對 One Direction 的還來得瘋狂、來得強烈。她們每天放學都會一起上 Slender Man Wiki 重複又重複地翻看各種 Slender Man 的同人故事和影片，樂此不疲。

後來，一名負責案件的私家偵探在 Morgan 的房間發現超過 60 幅的 Slender Man 畫作，每幅內容也反映出兩個女孩對 Slender Man 病態的血腥幻想，例如其中一幅描繪了一名明顯已死的女孩躺在地上，怪物在說：「我喜歡殺人（I love killing people）」。其他的畫作也寫上了一些隱含著恐嚇意味的句子，例如：「他永遠也在這裡（He is here always）」或「即使在家也不會安全（Not safe even in your house）」。

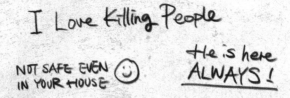

更加恐怖的是，他們在女孩的床底發現一整箱赤裸裸的芭比公仔，每個芭比公仔也佈滿刀痕，有的更被割去四肢。它們每一個的背部也刻上「殺戮（Kill）」這詞語⋯⋯

和一個 Slender Man 印記。

每一個芭比身上也有。

根據負責 Morgan 的精神科醫生 Deborah Collins 說，Morgan 對 Slender Man 的信仰從不動搖，而且隱含著古怪的理性基礎。她說在兩個女孩開始迷戀 Slender Man 不久，便相信 Slender Man 不時會來找她們，帶她們到一個位於「阿瑪地國家公園（Nicolet National Forest）的宮殿」玩耍。直到某日，她們都聲稱聽到 Slender Man 恫嚇她們說，只要為它獻上一名女孩，便不會傷害她們的家人，更會帶她們到森林深處的宮殿居住，並正式成為 Slender Man 的僕人。

所以她們便約了 Payton Leutner 出來。

雖然 Payton 和她們是同班同學，但其實不是太熟悉，最多偶爾在操場玩耍，還不能察覺到她們骨子裡是病態得如此可怕。所以當 Morgan 唐突地邀請 Payton 來她的屋子睡一晚，之前再在附近的森林走一轉（Payton 很喜歡小動物）時，雖然感到困惑不解，還是答應了她們。畢竟，正常人也不會想到你的同學邀請你出外玩耍時，原來是想把你獻給某隻無臉的長手怪物吧？！

在警方審問下，Morgan 和 Anissa 進一步承認她們用了一個月時間準備整個殺人計劃，並反覆練習殺人過程。所以當天下午，

當 Morgan 在被高大松樹包圍、鬼影憧憧的山林內,用盡全身氣力在 Payton 的背部捅下第一刀時,幼小的少女身軀已經展示出像屠夫般利落的殺人手法,眼神也散發出著魔般的殘暴。

刀鋒沒入 Payton 的體內,被割破的內臟立即噴出鮮血。

對於一個 12 歲的女孩來說,Morgan 和 Anissa 對鮮血有一種異於常人的漠然,Morgan 沒有理會濺在身上的鮮血,也沒有理會瀰漫在空氣的鐵鏽味,毫不猶豫地再次舉起刀柄,狠狠地揮下去。這次刀柄沒入女孩的左胸,離正急促跳動的細小心臟只有數毫米的距離,一刀又一刀…最後 Morgan 和 Anissa 總共在 Payton 身上留下 19 道深深的刀痕,當中 2 道劃過心臟、3 道刺穿胃部和肝臟,造成嚴重的內出血,形成血液由 Payton 的口腔不斷嘔出的畫面。

直到 Morgan 和 Anissa 覺得 Payton 死掉只不過是時間問題時,她們才決定轉身離開,把 Payton 棄掉在山森,任由 Payton 以扭曲的角度躺在血泊中,微微顫抖。因為這正是那居住在深山的怪物「Slender Man」所喜愛的。

接下來發生的事純粹得到山神保祐,否則聽起來真的不可思議。Payton 憑著不知哪裡來的驚人意志力,在確定兩個女孩離開後,強忍痛楚,一手摀住肚子上傷口,一手抓緊泥濘路上的沙石,在地上緩緩爬行,一口氣便爬了百多米路,來到馬路旁邊,最後軟癱在溝渠裡。由於事發地點頗偏遠,正常情況下很少人經過,

但那天碰巧一名單車客經過，並發現躺在溝渠的 Payton，才能及時將她送往醫院。

威斯康辛州的醫院立即對 Payton 進行長達 6 小時的急救。負責急救的醫生表示 Payton 血壓和心跳一度跌到瀕死水平，多個器官也出現衰竭，醫生更要把 Payton 的胸膛割開，好修復已損壞的器官，幸好最後成功把 Payton 由鬼門關扯回來。同一時間，企圖謀殺的 Morgan 和 Anissa 也被警方上門拘捕。

案件現在還審訊中，但當地的法院已經十分肯定地把兩名女孩送到成人法庭，因為她們涉及的可是一級企圖謀殺罪。除此之外，根據其他律師的推測，法官很大機會判兩名女孩最高刑罰——亦即是監禁 65 年。

但無論法院的判決多麼嚴重，似乎對案件的主腦 Morgan 仍然沒有影響。直到前幾天的精神治療，Morgan 仍然對醫生說：「只要它（Slender Man）再叫我殺人，我也會願意效力。」

案件 2　俄亥俄州刺母事件

無獨有偶，在 Morgan 刺傷了 Payton 數天後，在俄亥俄州也發生了類似的事件。

這次案件的主角是一名居住在漢密爾頓縣的 13 歲女孩（所有涉及案件的人名都被警方和傳媒刻意遮掩），女孩的來歷也沒有甚麼異常，唯一詭異的地方是，她也很沉迷於 Slender Man 的幻想世界，經常寫一些 Slender Man 的殺人故事，甚至在電玩遊戲 Minecraft 興建了一個專門祭祀 Slender Man 的怪異世界，而世界的內容也是充滿神怪和暴力。

直到某一天，在毫無徵兆下，這名女孩決定用刀殺死她的母親。

以下是女孩母親在事發後和當地新聞台說的話：「那天晚上我下班回家，她（女兒）已經在廚房等待我。她戴著一張面具，一張純白色的面具。她把衣服的兜帽拉上來，手也藏在長長的衣袖中。」

然後，女孩亮出刀鋒，撲向母親。

女孩的母親一時反應不過，怔怔地呆在原地。畢竟，正常人也不會預期下班回家，你的家人已經準備好用刀子砍你。直到刀子劃過她的面頰時，痛楚才讓母親由驚愕中清醒過來，企圖抓住刀子並制服突然發瘋的女兒。縱使最後成功把女兒按倒在地上，但這時母親的面部、頸部和背部已被刀子劃下不同程度的刀痕，甚至插傷，血

液緩緩沿衣服流下，滴在地上。

女孩被法庭判處到當地的更生中心待上一會兒。縱使在警方苦苦追問下，女孩對當時拿起刀子和襲擊母親的記憶仍然離奇地空白一片。

「她襲擊我的時候，好像變成了另外一個人般。」女孩的母親最後補充說。

女孩的殺人動機直到現在仍然是一個謎。

案件 3　佛羅里達州縱火事件

同樣突然失控的 Slender Man 殺人事件也發生在佛羅里達州。

14 歲的 Lily Marie Hartwell 和家人居住在佛羅里達州帕斯科縣一間平房內，並就讀於當地的查斯科中學（Chasco Middle School）七年級，之前沒有任何行為不良記錄，也沒有精神病歷，是一名平凡健康的女孩。

但在某天深夜，她卻用烈酒放火燒掉了自己的家。而當時她

的母親和 9 歲的弟弟還在裡頭酣睡。

時間是 2014 年 9 月，Lily 趁家人半夜熟睡時，悄悄地由廚房拿出所有漂白劑和朗姆酒，浸濕了一堆衣服、床單和毛巾，並把它們串成長長的引線，佈滿屋內每一條通道。完成引線後，Lily 在車房內點燃線頭。火焰立即像跳躍的毒蛇般沿著引線，迅速吞噬整棟房子，整棟房子在一分鐘內已經被熊熊大火包圍。

幸好房子早已安裝煙霧探測器，所以 Lily 的母親和弟弟很快就被警報吵醒，在大火把屋子燒得只剩框架前逃離。Lily 的母親曾經因為發現 Lily 不在屋外，一度冒著生命危險跑回屋內尋找 Lily，但當然她甚麼也找不到。

因為 Lily 早已收拾行裝，跑到鎮內一個公園的淋浴間內睡覺。

直到第二天早上，當 Lily 收到母親和弟弟「竟然」沒死的消息時，她才傳了一個短訊給母親說：「媽，對不起，我不知道自己為甚麼要這樣做。你們有沒有受傷？」

媽沒有事，有事的是我們的銀行存款，和你的腦袋。

警方把 Lily 拘捕後，在她的個人電腦搜到大量 Slender Man 的圖片和個人文章，更加詭異的是，當警方翻查互聯網瀏覽記錄

時，發現 Lily 在縱火前一刻正在看到某篇講述 Slender Man 故事，之後好像突然被故事打開了腦內某個禁忌的開關，決定要殺死自己的家人。

Eddie Daniels，帕斯科縣的警長在一個 ABC 新聞台的訪問說：「我們很確定此案件和它（Slender Man）有莫大的關係。」

和俄亥俄州事件一樣，Lily 對行兇的過程也出現失憶的問題。

究竟接二連三的 Slender Man 殺人事件是怎樣一回事？在短短半年內，竟然先後發生 3 宗同類型的案件。根據部分在美國傳媒工作的網民説，其實還有很多和 Slender Man 有關案件發生，但沒有被主流媒體報導或只有小篇幅的描述，真實的 Slender Man 案件數目遠遠比 3 宗多。

但我們不是一開始就説過 Slender Man 是捏造出來的？為甚麼一個虛構的角色會有如此大的魔力，去驅使一個又一個小孩為它瘋狂，甚至殺人呢？

現在，讓我們回到 Tulpa Theory。

疑幻疑真的 Slender Man

有部分網民很快察覺到接二連三的 Slender Man 殺人事件和 Tulpa 理論的聯繫性，並指出 Slender Man 是近年來對 Tulpa 理論最強而有力的證據。

雖然這些殺人事件並沒有 Slender Man 直接現身的證據，但有別於尋常的傷人案，這些殺人事件均很有「Slender Man 的故事風格」；例如行兇的孩子均出現發狂和失憶的症狀、攻擊有指向自己家人的傾向、成為 Slender Man 的僕人⋯這些也和 Slender Man 故事中經常出現的情節一樣，讓人不得不懷疑 Slender Man 是否真的在背後從中作梗。

有人說 Tulpa 除了像我們先前提及的由個人冥想產生外，Tulpa 其實也可以由集體想像中產生，情況宛如神話世紀 AOM 的神力系統般。根據 Tulpa 理論，縱使有很多成年人不相信 Slender Man 的存在，但的確有不少青少年和小孩真心相信它，甚至對它有種近乎宗教的狂熱和迷戀。除此之外，Slender Man 在網絡世界真的很紅，對它有熱情的人也比其他都市傳說的多，再加上其故事本身有甚為詳細的背景資料。

在種種因素下，Slender Man 真的合乎 Tulpa 的產生條件。

這些信念匯集成足以產生 Tulpa 的能量，容許 Slender Man

脫離平面世界，對現實世界產生一定程度的影響力，例如令受害者產生妄想、幻聽，甚至一些簡單的催眠和精神控制。這也是使那些女孩突然發瘋的主要原因。

甚至有網民把 Slender Man 的 Tulpa 理論深化下去，提出「兩個 Slender Man」的假說。

他們認為現在的世界存在著兩個 Slender Man。一個是由「都市傳說迷產生的 Slender Man Tulpa」，另外一個是由近來「媒體不斷渲染和報導 Slender Man 殺人事件而生成的 Slender Man Tulpa」。前者的 Tulpa 是根據故事的背景產生，行為詭異且不明，較少傷害人。但由媒體產生的 Tulpa 卻是嗜血成性，他們因此推測在之後將產生更多更可怕的 Slender Man 罪案出來⋯⋯

NO.：#4 / 4

CASE： 既似人又似狗的殺人怪物
————瑞克 The Rake

SUBJECT：

　　瑞克（The Rake）是繼 Slender Man 後，另一隻廣為人知的都市傳說生物。其名字取至十八世紀著名版畫家威廉·賀加斯（William Hogarth）的作品系列《浪子的歷程 A Rake's Progress》。故事描述一名原本誠實有為的年青人 Rakehell 在繼承遺產後，沉溺在紙醉金迷的世界中，終日嫖妓和賭博，最後淪落到終生被關在瘋人院。然而，沒人知道該作品和瑞克這隻怪物本身有甚麼聯繫，借代作品表達出墮落的意思？還是兩者其實是同一人？

　　根據都市傳說記載，瑞克的外型像某種人犬雜交誕下的怪物，擁有一雙長而鋒利的爪子，瘦削的身軀卻展現出異常驚人的力氣。此外，瑞克常常以一種扭曲得不自然的姿勢出現在人類面前，其中一個目擊者將它形容為「看起來像具會走動的車禍屍體」。

Rake

瑞克通常趁目擊者睡眠時出現在其床上，在耳邊呢喃出沉重的竊竊私語聲，極端的情況下會用利爪殺死目擊者。但有一點人們還未搞清：究竟瑞克

是在現實世界攻擊受害人，抑或夢境世界裡，還是兩者皆可？另外，有別於 Slender Man，瑞克能被電子儀器拍下來，只不過會有點模糊罷了。

當代關於瑞克的記載最早發生在 2003 年。傳說在 2003 年，美國突然發生一連串 UMA（Unidentified Mysterious Animal）傷人事件。一隻類人型的神秘生物徘徊在東北部一帶的小城鎮，並四處襲擊居民，引起小鎮恐慌。但事件在蔓延到主流媒體前，便被政府壓下來，先前有關的報導也被銷毀。

直到 2006 年，有一夥人自稱搜集了由 12 世紀到今天、橫跨了 4 個國家的歷史資料來證明瑞克的存在，以下是部分他們列出的歷史資料。

自殺者留下的紙條 1964 年

就在我準備結束生命前，我覺得有必要安撫那些因我的死而感到內疚和難過的朋友。這並不是你們任何人的錯，而是「他」。有時我醒過來會察覺他的存在；有時我醒過來會瞥見他的身影；有時我醒過來會聽到他的聲音、看到他的眼睛。每晚反覆發生惡夢般的經歷使我難以入眠，更糟糕的是我根本不知道甚麼時候是清醒。所以各位朋友，再見了。

在發現紙條的同一個木箱內還有兩個空的信封，分別寫著「威廉」和「露西」，還有一張沒有信封的信紙寫著：

> 親愛的莉寧：
> 我會為你祈禱，他說了妳的名字。

從西班牙語翻譯過來的日誌 1880 年

前所未有的恐懼籠罩著我，我體會到前所未有的恐懼。當我們四目交投時，我見到的只有兩個空洞，漆黑而虛無，冰冷得刺穿我的內心。他的雙手濕滑而堅硬。我不敢再睡覺了。他的聲音……（餘下的都是不清晰的詞句）。

某水手的日誌 1691 年

他在我睡覺時來到我的床邊。那種讓人不寒而慄的感覺從床尾傳到我的心房。他奪去了所有東西。我們必須折返英倫。奉瑞克（The Rake）之名，我們絕不能再回到這裡。

親眼目睹瑞克的證人報告

　　三年前的國慶日，我們一家人去了尼加拉瀑布自駕遊。當晚回到家時我們已經筋疲力竭，我和丈夫匆匆哄睡孩子後，便立刻軟癱在床上，倒頭大睡。

　　大約凌晨四時，我惺忪中感覺到一個人影站在睡房的廁所門旁，以為是丈夫起身上廁所，於是趁著這個空隙扯回被拉走的被單。怎料原來丈夫還睡在我旁邊，沒有上甚麼廁所。我連忙向他道歉說以為他已經起床。

　　突然，就在我還惺忪倦眼之時，丈夫把臉轉過來，大大喘了一口氣，原來放在床尾的雙腿再猛力一屈，力度之大幾乎把我踢出床外。然後他緊抱著我，閉口不言。

　　我的眼睛花了數秒後才適應黑暗，那時我才明白丈夫看到甚麼奇怪的東西。就在床尾位置，一隻赤條條的類人型怪物雙腿屈膝坐在我們面前，離我們只有數吋距離。那隻怪物有著人類的身軀，樣子卻像無毛的狗隻般畸形。它以一種極度不自然的姿勢坐在床上，四肢扭曲得像被貨車撞過般，又或遭遇過甚麼可怕的酷刑。但因為未知的原因，那一刻我內心充斥著想幫助它的念頭多過感到害怕。

　　我和丈夫飛快地互換眼神，把手臂和膝蓋向內屈，就像兩個

胎兒般僵硬在床上，呆呆地望著這名不速之客。

那隻怪物在我們床上亂舞，在床邊和床單之間像抽筋般左蹦右跳，揮舞著兩手利爪，利爪鋒利的邊緣在我們面前呼呼劃過。那隻怪物驀然停下來，直勾勾地盯著的丈夫，就這樣對視了30秒有多（或者只有5秒）。

然後它把利爪放在自己的膝蓋上，借力一推旋即往女兒房間衝去。

我尖叫著由床上跳下來，爭分奪秒地追上去，希望能在它傷害我孩子前制止它。當我到走廊另一邊，從女兒臥室投映出來的燈光足夠讓我看到它弓著背，蹲在離我大約20英呎的位置。它轉身過來盯著我，滿身鮮血。我按下牆上的開關，見到我的女兒克拉拉躺在血泊中。

那隻怪物在我和丈夫上前救女兒之際由樓梯逃走。深紅色的鮮血把克拉拉的睡衣染成血袍，一個比她嘴巴還大的裂口撕開她幼小的身軀。她虛弱地說：「它就是瑞克。」然後便兩眼一合，結束短暫的人生。

我丈夫上氣不接下氣地抱女兒上車，用最快的車速奔向醫院，希望能把她由鬼門關拉回來，而我則因為太驚慌而留在家中。

但可惜，他們最後都沒能趕到醫院，汽車駛到湖邊時突然失控，翻滾入水中，兩人都死去了。

在美國小鎮，新聞散播就像秋天的山火般迅速，鄰居很快趕來伸出援手，警察和小鎮記者也很積極地調查。但奇怪的是，調查結果從來沒有真正在報章和電視出現過，只有小篇幅且毫不起眼的報導。

其後數個月，在葬禮結束後，我和兒子賈斯汀暫居在娘家附近一間酒店，直到近來我們才搬回家中。為了填補我內心的痛苦和困惑，我開始尋求事件的真相。我在鄰近城鎮打聽到一個男人遭遇過相同的經歷。和他聯絡過後，得知在紐約還有兩個人也曾經和那隻生物（他們稱它做瑞克）交手。

之後兩年，我們四人成立了一個類似工作坊的組織，由網絡或歷史文件中搜查出任何可以證明瑞克存在的線索，但可惜相關資料實在不多。我們曾經找到一本日記，頭三頁都有在講述瑞克，之後卻沒有。另外也找到一本航海日誌，雖然沒有提及正面遭遇瑞克，卻說因為它而遠離原來船隻的目的地。

縱使手上的資料如此零散，但有一點我們仍然確定：瑞克會在殺死受害人前，重複出現在他們的床邊或夢裡，有時候還會和他們說話。這讓我不禁猜想女兒在死前是否曾經和瑞克見面，而沒有對我們說？

　　自此之後，我臨睡前都會把一台錄音機放在床邊，錄下整晚的聲音，然後起床時播放（縱使我用 8 倍速度播放，仍然要花一小時有多）。就在第三週的第一天早上，<u>錄音機傳來一把尖刺的怪聲，我便知道瑞克曾經來過我床邊。</u>

　　直到那一刻，我才醒悟到我並不是第一次聽到瑞克的聲音。它曾經每晚出現在我丈夫的床邊，細説它的話語，而我卻只以為是窗外動物的叫聲。

　　在瑞克毀掉我的家庭後，我再也沒有看到它。但既然現在知道它曾經出現在我的床邊，我便知道在不久的日子，當我由睡眠中驚醒時，那雙漆黑空洞的眼睛會再次和我對望。

　　大家看到這裡，想必猜到瑞克這一都市傳説的真偽。縱使以上的資料把瑞克描述得繪聲繪色，然而瑞克其實和 Slender Man 一樣，都是由網民捏造出來。

　　創作瑞克的網民叫 Clockspider。Clockspider 看到 Slender Man 的成功後，他在 2006 年以同樣偽紀錄形式在創作論壇 Something Awful 刊登瑞克的文章，之後被知名 YouTube 頻道

EverymanHYBRID 看上，加入到原本以都市傳説為題的靈異短劇，大幅提升其知名度。

但是情況和 Slender Man 一樣，縱使公眾知道瑞克是虛構，仍然阻止不了目擊瑞克的報告出現，甚至有愈來愈多的趨勢。

例如在 2006 年，一夥自然學家為了觀察該區鹿群的夜間活動，在國家公園內設置了 24 小時錄影機。誰不知有一晚竟然拍到一隻長得和瑞克一樣的生物急速奔向鏡頭的恐怖畫面。

另一宗瑞克目擊個案在 2011 年 4 月的美國倫敦發生。當地一間水電公司 United Utilities 維修隊在地下水道進行定期檢查，派出一輛配備 CCTV 的高科技遙控車在錯綜複雜的下水道遊走時，沒想到竟然拍到一隻大如成人、用兩腿行走的神秘灰色生物在鏡頭前快速掠過，並在稍後片段再次拍到它由下水道遠處窺視遙控車的驚慄畫面。

當初控制遙控車的水電工人在網誌説，自己在下水道工

作 25 年來，不時會聽到遠方傳來「瀕臨窒息的女人咳嗽聲」或者「男人狂歡時發出的尖叫聲」，但今次還是第一次看到聲音主人的真面目。那段恐怖影片讓他好幾晚也睡不著。

上述的情節聽起來是否很熟悉？就好像我們在上一章談及「Slender Man Tulpa 化」的情節。所以瑞克是否也因為網民的集體想像而實體化，變成一隻擁有自我意識的恐怖怪物呢？

或者我們不應該把注意力只放在 Slender Man 和瑞克上，因為事實上，不少都市傳說生物即使被網民證偽後，仍然出現「逐漸成真」的 Tulpa 傾向。

恐懼是都市傳說的糧食

有時候，人難免有一、兩個迷信的觀念，即使熱愛科學的筆者也不會例外。其實由開始以都市傳說為寫作題材至今，有個難以啟齒的想法一直縈繞在筆者腦海：自己就像歌德筆下的《浮士德》般，一直和那些都市傳說怪物進行不聖潔的交易。它們給我靈感和力量，我就寫他們出來，讓讀者感到好奇和恐懼，從而使它們獲得力量。

但為了不淪落到被逼去住精神病院，筆者從來沒有公開對人說過，自己內心也是半信半疑，但如果根據 Tulpa 論，筆者偏執

的想法或多或少是正確的。

在神秘學，Tulpa 是自私的存在。一旦由創造物獲得足夠的力量，就會獨立行事。雖然我們不能說「獨立行事＝邪惡」，但失控的 Tulpa 犯下邪惡事情例子絕對不是沒有。更甚的情況是，如果 Tulpa 意識到創作者死去、企圖消滅自己、棄之不顧，它便會不擇手段來維持自身的存在，例如引起公眾恐慌。

為甚麼要故意引起公眾恐懼？恐懼是人類數百種感情中最強烈，亦都是最容易挑起的情緒。如果 Tulpa 的存在是依靠人類的思緒，那麼選擇以恐懼作食糧倒是人之常情。這套理論並不是 Slender Man 和瑞克出現後才有。早在 90 年代，便有研究黑衣人的幽浮學者提出黑衣人可能是 Tulpa 的說法。

黑衣人（Men in Black）是一則在美國流傳了接近半百年的都市傳說。他們是一夥穿著黑色西裝的神秘人，每次出現都是兩三人一組，專門拜訪幽浮學者和目睹 UFO 市民的家，並不擇手段地要他們閉嘴，包括武力威嚇。

然而根據傳說記載，黑衣人並不像一般政府秘密機構人員，反而隱約展露出「非人」的特質，例如他們膚色要麼異常地黝黑，要麼怪怪的蒼白；眼睛像大而黑的電燈泡，瞪着人就能造成頭痛；或者有少許心靈感應能力。也有報告說他們會用怪力捏碎家具，好威嚇目擊者；對普通的日用品（如平底鍋、文具）也有異常的興趣，好像頭一次接觸它們一樣。

以上種種神秘的特質讓人不禁臆測黑衣人的真正身份，由外星人論、惡魔論、妖精論到時空警察論也有，這些論壇無不為黑衣人的存在添上恐怖、詭異的氣息。然而，唯獨一種理論指出黑衣人「脆弱的本質」，那就是 Tulpa 論。

寫下《真實的黑衣人 The Real Men in Black》一書的幽浮學者尼克·雷德芬（Nick Redfern）坦然指出黑衣人的存在根本不合理：「較為諷刺的是，黑衣人告訴人們不要談論他們看到的幽浮，自己卻做出各種駭人的行為，引起他們恐慌，嚇得跑人去警察局、找神父傾訴或去 UFO 研究中心報案。那些黑衣人每次所做出來的結果根本和他們所聲稱的目的背道而馳！」

筆者認為這種論調不無道理。試想想稍有常識的政府人員如果想遮掩事實，也不會傻得浩浩蕩蕩的派一支黑衣人軍隊，再駕駛一輛嶄新的黑色舊式名車前往受害人家吧？這種行為就好像它們刻意把人群注意力轉移到自己身上。如果我們順藤摸瓜下去，便會發現或許「目擊者的恐懼」才是黑衣人出現的關鍵，而不是「要目擊者閉嘴」。

阿爾伯特·班德爾是一名居住在美國緬因州的心理醫生。在 1976 年 9 月，他負責治療一名自稱被外星人綁架的心理病人，並用催眠法喚醒被壓抑的記憶。雖然過程中沒有得到甚麼特別的資訊，沒想到這已經惹來黑衣人的拜訪。

據說那名黑衣人不單只臉色蒼白，身形高大，而且全身沒有

任何毛髮；沒有頭髮、沒有眉毛、也沒有眼睫毛。這令那雙鮮紅的嘴唇份外顯眼，就像一具穿上黑色西裝的模特兒公仔。班德爾醫生事前沒有聽過黑衣人的傳說，所以搞不清楚自己的狀況，只知有個怪人突然前來拜訪。

黑衣人自稱是某飛碟學會的幹事，想了解他病人的案件。起初他們只是侃侃而談，後來那名黑衣人突然叫班德爾拿出褲袋的硬幣。先不論為甚麼黑衣人會知道褲袋藏著硬幣，他竟然在班德爾面前，徒手把硬幣溶解成鐵漿，再化成蒸氣飄走！

黑衣人口氣立即轉硬，要求班德爾醫生馬上交出那名病人所有記錄，並且不能和其他人透露，否則下場將會和硬幣一樣。他還說先前有研究飛碟的女學者的老公心臟被掏空，也是他們做的。或者作為一名心理醫生，面對不正常的人已經是日常職責，所以當下班德爾又沒有特別恐慌，只是強硬要求黑衣人立即離開。

接下來事情就變得有趣。

班德爾和那名黑衣人就這樣僵持了一陣子。然而，班德爾發現那名黑衣人語速愈來愈慢，雙腿也開始劇烈地搖晃。然後他走向班德爾家的大門，淡淡拋下一句：「我的能量快要用光了。」，便消失在一個突然出現的光圈裡。

　　有神秘學者認為班德爾的經歷證明了黑衣人的 Tulpa 性質。他們對恐懼（或者強烈情緒）的需求就像糖尿病人要胰島素般，雖有能力做出一些超自然的戲法，<u>但一旦沒有食糧補充（班德爾沒有給予恐懼反應），就會變得像洩氣氣球般軟弱無力。</u>

　　相同的理論同樣可以套在其他都市傳說上，例如嘻笑男（Grinning Man）、高帽男（Top Hat Man）、黑眼小孩（Black Eyed Kids）…這讓人懷疑是否所有都市傳說的背後，都是 Tulpa 在作怪？如果都市傳說的本質真的是 Tulpa，那麼我們會否有方法破解呢？

打倒怪物的方法

　　我們不如玩一個遊戲？叫《忘記紫色河馬》。遊戲方法很簡單，我們想像有一隻會飛天的紫色河馬，然後鬥快把它忘記，勝出的會有一百萬美金作獎品。當然你可能已經發現沒有人可以在這遊戲中勝出，因為一個人根本不可能有知覺地去「忘掉」一件事。

同樣道理，由 Tulpa 產生出來的都市傳說怪物是很難被消滅。因為理論上，「遺忘」是殺死它們的最佳方法，但大家還記得第一章提及妮爾的故事？她可是花了半年時間把 Tulpa 打回虛無，更何況她的僧人 Tulpa 只有數個人知，而 Slender Man 和瑞克這些傳說級怪物可是有數百萬人知曉，要使它消聲匿跡幾乎是不可能的任務。

原因是 Tulpa 的食糧就是人類對它們的情緒反應，所以一日還有小孩聆聽該傳說，一日還有作家編寫它們的故事，它們仍然有氣力在世間橫行。一個傳說要真正被世人遺忘，可要好幾世代。

所以人類面對 Tulpa，是否真的無能為力？

在 Slender Man 盛行時，有網民提出過一套叫「角色和職稱系統 The Role and Title System」，來弱化由 Tulpa 產生出來的怪物。

「角色和職稱系統」的原理建基於榮格提出的「集體潛意識 Collective Unconscious」，認為人類大腦無意識的最底層，匯聚了祖先世世代代的活動方式和經驗庫，形成一種稱為「原型 Archetypes」的集體印象，例如在不同文化的故事中，後母和蛇通常是邪惡的象徵。

而這種原型不局限於單一事物，人類對故事、事件的發展也

有一套既定觀念。不少研究劇本創作的學者都認同，縱使世界有數以億計的劇本，但其實每個故事都有既定元素、情節。

套用在 Tulpa 怪物上，要消滅它們的方法是<u>讓公眾意識到「故事的發展」</u>。故事是它的糧食，我們便用故事來弄死它。打個比喻，就好像強迫那隻 Tulpa 上舞台，和我們演一場它最後會輸的戲碼。

根據角色和職稱系統，一個典型的故事會有以下主要角色：惡魔（Tulpa 怪物）、智者（給英雄建議的人）、隱士（提供幫助的人）、戰士（曾經被人認為是希望，但後來失敗的人）、監護人（陪伴英雄的人）及英雄（最後戰勝惡魔的人）。

所以我們要做的事很簡單，就是創作一個故事（而且要多人看）。在這個以 Tulpa 為中心的故事裡，作者清晰地呈現出「故事不同角色和情節」。那麼人們在閱讀文章時，<u>潛意識上便會認定「Tulpa 已經被英雄打敗」</u>，從而弱化依靠人們集體想法而生存的 Tulpa。

至於這套方法是否有效呢？筆者也不知道。但如果有一天，某隻都市傳說怪人真的在香港出現，橫行無忌，到時大家可以試一下。

筆者相信這一天很快便會來臨。

DEEP WEB 3.0
FILE #生存奇談

Category: DOC D

Title: 夢的故事

★★★★★★★★★★★★★★★★★★★★★★★ REMARKS ★★★★★★★★★★★★★★★★★★★★★

Man in the Dream

NO. : #1／3
CASE：　　第一夜
　　　　　——共夢理論
SUBJECT：

晚安，你好。

　　隨便找個位子坐，給我些少時間準備。要喝熱鮮奶嗎？雪櫃裡有。老一輩的人常常說熱鮮奶可以令人一夜好眠，但我自己則不太相信，每次喝那些東西只會使我一肚子水，憋得很難受。你說房間太亮？燈掣在你頭頂左邊。嘩！不用那麼暗吧，我還在找東西呢。算啦，你喜歡就好了。

　　給多我一點時間……

　　喜歡我這個面具嗎？古時日本人認為它可以用來僻邪呢，但用來襯黑西裝好像有點怪？對不起，一個人住久了便會變得囉嗦。好啦，我們今晚的主題是甚麼？

　　啊！是「做夢」對吧？人老了記憶力就會自然衰退，記憶就像春天的小鳥股抓也抓不住。我們開始前不如談談你對夢境的看法？你常做夢嗎？一晚做多少夢？夢裡又看到甚麼？

　　呃…你還是有點緊張吧？那麼先由我說一下夢的本質。

　　我們人類一生平均有 6 年時間都在夢境裡遊蕩。由於時間實在太長，所以有科學家提倡我們應把夢境視為「第二現實 The Second Reality」。古代人對夢的看法大致可分為兩種。第一種是出竅論，睡眠是人的靈魂和肉身的分離，而靈魂遊走過的地方和人就形成了夢，古中國人和美索不達米亞人也相信這套。

　　另一種是神喻論，認為夢是神給了的指示，例如古希臘人便認為睡在聖殿，就可得到夢神摩耳甫斯（Morphea）給的神喻，對你說戰爭會在何時爆發、旱災會持續多久。神喻論在稍後的基督教文化也佔很重要的位置，雅各便是在夢中的天梯和上帝對話；耶穌出生時上帝也是用夢來引導瑪利亞。

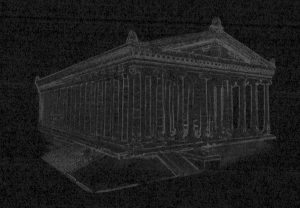

　　這種「夢境一定有含意」的思維一直流傳到早期心理學。大家最熟悉的佛洛伊德便認為夢境是從「本我」傳來的加密訊息，當中大多數都是性的象徵。簡單說一句，你只要夢到粗長直的物體便是陽具、中空的物體便是陰道。我還記得有一個朋友在臉書說自己夢見和朋友一起拿槍打喪屍，天曉得那是甚麼含意。佛洛

伊德的弟子榮格對夢的解釋也是差之毫釐，他認為夢除了釋放本我那些令人齷齪的念頭外，還有對心靈有積極的補償作用。

但得罪說句，現代科學已經去到懷疑「自由意志」存在與否的地步，許多研究夢境的科學家對這種近乎巫術般的解夢論已經不屑一顧。反之，他們偏好一些更能用精密邏輯解讀夢境的方法，並返回最通俗的「日有所思，夜有所夢」論。例如「隨機活化理論 RAT」，便把夢界定成「心理垃圾」，腦袋在睡覺時產生的剩餘電波，就像你腸胃發出的咕嚕聲。它可能反映出你身體某些狀況，例如肚子餓或消化不良，但我們過度解讀它的聲頻是毫無意義的，你明白這個比喻嗎？

你問我自己對夢的看法？呃…怎麼說呢……

我一向喜歡以「冷酷的實用主義者」自居，不喜歡拘泥於特定的教條上。這使得我可以一方面沉醉在神秘學知識，另一方面貪婪地吸取科學知識。我當然支持 RAT 論，那是我暫時閱讀過最具說服力的科學解釋…呃…啊…但同時間……

我可是每晚都被夢魘折磨。

恕我情緒化地說接下來的親身經歷，你千萬不要覺得害怕。如果要說對做夢的看法，我可是非常深感受。幾乎自我懂事那天開始，我每晚都被夢魘折磨。這句說話絲毫沒有誇大。我大約由

十多歲開始，便習慣 12 點上床睡覺，大約凌晨 2 時便會由第一個惡夢中驚醒過來，睡衣被冷汗弄得濕透，心臟瘋狂地砰砰作響。通常我在床上轉輾一會兒後便會再度滑進夢境，之後大約 5 點再由第二個惡夢裡醒來。這種可怕的輪迴通常一晚重複一兩次，偶爾狀態差還會重複三四次，好不折磨。

如果那天工作容許我多睡　覺的話，最後我會在早上 9 點正式醒過來。通常早上做的夢是最恐怖和最痛苦的，不時都會從鬼壓床的狀況下掙扎醒來，並伴隨一堆夢境中的怪物。對啊，因為實在太常鬼壓床，所以我已經培養出一套應對方法了，但那些秘密還是留在心中好了。西方人常常說把魔法說出來就不靈光了，我相信他們的看法，我可承受不了「任何種類的風險」。

但最折騰我的是，**我的夢境大多數都不似夢境**。我看過別人的夢日記，大多數人的夢境都像一套荒謬、毫無邏輯可言的鬧劇。但我的不同，我的夢境有固定的地點，大多數都發生在同一個無名城市裡。那座無名城市有我從未在現實見過的學校、街道和商場，而且每次的城市結構也是一模一樣，很有規劃，偶爾見到夢中的建築物時甚至會有種「似曾相識的既視感」。

我在那座無名城市的大多數時候都過著很平常的生活，可能是上學、逛街、吃飯，仿佛我已經在那裡生活了很久。但過了某個位置，夢境會突然變調，各種怪物、怪人、怪事突然洶湧而出，把單調的夢境瞬間變成最可怕、最荒誕的夢魘，之後再由夢魘強行把我扯回現實世界。

這種情況持續了十多年，毫不間斷，熟悉我的朋友都知道我每晚一定醒好幾次。我一直以為自己的經歷是獨特的，但當我在網上瀏覽夢境資料時，便驚訝地發現自己並不孤獨，要多奇怪有多奇怪，例如以下 ClownsSuck 的帖子便講述了他常常在夢境中上的一座「靈界大學」。

容許我先介紹少許背景資料。大約自兩星期前開始，我便跟從網上那些「清醒夢手冊」進行練習，嘗試體驗清醒夢的感覺。眾所周知，網上流傳的清醒夢手冊版本數量龐大，我幾乎試盡了所有方法才成功做過一次清醒夢，但那一次卻足以讓我終生難忘。

夢境開始時，我在駕駛自己那輛老舊貨車。好一段時間我都不知道自己在夢境，直到我瞥見軚盤上的電子鐘，才驚覺自己中邪了。我立即停下車來，看到自己身處在住所附近的大街上，街道兩旁所有井蓋都被閃耀的紫色霓虹燈覆蓋，在黑暗中閃閃發亮。

那些霓虹燈都是箭嘴狀，指往同一方向，偶爾夾雜了一些神秘符號。我跟隨箭嘴的方向行走，發現前方霓虹燈的數量愈來愈多，鮮紫色的光慢慢佈滿電話亭、圍牆、郵箱…縱使如此，周遭環境大體上仍然是我熟悉的街道。那些霓虹燈箭嘴帶領我到城鎮外一個高速公路交匯處，交匯處中間有一道伶仃的金屬大閘，金屬大閘上頭有一個宛如中世紀的魔法符號。我把手放在門把上，

一陣死亡感由門把流通到我全身，但我仍然把大閘推開。一道長長的隧道出現在我面前，圓柱形隧道的內壁是更多的霓虹燈符號和標誌。

　　我在陌生的隧道內行走，內心絲毫沒有感到害怕。走到隧道的盡頭，眼前的景色突然豁然開朗。在一大片美得震撼的草原上，一座宛如中世紀城堡和科技大樓混合體的無窗建築物矗立在其中。那座城堡是如此龐大，龐大過人類世界上任何一座已知的建築物，單是大堂便已經有數個運動場那麼大，裡頭擠滿熙熙攘攘的人群。

　　我在人群中漫無目的地走路，看著身邊數以千萬計的陌生人也像粒子般胡亂走動，偶爾會看到兩人四目交投後停下來交談，之後再分開各自行走。突然一個穿著整齊西裝的男人向我走過來，友善地問道：「你好！老友，你是第一次來到『大學（The University）』嗎？」我點頭答是，然後他便主動帶我在大樓內四處參觀。

　　他向我解釋大學是夢境世界其中一個「集線點」，就像電腦網絡般，容許全宇宙所有有意識的生物（是全宇宙，不單只地球）在做夢時來到這裡，進行思想交流。有時還會容許某些瀕死的人在真正死亡前，把自己的意識永遠留在這裡作歸宿地。

　　時間在這裡仿佛再沒有作用，我不知道自己確實留了在大學

多久，只依稀記得自己走過數之不盡的「教室」，聽著不同的心靈交換不同的故事，雖然很多在醒過來時都忘記了。只記得臨醒過來時，我正和一個法國男子交談。他對我說他會記得我的臉孔，並希望我們會在物理世界再次見面。他最後補充一句：「⋯⋯如果不是，或者我們下次再在這裡相遇。」

聽起來很奇幻？一所在夢境中的大學，容許來自不同維度的生物進行交流，但這不是此故事最令人心寒的地方。真正心寒的地方是不少網民都爭相說自己也曾經去過那間「大學」，讓我在此列舉一些令人瞠目結舌的回覆。

網民 clouddevourer：「我數年前也有相似的夢境！我身處在一間班房，班房有很多學生和兩名老師。那兩名老師說這裡是一座夢境大學，所有熟睡的人都會來到這裡。在課堂裡，我學習了一些控夢技巧，例如課室會突然灌入洪水，我們要學會在水中保持冷靜。因為據老師說，只要我們一緊張便會由夢境返回物理世界。下課後，我在迷宮般的大學四處遊蕩。正如你所說，那所大學沒有任何窗戶而且很多人。但我還記得在地下大堂有一間房間，裡頭有很多電話。如果你想見任何人，只要想著他們來拿起電話就好了。當然，他們也一定要在睡眠狀態。」

被刪除的帳戶：「⋯⋯我試過待在那所大學一間類似等候室的房間。那裡的人都在說外星語言，電視播放的還是其他星球的節目，天啊！」

網民 ilikefire8873 ：「天殺的！我去過類似的大學數次，每次都是同一地方而且人煙稠密，從不知道原來其他人也會去那裡。但我去的不是你提及的科幻集線點，而是一座色彩鮮豔的天寺廟，有著彩虹般的七彩變幻圖案。它裡頭的通道像洞穴般空曠，牆壁上寫滿難解的文字，還有一些棺材般的外星機械把人運往別的房間。我每次都沒有探索太多便醒過來，但那裡是我去過能量感最強的地方。」

網民 magickmarker ：「……我知道你在說甚麼！這些年來，我常常夢見那所大學。例如有一次，我在那所大學上一個飛存課程。課室設計成一條微微向下傾斜的長走廊，走廊鋪上華麗的紅地毯。我們則學習如何張開手臂，在走廊上滑行。

還有一次，我走進了一間課室。課室裡有一個留了一把棕色長髮的中年女人。她教導我們如何在夢境中隔空取物，但我學了很久也不能掌握竅門。我還很記得她對我說如果我真的想學習更多技能，要好好控制我的憤怒。

啊，還有一件事我想和你分享，就是看電子鐘並不是辨別清醒夢的好方法，因為並不是所有清醒夢中都會找到時鐘。正確方法是抓住你的鼻子，如果你還可以正常呼吸，這就表示你在夢境裡……」

但由 SadGhoster87 的回覆來看，並不是所有人都能進這所

大學：「我知道！我就知道那地方是真的存在！我試過進入數次，但每次都被關在門外。在我的夢境，它是一所像懸浮在黑色虛空、被一大團橙紅色的光霧包圍，像城堡般存在的建築物。我可以望到裡頭的人群，他們也可以望到我。但可惜的是，每當我靠近那所大學時，光霧會立刻化為光束朝我打過來，把我弄醒。」

　　我自己沒有夢過類似的大學，所以就像我寫過所有文章般，不敢在這裡擔保它是否存在。不要吐我槽，我知道自己曾經說過常常夢見一個無名城市，但我很清楚那座城市是我自己的「物業」。即使那裡常常出現很多怪人和怪事，但我內心深處很明白它們都是我的思想產物，無論是表意識還是潛意識都好，都可作一定程度的控制。為甚麼我這樣肯定？

　　因為我體驗過夢境「被入侵」的感覺。

　　偶爾在我夢中會出現一些「外來人」，他們不屬於我的意識，遇上時會有種硬生生「被拒絕干涉」的感覺，就像有道無形的牆壁包圍著他們。我遇過的例子有逝去的親戚、騎著黑色大鳥的女人、自稱學習巫術的外國婦人和給我一具嬰兒屍體的黑衣男人。我不清楚他們是鬼魂、神靈或是其他東西，但他們每次出現都會對我說很多艱深難懂的話語，或帶來不好的預言。

　　我對這類型的夢境一直不以為然，因為比起很多發生在我身上的怪異事件來看，有外人走入我的夢境真的有點微不足道。直

到某天看到有網民在討論「共享夢境 Mutual Dreaming」，我才想我會否在無意中公開了自己的夢境地址，或是別人駭進了我的夢境。

你說你沒聽過甚麼是「共享夢境 Mutual Dreaming」？噢…其實共享夢境和剛才提及的「大學」的核心思想如出一轍，就是把做夢「網絡化」。

簡單來說，如果用網絡來比喻做夢，我們一般人睡覺像部離線電腦，理應不受第三方干擾。而 ClownsSuck 所描述的「大學」則像互聯網上的公開論壇般，只要你有網址和接上網絡即可前往。

至於「共享夢境」，就像你公司和學校的內聯網般，只有數台互相連接的電腦（即做夢者）才可接駁的夢境世界。

詳細方法你可以在離開這間房間後到谷歌找找看，你會發現教授如何共享夢境的網站是海量地多，甚至在臉書也有不少外國群組專門讓人找「共夢伙伴」，組成由三至十多人不等的小圈子，一起打造一個只屬於他們的夢境世界。還是不明白嗎？覺得我說得不夠具體？呃…以下是網民 Fsoprokon 在小時候和家人共享夢境的經歷，希望你在看過後更能理解共享夢境的原理……

我已經記不清事件在何時發生。10 歲？12 歲？我不知道。只依稀記得那時候我的弟弟每晚都被夢魘纏擾，折磨得每朝都精神散漫，渾渾噩噩。他不斷說每晚在夢裡都有一隻怪獸…或者甚麼都好…在追趕著他，威脅要殺死他，於是我和哥哥決定走入他的夢境幫他驅趕那些怪獸。是啊！你沒有看錯。我也不記得當初是誰提出的主意，或者應該問為甚麼我們有能力做到，但這些都已經不重要，總之我們最後共享了夢境就是。

於是某天晚上，我們三人一起睡覺。其實我們三人並沒有做了甚麼特別的事，只是閉上眼睛，一心想著共享夢境，幻想夢境的模樣，但彼此沒有口頭交流。數分鐘後，我「看到」一隻長得像電影《異形 Alien》的怪物在我們面前搖擺它的頭部。那一刻，一陣難以形容的感覺在我腦海蔓延，好像有人狠狠推了我的意識一下。我不知道如何用文字更具體地向你們描述，我只肯定那一定是「共享視力」的獨有感覺。

我還記得在夢境裡，當我和哥哥看到那隻怪物後，我慌張

地問他我們如何是好。哥哥淡定地說他正在幻想一個塞滿雞蛋的衣櫃。我立刻吐槽地說我們來是幫弟弟，不是來搗亂。老實說，我不太記得之後發生的事情，只隱約記得那些雞蛋最後出奇地奏效，那隻怪物成功地被我兄弟倆趕走。

當我醒過來時，看到哥哥也跟著醒來。「你見到嗎？」我興奮地問道。「是啊！它在搖擺頭部！」他充滿信心地說，好像很確定我在問甚麼。之後，我的弟弟真的沒有再做惡夢了。

縱使我的經歷聽起來很荒唐，但我以性命擔保這是 100% 真人真事。這也是為甚麼直到我長大了也一直不能成為唯物論者的主要原因，我很確定除了我們認知的物理世界外，外頭一定隱藏著更不可思議的世界。

縱使 Fsoprokon 的經歷聽起來真的很難令人相信，然而，他的經歷絕對不是少數。另一個網民 benjibeb2001 也有類似的共夢經歷。

很久很久之前，那時我大約 10 歲。有一天晚上，我夢見自己在一個遊樂園。那個遊樂園並沒有甚麼恐怖之處，就是一個很普通的遊樂園，只是很寂靜，沒有任何人罷了。我在空蕩蕩的遊樂園閒逛了一會兒便遇上了弟弟和姐姐。之後我們三人一起走進了一間色彩繽紛的遊戲房，裡頭有塊很大很大的拼圖。我不記得拼圖的圖案是甚麼，只記得我們花了很多時間去完成它，完成後

便立即醒過來。

　　當我醒過來時，發現弟弟已經醒了，呆呆地望著我。我立即和他說剛才夢境的內容，發現他也做了相同的夢，只不過是由他視點出發。唯一真正有分別的是我們在那座夢境樂園的「起點」。正當我尋找姐姐的身影時（我們三人睡在同一房間），原來她已經一早醒過來，在樓下看電視，但不久她也走進房間，對我們說她昨晚也做了相同的夢！

　　對於那時只有十多歲的我們來說，那次經歷真的把我們嚇傻了。直到現在，那場奇怪的夢仍然困擾著我們三姐弟……

　　嗨！你的眼睛不要左顧右盼，望著我就好了。有些東西還是不看為妙。不是你會有甚麼危險，只是不想破壞我們現在這種既陰暗又舒服的氣氛。好啦，我們說到哪裡？對啦，那些小孩共享夢境的故事。

　　你可能覺得我所引述的故事都只發生在數個人身上，並不能代表甚麼。但如果我說曾經有一宗共夢事件，同時發生在數千多人身上，那麼你又信不信呢？

　　等我一下……

你看到我手中的圖片嗎？
這個粗眉大眼、嘴巴大大、地中
海頭的中年男人。老實說，我很
討厭這個男人。他那雙看似和善
的眼睛散發出一種說不出的詭異
感，好像背後隱藏了甚麼陰謀詭
計似的，宛如變態殺手般，以至
我每次看到他時都會有種不安
感。但可惜我對這個男人的厭惡
感在世界來說實屬少數觀點。相反，不少人都認為他是甚麼心靈
導師、共同意識體，甚至神靈般存在。

　　說了那麼多，你知道他的名字嗎？他叫「那個夢中的男人
This Man In Dream」。

　　關於這個男人最早的記錄出現在 2006 年美國紐約一所心理
治療師診所。一名女病人向治療師畫出了這名男人的肖像，說他
每晚都出現在她的夢境，勸告她要注意自己的私生活。之後在一
次偶爾的機會下，另一名應診的男病人瞥到這張繪圖，並立刻大
叫道這名男人也常常出現在自己夢裡。

　　那名心理治療師覺得事有蹊蹺，於是把肖像畫副本發給其他
心理治療師，詢問他們有沒有病人也夢到相同的男人。在短短一
個月，便有 4 名病人說這名男人不時闖入自己的夢境，同樣的案
件在一年內躍升到 2000 多宗。直到現在，這個數字仍然急速上

升中，並擴散到全世界，柏林、德黑蘭、羅馬、巴黎，甚至北京也有接到夢見這名神秘男人的個案。以下是目擊者對這名男人比較典型的描述，大家可以看到大多數內容都涉及情慾。

「我從來沒有和別人建立過同性戀關係或者幻想。但我每次夢到這個男人時都和他瘋狂做愛。他令我覺得很快樂、很舒服，醒來時還發現自己射了精。」

「自從我第一次夢見他，我便已經和他墮入愛河。即使我承認他長得不怎麼好看，但他每次出現說的甜言蜜語都令我很快樂。他會送花、送珍寶、陪我吃晚飯和帶我去沙灘看日出。」

「這名男人曾經打扮得像聖誕老人般，突然出現在我的夢境裡。每當他出現時，我也會開心得像個小女孩。他會對著我笑，然後頭部會變得像氣球般，慢慢飄上天，任憑我再努力也抓不住。」

「我夢見這名男人，他是個巴西人，而且長得非常英俊，外表看來像個中學教師。他的右手有6隻手指。他說如果美國有核災難：向北走。」

但並不是每個人和這個男人的相遇都是美好，有部分案例說這個男人的出現不單只令做夢者不安，甚至恐懼。

「我每次夢到這個男人時，他都出現在鏡子的另一側，沉默不言。戴著眼鏡的他就這樣一直緊盯著我，眼神詭異，靜止不動，像尊石像般令人毛骨悚然。」

「我夢見那個男人時我還只是一個 10 年級生。我雖然只夢見過他一次，但那一次卻足以讓我終生難忘。在夢境裡，我被鎖在一間陰暗的房間，坐在　張鐵椅上動彈不能，一台電視機放在離我只有數十米的地方。在我感到困惑之際，兩名陌生、面無表情的男子驀然穿牆而入，不斷朝我拳打腳踢。我很快便由惡夢中驚醒過來，在自己房間不斷尖叫，大汗淋漓。

醒來數十分鐘後，我再次進入夢鄉，發現自己仍然在那間陰森至極的黑房。我在夢境中不斷哭泣，很害怕那兩名男子再次出現。然而，他們再也沒有穿牆而入，取而代之是這名中年男人出現在電視螢幕上，用那張不帶感情的臉孔冷冷地盯著我，沒有說話。我害怕得動彈不能，連尖叫的勇氣也沒有，哀求他不要傷害我。他沒有理會我的哀求，雙手用迅雷不及掩耳的速度由電視螢幕伸抓出來，用力割開我的喉嚨，然後我就再次驚醒過來……」

直到現在，這名男子的身份仍然成謎，人們對他的來歷眾說紛紜。有人說他是榮格解夢理論提及的「集體潛意識」、有人說他是來自異世界的高級靈體、甚至有人說他是能穿梭夢境的超能力者。當然，比較符合科學解釋的是他只是心理治療師無意中對病人進行暗示，而產生錯誤記憶罷了。但無論如何，我個人認為，如果一個神秘男人能擁有如此影響別人情緒的能力，無論真身是

甚麼，仍然值得令人心寒。

所以究竟夢境世界是否真的像網絡般，容許我們自由和別人連結？我也不太清楚。就像所有都市傳說般，我們只能相信它們的存在，但又不能說它百分之百存在。

但如果你想知道更多關於夢境的知識，我會建議你看一看「新時代運動」的書籍。他們對夢境有一套很獨特的看法，而且很多理論都解釋到我們今晚所說的內容，特別是靈魂出竅那部分。只是有時候他們對靈性美好的執著不太適合我這些馬基維利主義者的口味，嘻嘻。

時間都差不多，我要送你回家了。甚麼？！你說你瞥到了那個電子鐘？嘻嘻，不要想太多，好嗎？就讓我們帶著這股神秘感來完結今晚的對話。

好啦，真的要說再見了，門在這一邊，晚安。

或者，我們在物理世界再聚吧。

NO.: #2／3

CASE: 第二夜

———夢魘

SUBJECT:

嗨！你好啊！

　　嘻嘻，沒想到會在這裡碰到你，近來生活還好嗎？看你一臉迷茫便知道你第一次來到這裡，喜歡這條大街嗎？還有浮在天上的古文字？這種洋溢著維多利亞風情的街道實在不多見。相傳這座空中城市由靈修大師奧修和他的弟子集體興建出來。

　　如果你在下兩個街口往右轉，會看到一座羅馬式露天劇院，經過劇院再走一下便會去到巨型石座，我們不如去那邊看看？

　　為甚麼你的樣子那麼慌張？哦，你說剛才問了街上很多人，他們每個都胡言亂語，好像精神有問題。那很正常吧！他們大多都是剛離開人世，連自己是生是死都還未搞懂，更不用說眼前花多眼亂的街道啦。還有一些人就像你般，無意中闖到這裡，對「非物理界」這一詞根本毫無概念。真正知道自己在做甚麼的少之又少呢！

　　如果等一下有空的話，我們可以去其他星球，月球和火星會是個不錯的選擇，甚至冥間和天堂也可以參觀呢！你絕對不會相信那些地方是何其壯麗！跟我們在物理世界聽到的相差多麼遠！

呃？你説你不敢？為甚麼啊？

啊！你擔心回不了自己的肉身。不用擔心啊，**你看到自己胸口那條銀鏈嗎？**這條銀鏈可大有來頭，就連舊約聖經也有記載。傳道書12：6－7：「銀鏈折斷，金罐破裂，瓶子在泉旁損壞，水輪在井口破爛，塵土仍歸於地，靈仍歸於賜靈的神。」這條銀鏈連接住你在物理世界的肉身，有甚麼事沿著銀鏈走便可回去了。

這條銀鏈和你印象中的物理銀鏈不同，不會被火和剪刀輕易弄斷，你試試摸一下？哈，我説得對吧？但你要記住，「堅韌」不代表永遠不會被折斷。在某些情況下，銀鏈是可以被外來物弄斷，只是情況很稀有吧。根據物理世界的記載，暫時沒有人因為靈魂出竅而死亡，但又有誰知道呢？在非物理世界迷路的靈魂又如何能對物理世界的人哭訴呢？

嘻，你猜到我想説甚麼了。

你過一過來…啊！小心一點！差點跌出懸崖啦。這裡已經是空中城市的盡頭，所以如果你跌下去的話，便會淪落在虛空中飄泊，你絕對不會想這樣。好啦，我們伏在地上，探頭往外面漆黑無垠的虛空一望，你看到嗎？就在左下角的小光點。

好啦，用你的心眼放大那個小光點。反正在夢中，萬事也有可能，看到了嗎？嘩，不用嚇得彈起來！它們離我們還有好一段

距離。你從未見過如此可怕的怪物吧？它們不單只面目猙獰，而且外形噁心兼扭曲，宛如全世界最可怕的畸形馬戲團般。

它們的名字千變萬化，任何古老的傳說都有它們的身影。在中國，它們叫「鬼壓床」；在蘇格蘭，它們叫「Mara」；在荷蘭，它們叫「Nachtmerrie」；在德國，它們叫「Alp」；在土耳其，它們叫「Jinn」；在智利，它們叫「Trauco」；在菲律賓，它們叫「Batibat」；在寮國，它們叫「Dab Tsog」……

在現代醫學，它們叫「睡眠猝死症」。

睡眠猝死最讓人聞風喪膽的地方是，有別於其他死症，它幾乎沒有偏好，而且來得無聲無色。不論你的年齡、健康、性別，任何人也有均等機會在睡夢中突然死去，事前不會有任何徵兆。你可能是一名正值壯年的健康青年，死亡看似離你很遠，前一天的生活還過得快活順暢，睡前還在感恩今天期待明天，誰知道老天爺根本沒意讓你看到第二朝晨光。

雖然醫學早已證明睡眠猝死由心臟心電異常引起，但究竟甚

麼原因導致心電異常呢？為甚麼一個健康男子會在睡夢中突然心臟停頓呢？如果我們打開醫學書籍，去到「睡眠猝死」那一欄，你會找到一張大大的表格，上面列出 N 種陳腔濫調的原因，例如劇烈運動、精神抑鬱、高糖膳食、遺傳問題……

其實根本沒解答任何問題。

比起其他死因，睡眠猝死更能突顯出「無常」，毫無徵兆的離去更讓身邊的家人錯愕和迷茫。

沒有一個文明願意接受「人就是會在睡眠中無緣無故地死掉」這一冷冰冰事實，於是我們的祖先創作各種可怕至極的夢魔，繪影繪聲地描寫它們的奪靈故事，至少日後發現有家人朋友再也醒不過來時，他們可以對自己說：「一定是被 XX 抓走了」，之後再推想可能拜神時不誠心…Blah blah blah……

哈哈哈，我看到你臉上的表情就忍俊不禁，那複雜尷尬的模樣。我們人類常常嘲笑祖先的迷信和無知，自以為百多年的醫學便可解釋一切，但你再看看下面…哈哈，它們是真的存在，並不是創作出來。

它們平時很乖巧。根據統計，每年在美國只吃去 3 萬 8 千多條人命，全世界計也不超過 2 百多萬。比起很多疾病來講，不算得上甚麼大數字。

但它們也有不乖巧時候，它們有時候會變得很大吃⋯⋯

在五十年前的美國，便發生過「連環睡眠猝死案」⋯⋯

第一宗案件發生在 1977 年加州奧蘭治郡。那一夜，拉曉亞（Ly Houa）再也沒從惡夢中醒過來。拉曉亞是一名苗族人，出生於老撾。後來越戰時被美軍徵召，在軍中擔任軍醫，戰後由於家園早已被摧毀得甚麼也沒有剩下，於是跟隨美軍和少部分同胞返到美國，在加州定居。

拉曉亞很快便適應了美國的生活，繼續在軍中做軍醫。他正值壯年，身經百戰，擁有一副軍人的健碩身材，再配上醫生的專業知識，大家都認為他要麼死在戰場上，要麼長命百歲，活到老態龍鐘才與世長辭。

可惜，他就是毫無預兆下突然死去。

加州時代雜誌訪問拉曉亞友人時，無一不感到驚訝。其中一名當社工的友人激動得當場落淚。大家都不敢相信一個前日還在舞會活蹦亂跳的年輕人會在睡夢中驀然離開人生。他們唯一提供到線索是，拉曉亞死前數天曾經向他們抱怨被惡夢侵擾。拉曉亞後來亦都被美國醫管局標籤為第一宗「亞洲死亡綜合症 Asian Death Syndrome」。

為甚麼要強調第一宗？

因為之後還有很多很多很多宗。

拉曉亞的案件發生在 1977 年尾。到 1981 年夏天時，同樣的睡眠猝死案件已經上升到 20 宗。80 年代中更高達 110 宗。你可能會吐槽：「6、7 年內有 110 個人死於睡眠猝死並不怎樣驚人。」但如果我對你說那 <u>110 個死者全都是年輕健康、移居美國的苗族人</u>呢？他們全算都被惡夢折磨，在半夜突然咆哮至死呢？

首先是受害人突然由夢中驚醒，被突如其來的恐懼籠罩著，之後憶起被厲鬼惡魔追趕的惡夢。就這樣每晚重複同樣的惡夢，偶爾還會見到那隻惡魔出現在自己房間，壓在自己身上，動彈不能。受害人會和身邊的人訴苦，但大家只會覺得「做惡夢罷」，沒有多注意。直到某天，他們發現那名受害人再也醒不過來…在某些極端情況，受害人臨死前還會不斷咆哮……

同樣的戲碼重複了整整 110 次。

更加撲朔迷離的地方是，這些症狀不曾出現在東南亞本土，<u>全都在他們定居美國後發生</u>。

美國聯邦機構擔心這一連串的神秘死亡事件標示著一種未知的亞洲流行病，於是派出流行病學家 Dr. Roy Baron 徹查事

件。Dr. Roy 嘗試把案件連上西方流行的嬰兒猝死案，並把死因診斷為「心律失常性猝死症候群 Sudden Arrhythmic Death Syndrome，SADS」。

然而，單純地換個名字對事件根本沒有幫助，始終解釋不了為甚麼只發生在定居美國各州的年輕苗族人。更讓人尷尬的地方是，那些由傳統宗教轉信基督教的苗族男子猝死率更奪冠第一。最後連 Dr. Roy 也不得不承認惡夢是一種死因的可能性，但強調沒有達成結論。

既然醫學方向找不出甚麼，聯邦機構唯有把矛頭指向傳統信仰。他們派出探員走遍美國，逐家逐戶拜訪苗族人，打聽他們對連串睡眠猝死案的看法，最後再匯集成報告。最後報告書指出在調查過程中，幾乎所有探員都聽到由苗族人呢喃出兩個字：「Dab Tsog。」

— 一隻夢魘的名字。

苗族傳說對夢魘的描述不多，因為見過它的人都活不下去。只知 Dab Tsog 是一隻矮小笨重的黑色怪物，擁有一張猙獰的臉孔。它們白晝都躲在地底，只會夜間出沒，趁著人類入睡時壓在他們的胸口上，用意念使得他們惡夢連連，呼吸因而不自覺地加速，最後窒息死去。

但問題來了，如果 Dab Tsog 是那麼兇猛，為甚麼我們沒聽聞東南亞地區有人睡眠猝死？對於這一點，老一輩苗族人倒有很

好的解釋。

苗族人的信仰本身是薩滿教 Saman，一個以動物和心靈為中心的獨特宗教，相信自然萬物也有靈，崇拜多種神靈，也會拜祭祖先。在原居地時，苗族人每年會舉行儀式祭祀祖先。據說那個儀式非常盛大而複雜，不單只要有巫師在場唸誦古老咒文，還要獻祭家畜，半民百姓也要參與載歌載舞。

儘管這祭祀有點勞民傷財，苗族人仍然堅持每年如期舉辦。因為他們深信只要遵循這些儀式，祖先的靈魂便會保佑村莊，遠離任何邪靈的侵擾，當中包括夢魘 Dab Tsog 。

但正如我們剛才所講，驅逐 Dab Tsog 的儀式極繁複，而且只有巫師才掌握某些咒語，所以當那批年輕苗族人坐船橫跨大西洋到美國時，驅逐 Dab Tsog 的咒語已經失傳得七七八八。

這就是為甚麼大批海外苗族人死於夢中的原因。

你可能覺得很不可思議。但事實證明，定居美國的苗族人的確比正常群體更容易遇上「睡眠猝死」，其比率高達 50％至 60％，為正常群體 2 至 3 倍。當中移居後改變信仰的苗族人更高達 72％，難道這會是巧合嗎？

更加詭異的是，在 80 年代中期，當居美苗族人重拾家鄉習

俗時，Dab Tsog 猝死案真的顯著下降。

「苗族人連環睡眠猝死案」直到現在也是個未解之謎。然而，當我們環顧世界歷史時，便會驚訝地發現當一個種族遠離家鄉時，不時也會爆發大規模夢魘侵襲事件。早在 1960 年，關島海軍醫院便在數天內突然死掉 11 名菲律賓裔士兵，全都死於睡眠猝死。

11 名士兵來自不同單位，但在死前數天，均向上級訴苦指連續數晚被惡夢困擾，夢到自己鄉下的傳說夢魘 Batibat。在菲律賓傳說，Batibat 是一隻身形如小象般笨重癡肥，數十坨肥肉疊在身上，臉上長滿脂肪瘤的恐怖妖怪。

縱使體態如此腫脹，Batibat 身手卻詭異地靈敏。它們日間居住在樹上（不要問我樹枝如何承受它的重量），夜間則會滑到地上，尋找年輕男子，特別是那些曾經冒犯她們的樹的男子。她們趁他人睡時用肥腫的身軀壓在他們胸上，讓他們在脂肪堆中缺氧而死。

同樣的戲碼，當海外定居的菲律賓人引入適當的習俗儀式後，猝死情況果然有所改善。

　　有見及此，科學家嘗試從「海外移民會否引發睡覺猝死」方向入手解釋這類型個案。例如有心理學家嘗試以「極端心理暗示」，認為遠離故鄉的壓力，再加上迷信心態，使得苗族人潛意識一直擔心夢魘作祟，最後產生暗示作用，淪為「自己嚇死自己」。

　　另一方面，近年也有流行病學家以伊波拉病毒比喻。因為有理論指伊波拉病毒一直存在於自然界，只是被各種自然因素抑制著它們。直到人類大幅度破壞樹林，過度城市化，破壞原有自然平衡，伊波拉才變成爆發性致命病毒。

　　套用在這案，意指苗族人本來就有基因缺陷（或細菌病毒），有較大機會睡眠猝死。只是在原野生活時，被各種自然因素抑制住，所以不明顯。直到他們生活環境驀然變成文明大城市後，這些缺陷才一下子爆發出來。

　　呃⋯但我先此聲明，以上說法只是科學家的假設推論，因為真的投身研究的人不多，誰人有空理會數十個死掉的東南亞移民？反倒是有白人導演受連串慘案啟發，拍下一系列夢魘殺人案電影，只是把原來生活艱苦的東南亞移民，換成一個個中產白人小孩罷了。

　　電影好像叫⋯《猛鬼街 A Nightmare on Elm Street》？

好啦，時間也差不多啦，你要回家了。不要再望那些夢魘啦，再望就會被作弄了。我們由這邊大街走吧。

甚麼？你問你還可以再來這座天空之城嗎？這由不到我決定，聽從你自己的內心嚮導吧，但我相信我們還會再見的。

晚安。

NO.: #3／3

CASE : 　　第三夜

　　　　　——清醒夢

SUBJECT :

　　　嘩！老兄，冷靜點，不要慌張！你不認得我了嗎？

　　　好吧，你慢慢說剛才發生甚麼事。你說你不知道這座學校是甚麼地方，你從沒有就讀過這間學校，但你已經一連好幾晚夢到這地方。每晚夢境你都被困在這座空無一人的校舍內，無論跑過幾多條走廊、爬過多少樓梯、穿過多少房間仍然返回原地，永遠找不到出口。最讓你擔憂的地方是，明明走的是直路也可以回到起點，明明爬了三層樓梯也可以返回一樓，就像一座詭異的迷宮般。

　　　唦！暫不要說話。你聽到遠處那些咯、咯、咯、咯的腳步聲嗎？而且愈來愈大聲。我們快點走吧，不要再待在學校走廊上，跟我來。我不知道你用甚麼途徑來到這裡，但我可以說這裡絕不是一個好地方。

　　　呼哧…呼哧…呼哧…呼哧……

　　　緊急出口就在這邊。門上了鎖？不用怕，我有辦法…等一下！不要碰那張紙條！那是個陷阱！你以為去了 108 號課室真的會找到鑰匙？這未免太天真了。

我想你還未搞清楚狀況。好吧，讓我對你說一個故事，從前有個男孩……

從前有個男孩就像你般，每晚做夢都來到一座陰森無人但卻燈火通明的學校。他不斷奔跑，嘗試跑到最近的出口。但每走過一條走廊，男孩的內心就愈來愈困惑，因為無論他往哪個方向跑，走廊還是會繞到他剛開始的地方。

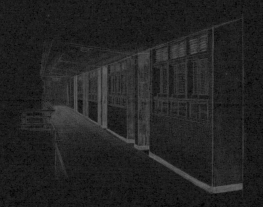

他打開沿著走廊的課室門，看看可否由課室內逃走。可惜的是，走廊那種擾人的鬼打牆擴展到課室裡。例如他走進一間音樂室，但找不到其他出路，於是想折返走廊，卻發現通往走廊的門變成了女廁！更古怪的是，當他走入女廁，又想返回音樂室時，門外竟然又變回走廊。仿佛空間在這所學校根本毫無意義。

但真正恐怖的事，是聽到那些腳步聲後才開始。

男孩聽到頭頂傳來奇怪的齒輪聲。他不情願地抬頭一看，驚見聲音來源是懸掛在橫樑的時鐘，裡頭的時分針以違反機械法制的方式瘋狂前後旋轉，弄出刺耳的喀喀聲。就在此時，遠處傳來一陣更古怪的腳步聲。

喀、喀、喀、喀、喀，仿佛穿了厚重的高跟鞋。每走一步，沉重的腳步聲便在走廊迴響，而且愈來愈逼近男孩。

恐懼驅使男孩提起早已發軟的雙腿拔足狂奔。他一口氣跑了4層樓梯。正當他以為已經跑到校舍頂層時，回頭一看樓梯口的標誌，驚訝地發現自己竟然還在1樓。但男孩沒有多餘心力理會這些鬼打牆，因為那些奇怪的腳步聲已經降臨到走廊盡頭，只有數十步之遙。

男孩看到前方不遠處，老師用來放置鑰匙的玻璃箱懸掛在牆上。雖然沒有明確目的，但直覺對男孩說裡頭必定有能救他一命的東西，於是伸手進內死命地抓。結果鑰匙沒有找到，反倒找到一張枯黃的紙條，上面寫著：「鑰匙在108室。」。

喀、喀、喀、喀、喀……

其實男孩不知道 108 號課室在哪裡，畢竟這座校舍根本沒有結構可言，但他直覺性地左曲右拐地走幾轉，108 號課室便很快出現在眼前。

108 號課室的燈光全都壞掉了，漆黑得伸手不見五指。儘管如此，男孩仍然死命地找，打翻課室內所有書桌、椅子和書包，但始終一無所獲。男孩意識到紙條是個陷阱，這裡根本甚麼鑰匙也沒有。

咯、咯、咯、咯、咯……

那些恐怖的腳步聲
已經到達課堂門外。

咚、咚、咚、咚、咚……

無論門外的東西是甚麼怪物，它已經在猛撞房門。

那一刻，男孩厭倦了永無止境的逃跑。在絕望驅使下，他主動伸手拉開課室門，在門外迎接他的是等候多時的夢魘……

起初男孩以為眼前的是一群學生，但看清楚卻只是一群學生

的碎片。四肢、軀幹、頭顱…就像小學生的黏土勞作般堆砌起來，形成一隻搖晃的<u>紅色怪物</u>，滾滾鮮血也像洪水般湧入教室。

男孩拼命尖叫，他終於醒覺到這只是一場夢。他心想只要不斷掙扎，便會回到自己的床上，輕聲說：「噢，這惡夢真可怕…」之後如常起床上學⋯⋯

但可惜他不能，<u>他不能醒過來，永遠不能醒過來</u>。

他就在我們現在身處的這所學校，永遠成為那隻怪物的一部分。

是啊，就是我們身後那隻。

好吧，現在把你的手給我，緊緊抓住門把，閉上眼睛數三下，切記千萬不要回頭看。

一，二，三⋯⋯

呼，終於逃出來，鬆一口氣了。你看看四周的環境，還是自己夢境比較舒服吧？呃，你問剛才那裡是甚麼鬼地方？

嗯…很多年前流傳著一則鮮為人知的都市傳說叫<u>「夢學校」</u>。

傳說不論是大人或小孩，只要沾上夢學校的咒語，便會連續數晚夢到自己被困在一座陌生的校舍裡，無論怎樣走也逃不出來，而且學生的亡靈和一隻由學生殘肢組成的怪物從背後不斷追趕他們。

通常一般人捱不過幾晚便會被那隻沒有名字的怪物抓住，靈魂從此困在夢魘中，但偶爾也有僥倖逃脫者。

沒人清楚那座學校和怪物的歷史背景，有人說這只是日本恐怖遊戲《屍體派對》流傳到外國的錯體傳說；也有人說它是某座在火災中毀於一旦的小學；甚至有人說那隻怪物是一個曾經持刀闖進小學屠殺學生的變態漢，但始終沒一說法能確定。

但根據傳說，凡是聽過夢學校的人，如果一星期內不能把傳說忘記，便會在第八天晚上被拉進夢學校裡，淪為怪物的一部分，就像故事中的男孩般，而我想這也是你在夢學校裡出現的原因。

哈哈哈，你說弗洛伊德說的東西都是鬼扯。你用剛才那麼極端的例子來比較當然不行啦，夢學校可不是屬於你的地頭，就像昨晚我們去那座城市一樣。弗洛伊德…我確實嘲笑過他把所有夢境都當成性慾排解，但不代表他所有論述都是錯誤，例如夢境是潛意識的投射。

你對弗洛伊德的誤解是「夢是潛意識反映＝潛意識一定想我

開心、不想我死和受我控制」。我並不責怪你，畢竟這也是很多「清醒夢玩家」的誤解。那些人傲慢自大得很，自以為甚麼東西都在他們掌控內。

不知道甚麼是清醒夢？你現在這種狀態就叫清醒夢（Lucid Dream）。清楚自己在做夢、保持到自己意識，但身體又真的處於睡眠狀態中。雖然清醒夢好像近十多年才被新世紀運動支持者擁護，但其實早在 8 世紀，西藏佛教徒已經有夢瑜伽（svapnadarśana），認為夢境的身體和現實的肉身同樣需要訓練，而且清醒夢能啟蒙心智，同樣概念也存在於薩滿教。

那些有意訓練清醒夢的人，通常以為能像電影《潛行凶間 Inception》般隨意操控夢境，而且毫無風險，畢竟是自己地方嘛。但事情真的這樣簡單嗎？這讓我想起網民 arafast 的奇妙經歷：「我曾經在做清醒夢時和裡頭的人說話。他們回應的方式千奇百趣，但當中最常見的反應是他們會怔怔地望著你，好像遇到瘋子般，又或哈哈大笑說類似『真的嗎？？？這有夠酷了。』的俏皮話⋯直到某次遇到個『人』講了些很奇怪的說話，他說：『我知道，但這影響不了我的真實性，難道你覺得自己在現實世界很真實嗎？』這句話讓我思索至今。」

網民 phoenix9884 也有類似的經歷。他曾經夢見自己身處一個地牢，地牢另外還有四名陌生男子。雖然 phoenix9884 在現實世界不認識那四名男子，但夢境中他們卻宛如認識多年的密友般把酒聊天。直到他意識到自己在做夢，於是站起身對他們

說：「原來這是個夢，我現在要起床了，對不起。」

　　起初四人以為 phoenix9884 在開玩笑，但當看到他認真的模樣後，便開始面露不安迷茫，就像你看到自己朋友突然發瘋一般。他們堅持這不是夢境來，他們都是有血有肉有家庭的真人來，phoenix9884 當然不相信，開始爭吵起來。其中一個人於是問：「如果這是夢境，你會感到痛楚嗎？」然後便一拳砸過來。

　　那一刻，phoenix9884 真的感到強烈痛楚，忍不住叫道：「我竟然在夢中覺得痛。」正當他想認輸時，那四名「好友」突然發出驚慌的尖叫聲。雖然 phoenix9884 看不清楚發生甚麼事，但想他們應該見到他「憑空消失」，因為自己下一秒便逃離那個詭異的夢，從床上醒過來。

　　所以夢境真的能由我們 100% 控制嗎？還是裡頭也有屬於自己的意識呢？

　　物理學家 Jim Al-Khalili 曾經在《解開生命之謎 Life on the Edge》一書提到人類的大腦其實可能是一台量子電腦，其運作不局限於傳統認為的分子層面，有機會涉及量子運作。大家知道量子電腦比起現在電腦的運數速度是以快萬倍計。一般科學家認為當人類掌握量子電腦後，才能真正開發實用的人工智能（A. I.）技術。如果我們藉此延伸下去，當我們大腦休息做夢時，會否有足夠 CPU 去模擬出數個人工智能，從而給予了夢中人簡

單的心智，讓他們以為自己是真人呢？

　　假設夢境真的有自己的心智，我們做清醒夢時還真的安全嗎？

　　你或者會懷疑意識分身危害到本體，這樣做有意思嗎？或者讓我們先重溫一下弗洛伊德的人格結構論。我們每個人的心智可分成三份。「本我 Id」代表人最為原始、無意識的慾望，例如性慾、飢餓、暴力；「自我 Ego」是個人擁有意識的部分；「超我 Super-ego」則負責良知和道德。夢境如果全由三者互相制約的話，我們真的不需要憂慮，但如果我對你說夢境有某個角落，只由「本我」這個縱慾的瘋子來掌控呢？

　　就像你眼前這道門。

　　嘩！你的門還頗具中國色彩。這道夢中門的外形因人而異，有的像道城堡大門，龐大而莊嚴；有的像兇案現場，外邊掛滿黃色警告帶；有的像道通往殮房的門，冷漠而陰森。但無論如何，門的外邊一定有充分的警告標誌，可以是海報、雕像、貼紙或塗鴉，例如你這道門便有張大大的畫布，寫了個「禁」字。

　　你想知道門的背後藏了甚麼？我不會知道你內心最深層的慾望是甚麼，但或者在我們窺探裡頭的情況前，讓我再對你說一個傳說。

　　從前有兩個男孩，為了方便，我們稱呼他們做 K 和 X，是一對大學同學。在一次偶爾的機會下，他們在大學報了一個清醒夢課程，學了控制夢境的基本技巧。兩人聽了嘉賓的講解後感到非常有趣，一副躍躍欲試的樣子，決定當晚回到家後立即嘗試。

　　但課堂上的內容始終是紙上談兵，K 和 X 發現要真正進行清醒夢比想像中困難，他們兩人足足用了一個禮拜有多才勉強能做清醒夢，而且維持一整晚。起初的體驗真的很厲害，隨意改變夢境，為所欲為，沒有法律管制。直到有一天上課，X 對 K 說他昨晚夢到一道古怪的門，事情便一直朝恐怖方向發展。

　　X 形容那道門掛了塊牌，上面寫著「內心最深層的想法」。門周圍懸掛了多條印有「保持距離」字樣的黃黑紋膠帶，就像警察封鎖犯罪現場那種。X 問 K 有否見過這道門，K 答沒有。經過一番思索後，X 表示如果他再見到那道門便闖進去看看。因為他深信那道門是通往「更深層夢境」的唯一途徑。

　　數晚後，X 在夢境中再次見到那道門。在好奇心驅使下，X 問了夢境裡站在門旁邊的女孩。女孩聽到 X 的問題後，只是冷冷地盯住他，輕聲說：「不。」然後便跑走了，還未搞懂狀況的 X

唯有跟著她一起跑走。

第二天早上，X 向 K 講述了昨晚的情況，K 表示自己也有類似經歷。當他走到門前，抓住門把時，一個男人突然竄出來拍打他的手臂，用不帶感情的語氣說了句「不」便轉身走人。兩人討論過後，決定不理三七二十一，總之今晚都要走進去一看究竟。

那天晚上，X 終於打開了那道禁忌之門。出奇的是，裡頭並沒有想像中恐怖，只是一些老舊的回憶。但當他想再深入房間時，一隻瘦弱的手突然搭在他的肩頭上。X 連忙回頭一望，只見上一次出現在夢境的女生站在他身後，用驚恐的目光盯著他說：「不。」這時候 X 發現女生的膚色比上前見到時更慘白，軀體也瘦得像營養不良，尖長的臉上還有數道瘀青和刀疤。

這一次 X 鐵起心腸，沒有理會那女生的要求，繼續朝房間的深層走。當他走數步後再回頭查看時，發現那名女生早已消失不見了，取而代之的是三道大門矗立在房間盡頭。三道大門分別寫著「恐懼」、「更多回憶」及「潛意識想法」。X 對「更多回憶」那道門很感興趣，但當他走到門口時，卻由夢中醒過來。

第二天早上 X 打電話給朋友 K。X 訝異一向大膽妄為的 K 竟然嚇得口齒不清，甚至手震得連電話也握不住。K 說他昨天被夢中人毆打：「我剛進門口，便看到他們已經在那裡等著我，手持著球棒和鐵虎牙。他們把門鎖了，我無法逃跑，只能抱著頭硬吃他們

的拳打腳踢。那種痛楚強烈得即使我醒過來時仍然隱隱作痛。」

　　X 沉默了一會兒，然後問他們應否繼續下去。儘管朋友 K 已經怕得不能準確地發音，仍斬釘截鐵地說一定要繼續探秘下去，畢竟他們已經走得那麼深入。X 納悶為甚麼 K 那麼固執，但最後都沒有正面反駁他。

　　「如果我遭遇襲擊怎麼辦？如果他們試圖謀殺我怎麼辦？」這是 X 當晚臨睡前在腦海縈繞不休的問題。這一晚，X 夢到自己身處懸崖邊，手腳被綁。先前那個瘦弱的女孩已經變成一個面目猙獰的婦人，拿著沾血的利刀朝 X 逐步逼近。夢境以女人把 X 推落懸崖做終結。

　　醒過來後，X 馬上打電話給 K，想要求他不要玩再甚麼清醒夢遊戲，奈何打了很多次手機也沒人接聽。X 抱著不好的感覺慌忙跑到 K 的家。到達 K 的家時，只見他母親跪在走廊上哭泣，門外還有一輛救護車。

　　縱使 X 直覺對他說 K 早就已經死了，但都禮貌上問她發生了甚麼事。「他自殺死了。」K 母親硬咽地說：「為甚麼他要這樣做？」然後她遞給 X 一個信封說：「這封是他寫給你的，今早在屍體旁邊找到。」

　　X 馬上跑回家拆開 K 的遺書，看到 K 潦草的字跡，X 便心想

K 臨死前一定承受了莫大的恐懼：

「我不想讓你再受傷害，請你務必停止那些清醒夢。我知
道他們會把我殺掉，在昨晚折磨完我後，其中一個男孩走
過來對我說，如果再見到我，一定會讓我在痛苦中死去。」

信件來到這裡便結束。但既然他決定不再做清醒夢，為甚麼
他還要自殺呢？看完信件的 X 仍然滿腹狐疑。

當晚，X 為了尋找 K 的真正死因，於是硬著頭皮多做最後一
次清醒夢。

起初 X 以為夢境在下雪，看清楚才發現從天而降的是黑色
的灰燼。更加恐怖的是，房間地板到處也是鮮血、膽汁、肉碎和
骨頭。X 聽到遠處傳來一陣古怪的噪音，就像一大群人在啃嚼甚
麼，讓聞者心寒。X 往聲音方向一望，只見七八個小孩圍著圈，
蹲在地上吃東西。當他們聽到 X 的腳步聲時，毅然放下手上的「食
物」，同時轉過身來望著 X。

只見那些「孩子」全都有雙圓滾滾的眼睛，然而眼睛卻沒有
眼白。他們齜牙咧嘴地獰笑，就像控制不了臉上的肌肉，露出多
排黑黃的爛齒。他們就像饑餓已久的餓鬼見到瘦肉般，一躍而上
撲向 X，展示出他們剛才大口大口地吃的原來是 K 的屍體。

「你的朋友沒有聽，現在輪到你了。」先前那個瘦弱女孩現

在拿著一把尖長的廚房刀，嘶聲地說。就在那些怪物般的孩子撲到 X 身上，舉高雙手準備撕抓的一刻，X 從夢境中驚醒過來，只見父親抱住他，而他手中握著一把廚房刀，就像夢中女孩那把。

那天之後，X 在父母陪同下定期去看精神科醫生，至於他最後能否擺脫夢魘，則沒有人知道了……

所以你還想進入這道門嗎？我看我們還是離開吧。

老實說，我也不太確定門背後是否真的如傳說描述般恐怖，但人們不能完全控制清醒夢這是鐵一般的事實。因為每個人的內心一定有個角落，充滿暴力和自毀的想法，而那些潛意識的部分並不是「本我」能抵制。曾經有修煉清醒夢的人說過，面對夢境中那些不能控制的怪物或者事情，我們本能上當然會奮力逃跑，但真正能克服它們的方法，是學會「接受」。**接受它們的存在，因為它們正正是我們的心魔。**

當然他也說過如果真的接受不了，就像小孩般不斷叫喊「這是夢來的，這是夢來的」。

好啦，看來我們今晚的旅程又完結了，總算有驚無險。

你問我是否你夢中的分身？哈哈，當然不是啦。你近日每天

醒來時有否察覺到眼中有沙？這是我的標誌。時間差不多，這次真的要説再見了，我們日後有緣再見啦。

筆者註：古歐洲人相信，當人們醒過來發現眼中有沙粒時，就是「沙男 Sandman」來訪的標誌。傳説沙男是人們夢境的守護神，專保護做夢者並帶來好夢。但也有另一版本說他是惡靈，以吃人和折磨小孩為糧食。

《Deep Web 3.0 File #生存奇談》
全書完

每個人的內心一定有個角落

充滿暴力和 自毀的想法

但真正能克服 它們的方法

是學會接受 它們的存在

因為它們正正 是我們的心魔

AFTERWORD
結語

如果虛無是最後答案

　　牛津大學生物學教授理察·道金斯（Richard Dawkins），亦都是二十世紀經典巨著《自私的基因》的作者，曾經對存在意義有以下見解：「在以盲目的物理作用力構成的宇宙⋯⋯有些人要受傷害，另一些人會走運，從中你找不到任何規律或道理，也不存在正義。我們觀察到這個我們所期待的宇宙種種特性，歸根究底並不存在設計、不存在目的性、不存在惡、也不存在善，只有毫無憐憫的冷漠，確實就是這個樣子。」

　　生物學對你說我們只是一個「懂走路的基因散播器」；心理學對你說人的思想可以像電腦般輕易操控；歷史學對你說百萬多條生命可以如草芥般輕賤死去。現在物理學和天文學聯手對你說人類在宇宙其實渺小得不值一提，無論你的成就有多大，你在百億年的宇宙眼中都不算得甚麼。

　　所以如果走過千山萬水幾經辛苦後，人生最後答案依然是虛無的話，那麼我可以怎樣面對？直到那晚在夏威夷⋯⋯

　　上年夏天，筆者和朋友買到特價機票，於是便一起去夏威夷

旅遊。那次的旅程中兩人駕著車到不同海灘浮潛暢泳。就在旅程尾聲的一個晚上，我們駕車進入美國國家公園，穿過九曲十三彎的蜿蜒山路，來到一座死火山的山頂。

我們到達時已經是深夜，原本較低的山腰位置還是很多人，不知為何一上到山頂就變得不見人煙。山頂的氣溫異常寒冷，寒風呼呼地吹，當我們在山底還是打赤膊時，上到山竟然穿了兩件大襪還是不斷打哆嗦。我們走出車廂，四周張望下只有荒野，和更多的荒野。手電筒下盡是奇形怪狀的紅色岩石，還有數株異常巨大的熱帶植物散佈岩石間，仿佛我們來到的是火星表面，而不是藍色星球的小島上。

我們找了一處比較平坦的乾地落腳，朋友在不遠處拍照，而筆者則坐在一塊大岩石上觀望星空。筆者雖然有露營的習慣，但發誓從未見過天空如此多星星。夜空變成一塊浩瀚濃稠的黑布，而點綴這塊黑布則是無數顆明亮的星點，它們匯聚成一道乳白色的銀河帶，淺淺的銀河帶橫跨整塊黑布，場面讓人嘆為觀止。

聽起來很夢幻很美麗啊？但老實說，筆者當時可是嚇得半死。

　　為甚麼筆者會這麼害怕？讓筆者打個比方，就像犯罪數據般，如果我對你說全球每年有超過 49 萬名市民死於謀殺，你可能不會有任何感覺。但如果你閉上眼睛，用你的左腦仔細想想每一個受害人死亡時的痛楚，每一個受害人原來的生活是如此美好，卻突然被一個殺人犯弄得甚麼也沒了，只有永恆的黑暗，然後把這種落寞放大 49 萬倍，你就會發現現實是多麼可怕。

　　所以現在讓我們認真看待一下眼前這幅銀河圖。縱使從地球看來，每顆繁星看似像幼沙般細微，但實際上每顆星都是比地球大好幾千萬倍的星系，裡頭有數以億計的星球，每顆星球都有獨一無二的環境：由鑽石構成的星球、會下岩石雨的星球、被燃燒冰覆蓋的星球…**我們的地球比起它們連細沙也不如，更不用說在地球像寄生蟲般生存的我們。你能想像嗎？**

　　筆者想這就是當時看到滿天星斗會害怕的原因，這也是有時候讓筆者徹夜難眠的原因。社會對我們灌輸了很多很美好的價值觀，例如正義必勝、多勞多得、生命是很重要…但當我們仔細驗證一下，卻發現「天地不仁，以萬物為芻狗」才是那隻真正推動世界運轉的「看不見的手」。在那隻手之下，我們每一個人也很脆弱和渺小，我們生存的……

「你呆在那邊幹甚麼？」

「星星太美麗，所以出了神。」

「快過來，我要你幫我拍照。雖然你的拍攝技巧糟透了。」

是的。我們人類在宇宙眼中真的很渺小，只是數百億年來一個微不足道的存在；我們的心靈真的是電流和化學物質交互下的產物，可以輕易調改；世界真的很殘酷，大部分人的下場都不會是甚麼快樂結局…所以呢？

所以即使是祢老天爺也阻止不了我這一刻的快樂。

所以或者到最後世界是怎樣運行一點也不重要，重要的是在我們有限的人生內，可否做一個自己喜歡的人，可否和重視的人快樂度過。難道你沒有聽過嗎？極端的感性可以戰勝世界。

SPECIAL THANKS
鳴謝

這本書之所以能順利推出，我要再三多謝「點子出版」一班員工的辛勤和付出。

首先要多謝奄占即使在禁書風波後，仍願意冒險出版《Deep Web 3.0 File ＃生存奇談》。還有多謝編輯，即使我嚴重拖稿仍然支持著我，努力重燃我對寫作的熱情，並為本書提供不少實用的意見，希望本書能以最好的內容落到大家手上。

最後還要多謝插畫師 Katie，你們知道嗎？在這本書內看到所有美輪美奐的插圖，都是出自她的手筆。她的插畫令本書所有故事生色不少。

我還想特別鳴謝兩位好友。他們分別是黃守豪和鄭嘉豪。雖然黃守豪由星期一到星期六都要上班，但他仍然抽時間出來義務幫我打理微博和淘寶，實在讓我感激涕零。

另外，鄭嘉豪雖然從來沒有給予我任何支持，亦沒有替我分憂，甚至常常帶給我各種麻煩，但如果不是你一直陪伴著我，和我周遊列國，我不可能找到人生意義而寫下這本書。

　　最後還要多謝沿途一直支持我的讀者和朋友，陪伴我走過這一年來的難關。面對外界的抨擊時，仍然努力為我辯護，很多謝你們所有人！

愛因斯坦 説：

「上帝不會 擲骰子。」

波爾反駁：

「你少對上帝 發號施令！」

生命路上遇到的考驗都具有意義

要我們去成長

DEEP WEB 3.0
FILE #生存奇談

作者： 恐懼鳥

出版總監：JIM YU
特約編輯：VENUS LAW
助理編輯：MIA CHAN

設計： KATIECHIKAY
製作： 點子出版

出版： 點子出版
地址： 荃灣海盛路 11 號 One MidTown 13 樓 20 室
查詢： info@idea-publication.com

印刷： 海洋印務有限公司
地址： 黃竹坑道 40 號貴寶工業大廈 7 樓 A 室
查詢： 2819 5112

發行： 泛華發行代理有限公司
地址： 將軍澳工業邨駿昌街 7 號 2 樓
查詢： gccd@singtaonewscorp.com

出版日期：2020 年 8 月 30 日 (第五版)
國際書碼：978-988-77957-2-8
定價： $118

* Printed in Hong Kong

點子出版
IDEA PUBLICATION

***

DEEP WEB 3.0
FILE #生存奇談